Jean-Pierre Cicchelero

Le piège fatal

Thriller thérapeutique

jouvence
EDITIONS

Extraits du catalogue Jouvence

- Au diable la culpabilité !, *Yves-Alexandre Thalmann, 2005*
- Rituels au fil des jours, *Barbara Biziou, 2005*
- Rites de passage, *Kathleen Wall & Gary Ferguson, 2005*
- Au-delà de la peur, *Don Miguel Ruiz & Mary Carroll Nelson, 2004*
- Chaman aujourd'hui, *Serge Kahili King, 2003*
- S'ouvrir à l'amour et au bonheur, *Don Miguel Ruiz, 2003*
- Déjouer les pièges de l'ego, *Daniel Maurin, 2003*
- La colère, cette émotion mal-aimée, *S. & C. Vidal-Graf, 2002*
- Raccourcis vers dieu, *Gerald Jampolsky, 2002*
- Déverrouiller ses blocages, *Marie-France Muller, 2002*
- Guérir ses blessures intérieures, *Daniel Maurin, 2001*
- Du trop avoir au mieux être, *René Blind & Michael Pool, 2001*
- Mon enfant et la drogue, *René Blind & Michael Pool, 2001*
- Les quatre accords toltèques, *Don Miguel Ruiz, 1999*
- La maîtrise de l'amour, *Don Miguel Ruiz, 1999*
- Les mots sont des fenêtres, *Marshall B. Rosenberg, 1999*
- Pleurs et colères des enfants et des bébés, *Aletha Solter, 1999*
- L'intuitionneur, *Hal Zina Bennett, 1999*
- Vivre son deuil et croître, *Rosette Poletti & Barbara Dobbs, 1993*
- Apprivoiser la tendresse, *Jacques Salomé, 1989*

CATALOGUE GRATUIT SUR SIMPLE DEMANDE
ÉDITIONS JOUVENCE
France : BP 90107 – 74161 St-Julien-en-Genevois Cedex
Suisse : CP 184 – 1233 Genève-Bernex
Site internet : **www.editions-jouvence.com**
E-mail : info@editions-jouvence.com

ISBN 2-88353-485-3

Composition : Nelly Irniger, Fillinges (74)
Couverture : Dynamic 19, Thonon-les-Bains (74)

SOMMAIRE

À celles et à ceux qui, grâce à cet ouvrage,
se libéreront des griffes de l'industrie du tabac,
éviteront de rencontrer les produits de cette même industrie
et comprendront mieux fumeurs et fumeuses
voulant ou non s'en affranchir.

NOTE DE L'ÉDITEUR

Cet ouvrage est une fiction. Cependant, les informations de base qui la soutiennent sont documentées et avérées : elles sont issues des archives des cigarettiers.

Nous laissons au lecteur le soin de déterminer lorsque la fiction dépasse la réalité ou lorsque cette dernière abuse de la fiction. En cas de doute, nous invitons le lecteur à relire attentivement l'information mise en exergue sur tout paquet de cigarettes, à prendre conscience de son réalisme et à méditer sur le fumeur qui la considérerait encore comme de la fiction !

PRÉFACES

À la fin du XIXe siècle apparaît un nouveau produit du tabac : la cigarette. Aisée à stocker, à utiliser, moins chère à fabriquer, elle diffuse le tabagisme dans le monde, d'abord chez les hommes puis les femmes, d'abord dans les classes aisées puis populaires. Ainsi commence la pire pandémie de l'histoire de l'humanité. Cent millions de fumeurs en décèdent au XXe siècle, soit plus de morts que n'en firent toutes les tyrannies de ce siècle pourtant peu avare sur ce point. Si rien ne change, un milliard de personnes en périront pendant le siècle qui vient de commencer. La situation est si grave que les États ont mis au point avec l'Organisation mondiale de la Santé un traité international de lutte anti-tabac, devenu opérationnel le 27 février 2005.

Tout cela est gigantesque, dépasse l'échelle humaine et donc l'entendement, et résulte de l'action malveillante d'une industrie entière, celle des cigarettiers, qui a placé ses intérêts financiers au-dessus de la vie humaine et du Droit.

Devant l'immensité du problème, on peut perdre courage mais aussi, plus gravement, oublier l'essentiel : la somme des douleurs et des souffrances individuelles, la peine de l'entourage. Le livre de Jean-Pierre Cicchelero vous y ramène avec un angle de vue plus intimiste, en vous faisant suivre l'histoire d'un petit garçon de 9 ans, normal, sympathique, avec des défauts, qui ressemble à tant d'enfants qui vivent avec ou autour de nous.

L'art de l'auteur est d'avoir su associer une histoire dont on comprend vite qu'elle va finir mal et la finesse d'un enquêteur hors pair qui sait combiner scientifiquement l'articulation et l'analyse de tous les facteurs de ce qui s'avère être finalement un meurtre.

En suivant cet enfant puis cet adulte, vous en apprendrez énormément sur le tabagisme mais sans ennui, sans démagogie, sans militantisme oppressant. Lisez *Le piège fatal,* que vous soyez fumeur ou non, que vous désiriez arrêter ou non. Son héros s'appelle Tu. Tu, c'est vous, c'est nous. C'est aussi une victime bien ordinaire du tabagisme. Une parmi des millions d'autres.

Pr Gérard Dubois
Président de l'Alliance française contre le Tabac
Membre correspondant de l'Académie nationale de Médecine

❐

Le piège fatal, voici un titre approprié à l'objectif de ce livre. Après plus de 40 ans de pneumologie, je suis toujours révolté et peiné par les drames que j'ai vécus auprès de fumeurs et que je vis de façon hélas croissante auprès de fumeuses., Je rêve encore aujourd'hui que nos adolescents ne deviendront jamais des fumeurs.

À l'âge de 10 ou 11 ans, ils sont quasi unanimes à rejeter le tabac, grâce aux programmes scolaires qui, n'en déplaise à certains, fonctionnent. J'ai assez souvent le plaisir d'entendre tel père ou telle mère me confier avoir arrêté de fumer sur la tendre pression d'un enfant qui voulait conserver longtemps ses parents.

Mais à 12 ou 13 ans, pour faire comme les copains, pour être un homme, un vrai, ou une fille « libérée », ils commencent à fumer pour faire partie du groupe, puis ils ne peuvent plus s'arrêter. C'est là qu'est le piège fatal, ce piège qu'ils ne connaissent pas assez. Les risques pour la santé, ils les savent. Ils ont mis en garde leurs parents. Ils me le disent : « Je sais que c'est mauvais pour la santé, docteur, de toute façon je fume pendant 2 ou 3 ans pour ne pas me singulariser, et puis j'arrête. » Hélas, cette louable résolution n'est jamais mise en œuvre : ils sont « accros » !

Jean-Pierre Cicchelero, un de nos élèves en tabacologie (discipline émergente) parmi les plus motivés et les plus inventifs, a réalisé cet essai original. J'espère qu'il sera lu par le jeune public auquel il est destiné. Et il le sera surtout si nos éducateurs, soutenant de plus en plus la promotion de la santé, le conseillent comme un outil de lecture indispensable. Contrairement à l'image qui provoque une réaction immédiate mais transitoire, la lecture a le pouvoir de susciter la réflexion d'une manière moins éphémère, parce qu'elle nous amène à fabriquer notre propre imagerie mentale, qui nous appartient… pour longtemps.

J'espère que nombreux seront ceux qui resteront « accros » à la poursuite de leur lecture et tomberont dans le piège salvateur que leur a tendu Jean-Pierre Cicchelero. J'ajoute que certains esprits chagrins vont dire, il exagère, mourir à 24 ans d'un cancer du poumon, c'est impossible ; malheureusement, c'est possible. Nous avons connaissance d'un décès d'un jeune homme de 20 ans, ayant commencé à fumer à 9. La folie humaine est sans bornes : j'ai vu, il y a peu de temps, un adulte encore en vie, initié à la cigarette par son oncle alors qu'il avait 4 ans !

Pr Pierre Bartsch
Tabacologue,
Président de la Fondation contre
les Affections respiratoires et pour l'Éducation à la santé (FARES),
Professeur émérite de pneumologie à l'Université de Liège

Les cigarettiers : des manipulateurs cyniques et obsédés par le profit

Entre 1992 et 1994, une poignée d'activistes canadiens et québécois dont je faisais partie a mené, en vain, une lutte opiniâtre pour tenter de faire obstacle aux fabricants de cigarettes : ils inondaient le marché de produits de contrebande à très bas prix, escomptant ainsi forcer la main des gouvernements pour abaisser les taxes. Les politiques fiscales canadienne et québécoise, à l'égard du tabac, étaient alors très agressives. Elles avaient eu pour conséquence une baisse remarquable de l'usage du tabac, en particulier chez les jeunes.

Mise au point plusieurs années auparavant et réalisée progressivement, la stratégie des cigarettiers a finalement porté ses fruits : du jour au lendemain, des décrets gouvernementaux ont réduit drastiquement les niveaux de taxation. Au Québec, le prix d'un paquet de cigarettes fut baissé de moitié. Une infirmière scolaire eut alors cette réaction cinglante : « Cette décision vient de mettre un terme à 20 ans de travail de prévention auprès des jeunes. » Malheureusement, l'avenir devait lui donner raison. Une étude réalisée pour le ministère de la Santé et des Services sociaux a montré que la prévalence du tabagisme chez les 12-17 ans qui était de 19 % en 1991, avait doublé en 1996, se situant à 38 % !

On le voit : les industriels du tabac n'en sont pas à une fourberie près, dût-elle coûter la vie aux consommateurs de leurs produits. Ils ont toujours systématiquement nié et caché les dangers et les effets mortels du tabac pour les fumeurs et ceux de la fumée secondaire pour les non-fumeurs, malgré d'innombrables études scientifiques rigoureuses. Ils ont aussi découvert l'esclavage biologique de la dépendance à la nicotine bien avant la communauté scientifique, information qu'ils ont tue et qu'ils nient encore, d'ailleurs. Entre 1965 et 1995, ils ont doublé la concentration de nicotine contenue dans les cigarettes canadiennes, aggravant ainsi les problèmes de dépendance au tabac. (W.S. Rickert, *Nicotine in whole tobacco and tobacco smoke,* A Study Funded Under Contract With Health Canada, March 1995.)

Sachant qu'elle a peu de crédibilité auprès de la population, l'industrie du tabac mandate à sa place des groupes créés de toutes pièces pour servir ses intérêts. Au Canada, l'Association canadienne Air pour tous et Mon choix. ca combattent tout projet de loi et toute mesure d'application de lois antitabac qui cherchent à instituer des espaces publics et de travail totalement sans fumée ; le Ralliement pour la liberté de commandite, pour sa part, a milité pour le maintien de la visibilité du sponsoring d'événements culturels et sportifs par les cigarettiers. Selon les cultures, les exemples de cette nature sont légion. Dans les pays en voie de développement, ils font usage d'intimidation, de menaces et de chantage à l'égard de personnes favorables à la prise de mesures législatives contre le tabac. Partout, ils s'affairent sans relâche à contourner les lois qui restreignent ou interdisent la publicité directe et camouflée de leurs produits.

Le piège fatal a le grand mérite d'aborder ces questions sans complaisance. En prenant la liberté d'incarner dans des personnages de fiction les cigarettiers eux-mêmes, en dévoilant leurs tactiques, leurs stratégies, en montrant l'action des toxiques et de la nicotine, Jean-Pierre Cicchelero fait œuvre éducative.

Au Canada et au Québec, nous appelons *dénormalisation,* cette approche qui consiste à dénoncer publiquement le comportement corporatif et antiéthique des industriels du tabac. Elle permet au fumeur, rendu plus conscient des mœurs de ses fournisseurs, de décider une tentative d'arrêt. *Le piège fatal* fait maintenant partie de notre arsenal thérapeutique. Je souhaite au lecteur autant de plaisir à le lire que j'en ai eu moi-même.

Louis Gauvin

Coordonnateur de la Coalition québécoise pour le contrôle du tabac

Président de la 1re Conférence internationale francophone pour le contrôle du tabac (CIFCOT-I)

Le tabac, un produit anodin ? Certes, non ! Il est le seul produit qui tue la moitié de ses consommateurs s'il est utilisé selon les recommandations de ses fabricants.

Les cigarettiers ont de manière éhontée associé leur produit toxique aux notions de liberté, de rêve, d'exotisme et de plaisir. À cet effet, ils se sont habilement servis du sport et de la culture pour infiltrer la société civile.

Dénormaliser le tabac est le maître-mot d'une politique efficace contre ce toxique. Les cigarettiers n'ont pas hésité à mentir des décennies durant sur les conséquences liées au tabagisme actif et passif et à infiltrer le monde politique et scientifique. En employant des méthodes quasi maffieuses, ils ont notamment sollicité des études fallacieuses entretenant la controverse dans l'unique but de retarder les prises de décisions responsables des autorités sanitaires mondiales et nationales. Les cigarettiers en portent une très lourde responsabilité : toutes les 7 à 9 secondes, 1 personne décède dans le monde. Il est temps que ce massacre programmé cesse !

Pour être efficace, il faut une politique fiscale et une augmentation du prix du paquet de cigarettes, l'interdiction de toute publicité directe ou indirecte pour le tabac, des moyens financiers importants pour les campagnes de prévention et l'aide au sevrage et des lois protégeant les consommateurs et travailleurs de toute exposition au tabagisme passif. À ce titre, la Convention-cadre de l'Organisation mondiale de la Santé (OMS), signée par 168 pays, a voulu relever le défi de vaincre cette épidémie évitable.

Ce livre contribue à démontrer, mot après mot, ligne après ligne, les mécanismes insidieux qui prévalent au démarrage d'un tabagisme d'un adolescent, voire d'un enfant, jusqu'à la lente agonie par suffocation due à des années de consommation.

Par un souci constant des détails, chacune et chacun reconnaîtront les étapes qui rythment un tel apprentissage morbide. Ce livre contribuera à renforcer l'utile décision de ne jamais commencer, de ne plus jamais recommencer ou d'envisager sérieusement de cesser de fumer.

Dr Jean-Charles Rielle
Médecin responsable du Centre d'Information et de Prévention du tabagisme (CIPRET), Genève
Membre de la Commission fédérale de prévention du tabagisme (Suisse)

❐

LE LIVRE VOUS PARLE

Je suis content. Je suis dans de bonnes mains. Je sais que, pendant une vingtaine d'heures, vous allez me caresser les pages, lire, relire, vous interroger, interroger vos proches, surligner, « post-iter », chercher les assassins, les complices ou que sais-je encore... Je vous vois déjà tourner les pages, sourire, rire, douter, rejeter, faire « Oh ! », compatir... et agir.

Fumeur(se) ou non, je sais que ma lecture vous éclairera sur le monde vraiment étrange du tabagisme, vu de l'intérieur. De façon exacte, intime, humaine. Vous allez vous retrouver, vous allez mieux comprendre les autres.

J'ai été conçu non seulement pour aborder le problème de santé n° 1 du siècle d'une manière novatrice, attrayante voire haletante, mais aussi pour vous aider à soustraire une épine que vous savez venimeuse et coûteuse.

Je suis certain qu'après une première lecture « découverte », vous allez me relire entièrement ou partiellement, pour approfondir, réfléchir, vérifier... J'en suis ravi à l'avance.

Pardonnez-moi mon côté sadique : en fin d'ouvrage, après les tests, il y a un « contrôle des connaissances ». Bonne lecture et bonne chance !

Bien cordialement,

Le piège fatal

Arme de destruction massive contre le tabac

I

Du haut de ses 9 ans, un charmant garçonnet réjouissait la famille Tu. Sa venue au monde s'étant fait attendre, ses parents avaient sérieusement pensé à le prénommer Désiré. Jugeant ce prénom par trop timoré par rapport à leurs sentiments, ils avaient finalement opté pour Aimé. Il naquit le 31 mai 1979. Aimé, très rapidement, mérita son prénom.

Fort de cette première expérience réussie, ils avaient donc récidivé et donné successivement naissance à une fille, Laetitia, puis tout récemment à un second fils, Benoît. Laetitia était maintenant une magnifique blondinette de 6 ans devant laquelle son papa « fondait ». Comme son nom l'indiquait, elle apportait la joie. Quant au petit Benoît, il était encore « tout neuf ».

Papa était chef des ventes dans une société de négoce de produits chimiques. Fonceur, consciencieux, acharné, il obtenait des résultats qui faisaient des envieux parmi ses collègues. Parfaitement épanoui, il tentait de concilier au mieux les contraintes familiales et professionnelles. Il tentait…

Maman était professeur dans l'enseignement secondaire. Elle possédait une certaine autorité et même une autorité certaine. Tout aussi satisfaite de son parcours professionnel, elle jouissait des libertés offertes par l'enseignement et s'offusquait de ce que son mari n'eût pas les mêmes avantages.

À 9 ans, Aimé manifestait déjà un caractère bien trempé qui enthousiasmait son père.

Malgré des résultats scolaires tout à fait moyens, il manifestait une confiance en lui à toute épreuve. C'est sans doute pour cela et parce qu'il osait se mettre en avant qu'il avait été élu chef de classe. Soucieux d'impliquer sa « troupe », Aimé avait rédigé une pétition qu'il était même allé faire « signer » à l'école maternelle ! Madame Lafitte, horrifiée par cette initiative, refusa de transmettre à la Direction une supplique ainsi rédigée : *« Tout les élèves qui signent ici veulent des installations plus amusantes que celles de la salle de sport. Pour fin mars, nous voulons un mur d'escalade sur toute la fassade. Après on verra. »* Officiellement réprimandé pour son action outrancière et ses deux fautes d'orthographe, Madame Lafitte était cependant, et secrètement, très fière d'Aimé.

Cet échec, pour cuisant qu'il fût pour un chef, ne l'empêcha pas de récidiver deux mois plus tard avec l'« exigence » d'une heure par semaine d'initiation à la vitesse sur un circuit de karting voisin. Son degré élevé de socialisation comblait ses parents. Son impulsivité, sa recherche d'émotions, de sensations fortes, son ouverture aux nouvelles expériences révélaient un caractère turbulent, ne supportant pas la routine et cachant une forme d'agressivité. Ce portrait se confirmait dans les parties de jeux faites avec son père lors des week-ends pluvieux. Aimé voulait et devait gagner, fût-ce au prix de cris qui horrifiaient la gent féminine et réveillaient le bébé.

Le papa, vaincu et même heureux de l'être, pouvait alors s'offrir ce qu'il annonçait être un « moment de détente » :

– Je vais à la bibliothèque, fiston. À tout à l'heure pour l'arrivée du Grand Prix à la télévision.

Aimé ne comprenait pas pourquoi son père éprouvait le besoin de qualifier de « bibliothèque » un réduit d'à peine 10 m^2 ? situé à l'étage avec fenêtre, contenant deux ou trois revues, accessoirement un livre. Il avait depuis longtemps percé le mystère des allées et venues de son père en ce lieu étrange, pour des « lectures » souvent inférieures à cinq minutes. Il lui avait suffi de regarder par le trou de la serrure ! Procédé coupable certes, mais efficace : son père fumait dans la « bibliothèque », la fenêtre grande ouverte, quel que soit le temps ou la température extérieure. Il comprit alors pourquoi son père disposait si souvent de petits bonbons sans sucre ou de réglisse, et pourquoi ses vêtements et le couloir menant à la « bibliothèque » sentaient aussi mauvais. Ce qui lui faisait le plus mal était d'une autre nature : son père lui mentait, sa mère indirectement aussi. Pourquoi se cachait-il pour fumer ? Pourquoi sa mère n'avait-elle pas cru devoir lui expliquer l'étrange comportement d'une idole telle que Papa ?

Aimé appréciait les éléments de morale et de discipline que distillait la maîtresse. Ses croisades en classe consistaient à identifier, par exemple, les plaisantins introducteurs de hannetons qui, ne se dénonçant pas, provoquaient l'ire de Madame Lafitte et une punition générale. Il vendait et faisait vendre aussi des timbres, des bons et toutes sortes de choses indispensables aux actions, supposées charitables, de l'école. Généralement désigné comme le meilleur vendeur, il participait grandement à la distinction de la classe tout entière.

Un mardi matin, Madame Lafitte, la mine défaite et son assurance naturelle en berne, demanda à ses « chers enfants » un silence total et une attention particulière. La gorge nouée, elle annonça que leur camarade Bruno serait absent toute la semaine, car sa maman venait de mourir « des suites d'une longue et pénible maladie », à 36 ans. Aimé ne se satisfaisant pas du cliché demanda des précisions. C'est ainsi qu'il apprit qu'elle était morte d'un cancer du poumon. La maîtresse expliqua sommairement la maladie, que la consommation de tabac en était la cause et que les souffrances de la mère de Bruno avaient dû être terribles. Elle ajouta que sa famille avait aussi souffert moralement pendant les deux ans de la maladie et qu'elle allait encore longtemps souffrir de cette disparition, une maman étant par nature irremplaçable. Elle demanda aux enfants de désigner dorénavant les cigarettes par l'appellation plus appropriée de *cancerettes.*

Aimé sentit progressivement s'installer en lui une colère puissante et rebelle. Pour qui se prenait cette maîtresse ? Que savait-elle vraiment ? Pourquoi condamnait-elle *a priori* les fumeurs à une mort prématurée et atroce ? Pourquoi condamnait-elle son Papa ? Tout cela lui paraissait absurde, car si celui-ci fumait, en cachette certes, cela ne pouvait pas être dangereux. Si ça l'était vraiment, il le saurait et cesserait immédiatement, car « il m'aime, il nous aime tous », se disait-il pour se rassurer. Profondément choqué, mi-convaincu, mi-hésitant, il lança le soir même à son père qui l'embrassait :

– Papa, tu pues le cancer !

Ni Papa, ni Maman ne semblèrent entendre ce cri du cœur. Aucune réaction ne s'ensuivit. La terrible information, sans doute fausse, de cette stupide Madame Lafitte, signifiait que, si elle devait se révéler exacte, l'insouciance dans laquelle il baignait venait de prendre fin. Si Bruno venait de perdre sa mère, pourquoi lui ne perdrait-il pas son père ? Et quand ? Ceci était sa première interrogation. La seconde consistait à refuser de croire que son père pût se conduire d'une façon absurde. Pas lui. Il conclut donc à nouveau que s'il fumait, ce n'était pas si dangereux et qu'il devait avoir de bonnes raisons. Cette conclusion ayant toute l'apparence de la vérité lui permit de clore l'incident.

Depuis un an, Aimé avait quitté l'école primaire. S'il n'était plus « un petit », il n'avait pas pour autant la sensation d'être vraiment « un grand ». Il commençait à trouver cet état intermédiaire bien long. Il regardait avec envie ceux de 14 ans et plus jouer, expérimenter, s'affirmer avec des jeux et des comportements plus adaptés à son caractère.

Sa douzième année fut celle de sa communion. Les attentions dont il était l'objet à cette époque ne l'empêchaient pas de prendre conscience de sa sortie de l'enfance. Si ses parents étaient toujours attentifs à ses besoins, exprimés ou non, il lui semblait toutefois que sa sœur et son frère étaient maintenant mieux entourés que lui. Raisonnable, il n'en prenait pas ombrage, estimant qu'il s'agissait d'une évolution normale. C'était « chacun son tour ».

Maman veillait à ce que ses bulletins de notes soient plus ou moins convenables, et au moins dignes de sa profession. Cela impliquait souvent des brises de remontrances, des rafales de reproches et de plus en plus souvent de franches tempêtes. Elle le sermonnait, le jugeait, le contraignait. Le mélange mère-prof lui pesait chaque jour davantage. Il lui arrivait souvent de vouloir la chahuter, mais il hésitait encore.

Véritable « caïd », il savourait de constater que son « opposition » restait très minoritaire parmi les garçons et quasi inexistante du côté des filles. Quelques quolibets et jeux de mots réalisés avec ses noms et prénoms agrémentaient son maintien d'autorité. Il n'en avait cure. À propos de cure justement, les « grands » lui avaient signalé que la retraite préparatoire à la communion était accompagnée de mystérieux rites initiatiques pratiqués dans le parc attenant à la maison du curé. Sa curiosité était piquée. Malgré son entregent et son autorité naturels, il ne réussit pas à en savoir davantage.

Le jour de la communion approchait. Fondamentalement peu intéressé sur le fond, mais consciencieux par nature, Aimé suivait tous les épisodes préparatoires, guettant aussi tout signe avant-coureur des découvertes annoncées. La retraite, commune à plusieurs écoles, durerait trois jours. Aimé allait avoir l'opportunité de se mesurer à des « collègues » provenant d'horizons divers.

Son école bénéficiait d'une excellente réputation car, hormis quelques chahuts, l'ordre et la discipline y régnaient. La qualité de l'enseignement prodigué était reconnue et appréciée. Le Directeur, surnommé Sherlock Holmes, bien qu'invisible voyait tout, savait tout, veillait sur tout. Les jeux violents dans la cour de récréation et aux abords de l'école étaient bannis. Les matches de rugby de pratique régulière présentaient cependant une rare opportunité pour régler les différends entre « copains »... La surveillance stricte des élèves permit à l'école, en 1991, de constater l'absence de drogues. Quelques innocentes tentatives visant à tester la cigarette dans les toilettes avaient été vite repérées et réprimées comme Sherlock Holmes pensait devoir le faire, c'est-à-dire durement : une menace de renvoi.

– La cigarette constitue une remise en cause de l'autorité. C'est un marchepied vers le cannabis ou pis encore ! hurlait-il à qui mieux mieux à des enseignants pas tous convaincus.

Hors du périmètre surveillé, certains « grands » fumaient aussi ouvertement que maladroitement. Une rue adjacente portait témoignage de cette activité débordante : des mégots plus ou moins longs agrémentaient caniveaux et trottoirs. Aimé voyait quotidiennement cette pollution en rentrant chez lui. Cela provoquait chez lui un ressenti ambivalent : d'une part, son éducation, son action lui faisaient refuser le désordre et la saleté de cette rue ; d'autre part, une interrogation commençait à lui tarauder l'esprit : pourquoi, chez les « grands », près d'un élève sur deux, éprouvait-il dès la sortie de l'école le besoin de fumer en groupe ?

Le premier jour de la retraite ayant sonné, Aimé se retrouva avec une centaine de garçons et filles à la sainteté toute relative... Très rapidement, lors des récréations, il identifia les chefs. En fin de journée, il tint conseil. C'est ainsi qu'il rencontra Maurice, un redoublant récidiviste, de deux ans son aîné. Il apprit à Aimé comment utiliser au mieux les longues pauses destinées à « approfondir sa réflexion spirituelle et se préparer à recevoir le corps du Christ ». Le programme comprenait notamment : premiers baisers volés à des filles soigneusement sélectionnées, dégustation de vin de messe et d'hosties avant l'heure, pose de pièges pour égayer l'assistance, fumer dans le parc, uriner dans le bénitier...

Aimé découvrit que ses « collègues » ne partageaient pas exactement ses valeurs, qui étaient pour l'essentiel celles de son milieu et de son école. Son degré d'adhésion liturgique étant limité, il se réjouissait de l'aubaine que constituait cette monumentale récréation de trois jours avec des garnements autrement plus délurés que lui. Il ne pouvait imaginer revenir à l'école sans pouvoir confronter son regard avec celui des « grands », avec un air entendu, et sans commencer à son tour de titiller la curiosité des « petits ». Pour commencer, il gratifia une jolie brunette prénommée Florence d'un baiser furtif. C'était une « vieille » de 15 ans qui accompagnait sa mère co-animatrice de la retraite. Le vin de messe fut dégusté par l'un, vomi par l'autre et rendit euphorique un troisième, au point d'être repéré par Monsieur le Curé et ses dames charitables. Des hosties furent chapardées et distribuées aux filles méritantes.

Le deuxième jour, Maurice sortit de sa veste un paquet de dix cigarettes et un briquet de la même marque. Maurice avait 14 ans. Il était issu d'un milieu social vraiment modeste, détestait l'école (qui le lui rendait bien) et tout ce qui ressemblait à une forme quelconque d'autorité. Réfractaire à la discipline scolaire même toute relative, il changeait pratiquement chaque année au moins une fois d'école, en privilégiant toujours les places du fond... Ses parents divorcés s'occupaient peu de lui. Cela semblait parfaitement lui convenir, lui évitant de mentir sur ses occupations et ses résultats, et l'exonérant d'une démonstration de rébellion. Son école actuelle était de celles qu'il pouvait tolérer car très permissive. Ses absences ne donnaient pas lieu à problème, les bagarres étaient ignorées, la cigarette circulait librement mais n'était consommée que dans un coin de la cour, à l'abri de quelques chétifs tamaris. Officiellement, seuls les quatorze ans et plus pouvaient fumer. Des pionniers de 9 ans n'étaient cependant pas rares! Cette permissivité hypocrite remplissait de joie Maurice et une bonne partie de l'effectif scolaire. Quant aux enseignants, ils avaient, par leur démission, évacué un risque de confrontation... Les parents réagissaient comme ils le pouvaient ou le voulaient, c'est-à-dire peu. Les plus déterminés soustrayaient leurs enfants de cette « boîte à tabac ». Maurice trouvait aussi dans la situation matière à satisfaction: en vendant des cigarettes à la pièce, il se procurait un argent de poche enviable.

Aimé allait de surprise en surprise. Certes, il ne ressemblait pas à Maurice et n'envisageait pas de lui ressembler un jour. Son aversion première pour le personnage se teinta vite de curiosité pour un adolescent si différent de lui et si indépendant. Lorsque Maurice proposa à Aimé d'essayer sa première cigarette, il se vit opposer un refus clair et net. Heureux de cette opposition, Maurice se mit donc en devoir de le convaincre:

– Dans ma boîte, tous ceux de ton âge fument, affirma-t-il.

– Et alors?

– Si tu veux rester un chef, tu dois essayer.

– Ah, bon...

– À moins que tu ne préfères encore le sein de ta mère ou la tétine...

– Je t'interdis de salir ma mère. Elle ne m'a jamais parlé de cigarette car, à la maison, il n'y a pas de fumée, mentit Aimé.

– Nul n'est parfait... Tu as vu le cow-boy?

– À moins d'être aveugle...

– Dans ma bande, on est tous comme lui: on est dynamiques (sauf à l'école), on respire la santé. Ceux qui étaient frustrés, tristes, seuls à la maison ou à l'école, apprécient maintenant la compagnie des autres. Fumer, c'est se faire plaisir.

– La cigarette donne du plaisir ! Ça, c'est nouveau !

– Oui, pauvre gourde, le plaisir intense d'un goût exquis, le plaisir d'être entre nous, libres, jeunes, celui de s'affranchir des interdits de l'école, des parents, de la société. Le plaisir d'être un mec, beau, jeune, dynamique... ce qui ne semble pas être exactement ton cas car tu ressembles à un poussin qui n'a pas encore quitté son nid !

– Quel avocat ! soupira Aimé. Mais vois-tu, je ne crois pas un seul mot de ton baratin. Il y a trois ans, la mère d'un copain est morte d'un cancer du poumon lié au tabac. Il paraît que sa maladie n'était pas une véritable partie de plaisir.

– Et tu crois ça ? Il y a plus d'un milliard de fumeurs dans le monde. Seraient-ils tous des imbéciles ? Écoute, nous n'avons plus que quelques minutes. Si la cigarette tue, une ne te fera rien. Tu peux tout de même admettre cela !

Presque hypnotisé tant par le discours de Maurice que par l'image de son père dans la « bibliothèque », Aimé prit la cigarette tendue : une blonde universellement connue. Il ne sut jamais pourquoi il accepta si facilement cette offre : désir d'asseoir sa virilité naissante, sa puissance en tant que chef, son assurance, son désir d'indépendance, de braver un interdit ou la volonté, en rejoignant un nouveau groupe, de s'affranchir de la tutelle parentale et de ne pas passer pour une mauviette ? Maurice lança son briquet qu'Aimé saisit au vol et actionna. Maladroitement, il alluma, aspira, toussa et pendant un court instant de panique pensa suffoquer. Maurice rit à gorge déployée :

– Les premières sont comme ça mais, très rapidement, tu vas accéder au paradis, pas celui du curé, mais le très terrestre paradis des fumeurs...

Aimé tenta une deuxième et une téméraire troisième bouffées qui se traduirent par des vertiges, des nausées, une forte envie de vomir et des yeux qui piquaient. Aimé ne riait pas du tout. Il avait satisfait à ce qu'il considérait comme une curiosité et en avait été immédiatement puni :

– Tu ne m'y reprendras plus souffla-t-il, d'un air penaud. Tu peux « profiter » du reste de ton usine à plaisirs, mais si tu veux que nous restions copains, ne me parle plus de cette horreur ! Je n'ai pas envie de me mettre sous la coupe de quelque chose de déplaisant. Je ne suis pas maso !

La cloche sonna fort opportunément évitant au plaignant et à l'avocat la prolongation de leur joute oratoire de ce mercredi 9 mai 1991.

Le troisième et dernier jour de la retraite, il y avait derrière chaque arbre du parc des garçons et des filles qui communiaient déjà… avec la cigarette, victimes de Maurice. L'esprit de conquête, de compétition, l'envie d'expérimenter semblaient animer les garçons. Les filles se montraient un peu plus réticentes, à l'exception de celles qui croyaient voir en la cigarette un moyen d'ajouter à leur charme, d'imiter les garçons, d'être leur égal, de s'émanciper. Florence surveillait discrètement Aimé. Elle constata que lui au moins ne succombait pas à la tentation ambiante de ce jeu interdit, hautement répréhensible à ses yeux.

L'heure de la fin de la retraite sonna. Chaque enfant, réputé un peu plus « saint » qu'auparavant, allait pouvoir le dimanche suivant faire l'admiration de sa famille. Une notable partie des chenapans partirent ainsi, porteurs de nouvelles images, de nouvelles expériences, qu'ils percevaient toutes comme une étape de leur évolution vers le statut d'adulte.

La cérémonie de la communion se déroula selon la mise en scène prévue et sans anicroche. À la maison, ce fut l'occasion d'une « grande bouffe » pour les adultes, de jeux pour les enfants et de cadeaux. Prenant en compte les désirs d'Aimé de satisfaire à un certain goût du risque, mais aussi dans le but de contribuer à canaliser une énergie débordante et le rendre plus indépendant dans ses déplacements, ses parents avaient déniché une bicyclette digne d'un champion... Ainsi à lui la vitesse, les longues distances et la fatigue y afférente... Au cours des agapes, et entre deux jeux avec ses cousins et amis, Aimé poursuivit l'observation du monde étrange des adultes.

En attendant le repas, quelques convives avaient allumé leur cigarette dans le jardin. Conscientisé négativement par sa malheureuse initiation, mais toujours intrigué, Aimé eut ainsi tout loisir d'examiner les « plaisirs » si brillamment vantés par Maurice. Alors qu'il croyait que l'humanité entière fumait, il s'aperçut que le nombre de personnes à surveiller dans l'assistance était à peine d'un tiers... dont son père. Pour la première fois, il le voyait ouvertement satisfaire à son rituel. Fumeurs et fumeuses semblaient se rapprocher pour partager un réel plaisir, une réelle satisfaction, comme si, une fois regroupés, une bulle les isolait du reste du monde stupide des non-fumeurs. Lui qui venait de communier le matin à l'église avait l'impression que ces grandes personnes communiaient à leur tour... mais avec infiniment plus de conviction et de ferveur.

Le groupe s'animait de plus en plus. Il paraissait heureux de satisfaire à une envie pressante. Papa offrit une cigarette à chacun – pratique conviviale appréciée par le héros du jour. Puis vint un second cadeau sous la forme du feu. Étrange, pensa Aimé, les fumeurs seraient-ils des êtres à la nature généreuse ? La vue de sa mère tenant un plateau apéritif d'une main et battant l'air autour des fumeurs de l'autre interrompit ses réflexions. Elle semblait être une des rares personnes à ne pas apprécier cette générosité-là !

Aimé constata qu'il existait différents types de fumeurs, qu'il essaya dc classer. Il se flattait de pouvoir inclure son père dans la catégorie virile. Certains lui laissaient penser que fumer était synonyme de raffinement, tellement leurs gestes lui paraissaient élégants. Cette image se brouilla à la vue d'une tante, le mégot accroché aux lèvres. D'autres paraissaient rêver, pour ne pas dire absents. Est-ce que fumer était un moyen de communication réservé aux seuls initiés ? Cela lui paraissait étrange, de plus en plus étrange. Comme il faisait beau et que cet état menaçait d'être temporaire, d'autres convives étaient sortis. Aimé nota que le comportement de ses cobayes pouvait subitement changer : celui qualifié il y a quelques instants de raffiné, soufflait maintenant de la fumée au visage d'une Laetitia visiblement choquée. Une « rêveuse » présenta une forme de dédain, d'indifférence aux arrivants : elle allumait cigarette sur cigarette sans leur en proposer. Papa, quant à lui, virait carrément à l'exhibitionnisme : il montrait sans vergogne tout le plaisir qu'il avait avec ce qui paraissait lui constituer un sixième doigt. Une aïeule qui prétendit calmer la tabagie ambiante au nom de l'exemple se vit répondre instantanément par d'immédiates recherches de paquets et des cliquetis de briquets. Aimé ne trouvait plus cela étrange, mais envoûtant.

Maman battit le rappel pour que tous les invités passent à table. Moins d'une heure après, entre deux plats, les cobayes exprimaient le désir de « prendre l'air », ce qui leur fut accordé à regrets par la maîtresse de maison. Lorsqu'elle informa les fuyards que le buffet de desserts était dressé, ils durent rentrer. Aimé constata que leur enthousiasme à s'exécuter n'était pas exactement le même que celui observé pour sortir. Le buffet à peine dégarni, la pluie se mit à tomber. Drue et têtue. Après le café et les mignardises, et alors qu'il pleuvait toujours, le « club » dirigé par Papa chercha un lieu alternatif pour une nouvelle séance immédiate de satisfaction. Pendant qu'il scrutait le ciel, un effronté sortit son paquet, le posa sur la table et mit son briquet dessus. Maman reçut le message 5/5 et rappela à haute et intelligible voix l'article 1 du règlement intérieur : pas de fumée de cigarette à l'intérieur de la maison. Une négociation discrète entre les parents permit de sauver la face. Maman annonça, qu'à titre exceptionnel, celles et ceux qui se sentaient obligés de retrouver leur « tige » pouvaient aller dans la cuisine, la porte fermée, la fenêtre ouverte, et fumer exclusivement sous la hotte.

Des bruits de chaises ponctuèrent immédiatement la déclaration maternelle. Papa resta à table, mais Aimé suivit les convives libérés. Quelque peu gênés par l'exiguïté des lieux et le caractère ridicule de leur situation, ils se mirent à disserter sur l'âge auquel ils avaient découvert la cigarette : celui d'Aimé ou moins. À l'exception de Cédric, un cousin carabin de 24 ans auquel Aimé souhaitait ressembler un jour, ils avaient tous aux alentours de 35 ans. Ils respiraient le dynamisme et la santé. Ensemble, ils riaient beaucoup. Le cousin proposa à un Aimé flatté d'essayer une bouffée, juste une fois, pour voir. Aimé avoua sa première tentative et le caractère vraiment pénible de l'expérience. Un oncle entreprit alors de lui expliquer qu'au début, il ne fallait surtout pas inhaler et qu'ainsi il ne tousserait pas. Plus tard, quand il serait adulte et quand il le désirerait, il pourrait inhaler la fumée et découvrir d'autres plaisirs.

Ainsi rassuré et le dos au mur, Aimé s'exécuta. Il inspira tout doucement, eut une petite toux sans gravité, recommença encore une fois, cette fois-ci sans tousser. Les conjurés riaient sous cape :

– Voilà, ça suffit pour aujourd'hui. Tu es presque un homme maintenant, déclara son oncle.

Aimé redonna presque à regret la cigarette. Son geste fut accueilli par un éclat de rire général qui déclencha l'arrivée de Maman et un silence glacial...

– Eh bien, que fais-tu ici ?

– Eh beu...

– Il est venu observer de près de pauvres pestiférés, ironisa son oncle.

Aimé profita de l'échange pour s'éclipser sans demander son reste. La réception touchait maintenant à sa fin. Tous les convives prirent congé, non sans avoir félicité une dernière fois la vedette du jour et ses parents pour la qualité de la réception. Un clin d'œil complice ponctua les adieux du « tonton sous la hotte ». Aimé et Laetitia aidèrent à ranger la maison. Aimé remercia pour les cadeaux et toute la fête. Il déclara qu'il souhaitait aller se coucher. C'est bien ce qu'il fit, mais sans pour autant pouvoir trouver immédiatement le sommeil. Il ressassait les images et informations contradictoires relatives à la cigarette. Cette journée marquait un changement : maintenant, même son linge de corps puait. Épuisé par tant de mystères, il finit par s'endormir.

Le lendemain, Aimé alla à l'école avec son vélo, muni des recommandations maternelles sur la sécurité routière, les risques de chute, de vol, etc. Pendant les récréations, chaque élève se fit un devoir de raconter, plus ou moins honnêtement, le déroulement de sa fête. Les cadeaux étaient analysés, comparés et même testés à chaque fois que cela était possible. Aimé ne crut pas nécessaire de mentionner son expérience tabagique à ses semblables, pensant qu'ils n'étaient sans doute pas à même de comprendre sa curiosité. Certains malveillants seraient peut-être incités à profiter de la situation pour envisager de remettre en cause sa position de chef, car un vrai chef sait dire non. Pourtant, détenteur d'un secret de la plus haute importance, il brûlait d'envie d'en parler, mais à qui ? Il excluait d'office ses parents. Son père n'avait jusqu'à hier jamais fumé devant lui. Se sentait-il coupable de fumer ? Se sentait-il maintenant encore plus coupable depuis qu'il s'était découvert ? Par ailleurs, le fait d'avoir essayé à deux reprises lui interdisait une confrontation, car Papa aurait vite percé son secret. Quant à sa mère, sa position intégriste l'excluait de tout aveu. Donc, le seul susceptible de comprendre ses états d'âme était l'horrible Maurice. Évidemment, ce cancre ne manquerait pas de manifester un certain plaisir à le voir venir. Mais que risquait-il après tout ? Le ridicule ne tue pas ! C'est en cachette qu'il lui téléphona pour convenir d'un rendez-vous.

Aimé retrouva Maurice au café Clopin-Clopant. Il y régnait une odeur pestilentielle. Craignant un dépistage olfactif maternel sur ses vêtements, il exigea que l'entretien se tint sur la terrasse, à dix mètres minimum de la sortie du bouge. Maurice eut donc droit à une version intégrale et sérieusement améliorée de ses observations et de son expérimentation dans la cuisine. Au fur et à mesure du récit, Maurice ne pouvait plus contenir son hilarité. Quel intello ! pensa-t-il, lui qui ne s'était jamais posé autant de questions. Il fumait, en était fier car, autour de lui, tout le monde fumait aussi. Son père devait son initiation et ses premiers paquets à l'armée, qui l'avait approvisionné pendant 18 mois à un prix plus que promotionnel. Il en avait conclu deux choses. En premier, une équation : cigarette = armée = mâles, ce qui lui convenait parfaitement. En second, l'armée = l'État. Et si l'État distribuait des cigarettes, c'est que c'était bon pour la santé, le moral, etc. Donc, un appendice de six centimètres était bien de nature à conforter son image de caïd à l'école et sans risque particulier pour sa santé.

– Tu es un cas grave, mais sans doute pas désespéré, souffla Maurice. Je vais t'aider.

– Comment ? s'enquit Aimé.

– En t'introduisant dans notre bande. Tu y trouveras quelques anciens « intellos égarés » avec qui tu pourras t'entendre ! Rendez-vous mercredi à 14 heures ici. Débrouille-toi pour trouver une bonne excuse pour pouvoir être des nôtres chaque semaine. Tu as une chance, saisis-la !

Aimé regagna la maison, avec le sentiment d'avoir accompli un pas important en direction de sa vie d'adulte. Ses interrogations quant au futur étaient en réalité très ambivalentes. Pile, sa vie était enviable : il étudiait (un peu), jouait (beaucoup) et menait ses diverses activités extrascolaires comme il l'entendait. Papa et maman assuraient l'intendance et veillaient à lui épargner tout souci. Il en était bien conscient. Face, devenir adulte semblait offrir tellement d'horizons, de prérogatives. Puisque le passage vers la vie d'adulte était inéluctable, pourquoi dès lors le freiner? Fumer lui paraissait de plus en plus nettement comme l'une des initiations qui allaient le rapprocher de la vie réelle. Maurice allait être l'un de ses « passeurs »... Une réminiscence du discours de Madame Lafitte se manifestait de temps à autre. En trois ans, le discours, même étayé par le cas concret de la maman de Bruno, avait perdu de sa pertinence. Aimé était sur le point de penser que son ex-maîtresse n'était qu'une hystérique n'ayant pas pris la peine d'analyser ce que fumer signifiait. Lui savait... ou presque.

– Maman, est-ce que je pourrais revoir mes copains de catéchisme?

– D'accord sous deux conditions: d'abord, ne pas rouler trop vite et, ensuite, être de retour avant 18 heures.

– Merci Maman, je vais tout de suite annoncer la bonne nouvelle aux autres.

C'est ainsi que muni d'une autorisation maternelle à peine détournée, Aimé retrouva Maurice au café, plus précisément dans l'arrière-cour de l'établissement. En plein air.

Maurice lui présenta immédiatement Philippe, un garçon aux antipodes du tonitruant meneur. La première « réunion » consistait en une présentation mutuelle. À 15 ans, Philippe était du type introverti. S'estimant peu, de nature anxieuse et dépressive, très fragile émotionnellement, il avait horreur de l'action, ce qui s'était traduit entre autres par une remarquable série d'échecs à l'école. Ses parents séparés s'étaient accommodés de sa transhumance scolaire. Il trouvait dans la bande à Maurice la chaleur dont ses géniteurs avaient été si avares. Il n'avait jamais décidé de devenir fumeur de façon consciente et éclairée. Voulant intégrer la bande et pour ne pas se « dégonfler », il dut fumer en guise de ticket d'entrée. Au fil des mois, il était devenu l'intello de la bande. Sa mission consistait à convaincre les candidats à l'entrée des bienfaits du tabac. Bref, il enseignait... Leur entretien autour d'un café pour Philippe et d'une eau pour Aimé s'interrompit lorsque la cloche de l'église sonna à cinq reprises. Maman serait ainsi satisfaite d'un fils aussi obéissant que raisonnable, fréquentant des copains de catéchisme !

Le mercredi suivant, le Pr Philippe promit de répondre en tête-à-tête à toutes les interrogations du candidat car, fumant depuis l'âge de 10 ans, il connaissait son sujet !

– Fumer est dangereux ! C'est une ancienne maîtresse d'école primaire qui nous l'a expliqué, commença Aimé.

– J'ai déjà entendu cela, mais moi, je n'y crois pas beaucoup car, si c'était dangereux, crois-tu que tout le monde fumerait ? Ce serait tout simplement interdit ! De toute façon, si maladie il y a, elle frappe les vieux d'au moins 50 ans. D'ici là...

– Et tu dis que tout le monde fume ?

– Oui, c'est évident, car lorsque tu observes ceux qui fument, tu dois penser que ceux qui ne fument pas en ce moment ont fumé avant ou alors vont bientôt s'y mettre. Je crois que 80 % au moins des gens fument. Au moins... Moi, je dis que je me soigne avec les plantes. Cela cloue le bec des ignares !

– Évidemment, se rassura Aimé en posant la question suivante : Comme je te l'ai dit la semaine dernière, j'ai eu l'impression, en observant attentivement les fumeurs depuis ma communion, que fumer détend.

– Bien vu ! Quand tu en as marre, une heure après avoir fumé par exemple, tu ne peux pas savoir ce qu'une cigarette t'apporte !

– Oui, mais maintenant, je suis parfaitement détendu, je ne vois pas ce qu'elle pourrait m'apporter ?

– Je ne me souviens pas de cet état. Il y a cinq ans que je fume... En tout cas, je peux te dire que lorsque j'ai besoin d'avoir du courage pour affronter mes parents par exemple, ou lorsque je n'ai pas confiance en moi, je suis content de savoir ma copine près de moi, prête à me secourir.

Philippe caressa instinctivement son paquet au travers de sa veste. Il poursuivit :

– Même chose quand je me sens agressif. J'ai, en fumant, l'impression de brûler, d'écraser le problème du moment. C'est magique ! Crois-moi, la cigarette est le bien le plus précieux qui puisse exister. C'est bien pour cela que tous les condamnés à mort expriment comme dernière volonté le désir de pouvoir fumer. Dans tous les films de guerre, tu vois les blessés graves fumer. C'est un droit, car cela leur fait du bien. Tu vois des publicités partout pour les cigarettes : chez les marchands de tabac bien sûr, dans les magasins, sur les vêtements qui portent la marque, sur les voitures de F1. Si c'était dangereux, ce serait interdit.

– Maintenant que tu le dis, je me souviens avoir vu ta marque sur les bolides et même sur les pilotes transformés en hommes-sandwichs !

– Et le cow-boy, et le dromadaire, tu ne les as pas vus non plus ? Tous les acteurs, toutes les actrices de cinéma fument. As-tu vu beaucoup de James Bond sans cigarette ? Crois-tu qu'ils font cela pour de l'argent ? Non, bien sûr, c'est tout simplement qu'ils aiment ! Même chose à la télévision : compte tenu du nombre d'apparitions de cigarettes, il m'arrive parfois de penser qu'elles sont le personnage principal ! En fait, fumer est aussi banal que de porter sa casquette à l'envers, mais fumer permet de t'identifier. En quelque sorte, ton paquet est ton identité, car ton choix de marque t'identifie auprès des autres. Ici, on fume presque tous la même chose, des blondes de Virginie que j'imagine autrement plus agréables que le vieux tabac brun de mon père. Lorsque j'ai commencé, je suis passé directement de la sucette à la cigarette, tellement le goût de cette cigarette me rappelait celui de la confiserie !

– À propos de goût, reprit Aimé, j'ai trouvé cela parfaitement dégoûtant avec Maurice et sans aucun intérêt avec mon oncle.

– Pas étonnant, tu dois apprendre ! Draguerais-tu une minette avec quelque chance de succès sans un minimum d'apprentissage ? La cigarette, c'est pareil, mais elle, elle te reste fidèle toute ta vie !

– Oui, mais…

– Mon frère a 24 ans. Bien sûr, il fume… et tout lui réussit. Je veux lui ressembler.

– J'ai aussi un cousin de cet âge. Il fume, il a insisté pour que j'essaie. Il est un modèle pour moi, il sera bientôt médecin.

– Tu vois, ici, personne ne te forcera à fumer. Tu pourras essayer toutes sortes de clopes, des mentholées que l'on présente aux filles et aux froussards, jusqu'au tabac gris de nos ancêtres que tu pourras rouler toi-même, pur ou en mélange avec d'autres herbes. Les copains t'offriront les premières. À ton tour, tu en offriras plus tard, car offrir est l'un de nos plaisirs : nous partageons une passion, un rite. Ce n'est qu'une fois fumeur confirmé que tu pourras être vraiment intégré à Clopin-Clopant. C'est le règlement et c'est très bien ainsi.

Le ton mesuré, le caractère affable de Philippe, l'absence apparente de contrainte impressionnaient favorablement Aimé.

– Veux-tu essayer la semaine prochaine ?

– Oui, mais si je n'aime pas, tu me promets de ne pas insister.

– Évidemment ! Maurice m'a demandé de t'aider. Je le fais très volontiers.

– Merci Philippe. Ah ! J'ai encore une question : il parait que lorsqu'on commence, on ne peut plus s'arrêter.

– Ce sont des foutaises. Moi je peux arrêter quand je veux.

– Tu as déjà essayé ?

– Non, mais je sais que je pourrais arrêter si je le décidais. Immédiatement.

– Pourquoi n'as-tu pas essayé d'arrêter… juste pour voir si c'est vraiment possible ?

– À quoi bon, puisque j'aime ça et que je suis sûr de pouvoir arrêter n'importe quand.

– Combien dépenses-tu ?

– Ce que je dépense n'a pas d'importance. Je me débrouille… Si c'est un problème pour toi, tu peux d'ailleurs les acheter ici à la pièce, mais cela revient finalement plus cher.

Aimé calcula vite qu'un paquet par jour représentait plus que la totalité de son argent de poche. Ce côté représentait certes une difficulté, mais une difficulté n'est-elle pas faite pour être surmontée ? Son père lui rappelait souvent : « Lorsqu'on veut faire quelque chose, on trouve des moyens. Quand on ne veut rien faire, on trouve des excuses. » Aimé n'envisageait pas de trouver d'excuses…

– Et ceux qui ne peuvent pas se les payer ?

– Il y a une solidarité entre nous. Mais il est vrai que certains n'hésitent pas à sombrer dans l'illégalité, voire la criminalité pour continuer à fumer. De là à assimiler tabac et drogue dure…

Aimé prit congé des deux comparses, certain d'avoir pris la bonne décision. Sur son vélo, il revoyait et entendait à nouveau le plaidoyer sincère de Philippe. Allait-il s'ouvrir de son choix à son père ? Après tout, lui aussi avait dû passer par les mêmes interrogations ! Pourquoi avait-il commencé ? Pourquoi continuait-il encore après tant d'années ? Il fallait que sa satisfaction soit intense pour rester aussi fidèle ! Malgré leur futur point commun, Aimé décida de ne pas se confier car si Papa se cachait, il pouvait bien en faire autant. Quant à sa mère, elle considérait manifestement le tabac comme un mal absolu justifiant la « déportation » paternelle dans le réduit immonde. Aucune communication n'était possible. À cet instant, il lui en voulut d'avoir privé son père d'un immense plaisir somme toute naturel. Ce comportement méritait vengeance : il allait fumer, ne serait-ce que pour lui faire mal. Il se promit de ne jamais se laisser manipuler de la sorte par sa femme. Ses réflexions sur l'abus manifeste du pouvoir l'amenèrent à choisir le thème de son prochain exposé : « On doit vivre et laisser vivre. »

En quête d'une nouvelle identité, puisque la nature le voulait ainsi, Aimé se prenait à rêver de plaisir, de vacances, d'exploits plus sportifs, de voyages, d'aventures et… de sexualité. L'image de la cigarette complaisamment présentée par Philippe et Maurice lui paraissait de plus en plus nettement en adéquation avec sa quête de découvertes, avec sa soif de vivre.

À la fin du repas célébrant son quatorzième anniversaire, les parents détaillèrent leurs projets pour les prochaines vacances. Cette année, la famille mettrait le cap sur la Côte atlantique, plus exactement sur une portion appelée Côte sauvage. Ils avaient loué un gîte rural pour profiter à la fois de l'arrière-pays et de la mer. Au programme : la découverte des églises romanes, de l'ostréiculture, du Médoc, de l'aquarium de la Rochelle, des villes fortifiées par Vauban et des îles via une mini-croisière privée… Aimé se fit préciser les lieux, le jour du départ, celui du retour et nombre de détails pratiques. Cette autant soudaine que nouvelle curiosité intrigua Maman, mais sans plus. Elle n'y vit qu'une simple confirmation du caractère sérieux et attentionné d'un fils acceptant sans sourciller la découverte des vieilles pierres… Toutes ses interrogations devaient être les signes avant-coureurs de son émancipation progressive : il confirmait son intention de se prendre en charge. Un instant, elle se félicita d'avoir autant de chance.

Après avoir une dernière fois remercié pour le repas et les cadeaux d'anniversaire, Aimé rejoignit sa chambre, à la fois comblé à l'idée de découvrir une nouvelle région et perplexe quant à son imminent apprentissage. Il lui restait moins de quatre semaines pour franchir le cap. Mentalement, il reprit les arguments de Philippe et Maurice, qu'il compara à ses appréhensions résiduelles. Sa première expérience avait été profondément désagréable, mais il savait maintenant que c'était normal. Les paroles lénifiantes de Philippe résonnaient encore dans sa tête, mais il n'arrivait toujours pas à occulter le caractère dangereux, le risque d'esclavagisme et tout ce qui se murmurait ou se disait sur le tabac. S'il pouvait gagner à court terme son ticket d'entrée dans Clopin-Clopant et l'amitié de ses membres, que deviendraient ses liens avec ses copains actuels, dont aucun ne semblait avoir succombé aux charmes supposés de l'herbe à Nicot ? L'instant d'après, il se rassura en se disant qu'ils avaient sans doute eu une démarche voisine de la sienne et que beaucoup, si ce n'est tous, fumaient déjà sans pour autant le crier sur les toits, car Sherlock Holmes veillait… du moins à l'école. Pour rien au monde, il n'aurait voulu être le dernier !

Restaient encore deux points épineux : l'argent et le « service après-vente ». Le premier point était d'ores et déjà en cours de règlement : un travail collectif devait être remis sous quinzaine. Par chance, Aimé avait été inclus dans un groupe comportant trois cancres aussi notoires que friqués. Ceux-ci lui avaient proposé, contre une généreuse rétribution, d'effectuer le travail à leur place. Il avait accepté. Les « honoraires » fixés lui assureraient ainsi le financement de ses premiers paquets. Pour le second, il considérait que Clopin-Clopant se devait de l'assister au cours de son initiation, aussi longtemps que nécessaire. Que se passerait-il s'il avait besoin d'« assistance » pendant ces quatre longues et stupides semaines ? Aimé balaya d'un geste cette objection, certain que la bande aurait les moyens d'y répondre avec justesse.

Encore hésitant, il se traita d'imbécile. Il se dit que seule une analyse « scientifique » pourrait lui permettre de prendre une décision définitive. Il prit donc une feuille blanche, inscrivit le titre *Fumer* et traça une ligne médiane, non sans avoir au préalable indiqué à gauche « Pour » et à droite « Contre ». Ensuite, il entreprit de dresser une liste de critères significatifs. Rapidement, il convint que tous ces éléments, pour aussi pertinents qu'ils fussent, n'avaient pas tous à ses yeux la même valeur. Pour chaque critère, il choisirait donc une note variant de 1 à 4. L'exercice terminé, il ne lui resterait plus qu'à additionner les pour et les contre, la décision finale serait formée par le seul résultat arithmétique. Ainsi, son choix relèverait de la pure logique et non d'une possible influence de tel ou tel ou d'une lubie momentanée. Imparable ! se dit-il, rayonnant devant l'astuce du procédé.

Une demi-heure plus tard, Aimé contemplait le résultat :

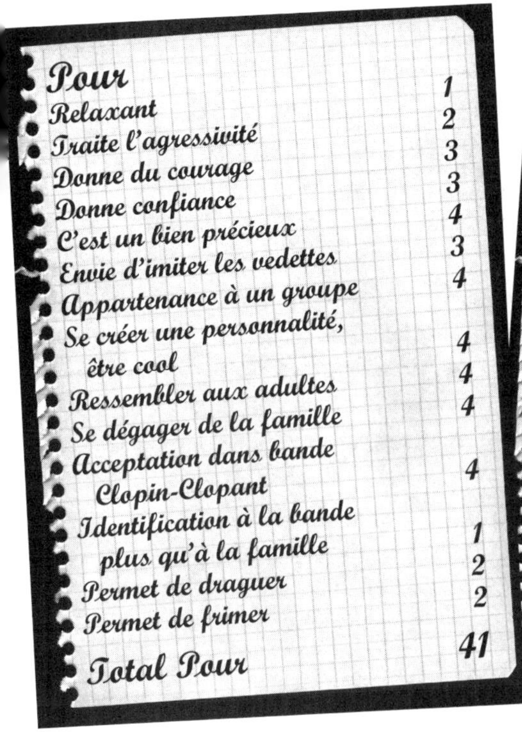

Avec un score de 41 contre 21, les tergiversations, dont il n'était pourtant pas spécialement coutumier, n'étaient plus de mise. Il ajouta en lettres capitales : DONC, JE VAIS FUMER et se promit de rendre cette décision exécutoire dès le mercredi suivant, puisque Philippe lui avait certifié pouvoir arrêter quand il le désirerait et sans doute avant de partir en vacances. Ceci règlerait aussi le problème du « service après-vente »... Sa première expérience avait d'ailleurs été tellement catastrophique qu'il était bien certain de pouvoir arrêter à n'importe quel moment. La chose aurait pu lui paraître moins évidente si le premier contact avait été positif. Aimé relut son « analyse scientifique », la confirma et se dit qu'une telle décision prise le jour de ses 14 ans était sans doute sa première décision d'Homme. Il pensa à tous ces imbéciles qui commencent à fumer sans réfléchir. Quel gâchis ! Les difficultés d'apprentissage auxquelles il allait devoir faire face ne l'effrayaient plus. S'il n'avait pas par exemple persisté dans son apprentissage du vélo, il n'aurait jamais connu les joies de la petite reine. Même son père, en répétant régulièrement que sa réussite était due à sa ténacité, contribuait involontairement à la décision du jour : en fumant, lui aussi montrerait sa ténacité, donc son efficacité. Il réussirait, comme Papa.

En allant chez Clopin-Clopant, Aimé remarqua à peine une publicité sur la Journée mondiale sans tabac, qui coïncidait chaque année avec son anniversaire. Il sourit, car que pouvait-il faire d'autre ? Il n'allait tout de même pas devenir sensible à un slogan, alors que sa décision « scientifique » était irréfutable !

Contrairement à ce qu'il espérait, Philippe n'avait pas prévu pour lui de « cours » particulier. En effet, une bande d'une dizaine de filles et de garçons de 9 à 16 ans attendait la bonne parole. Les filles semblaient plus âgées que les garçons. Une idée saugrenue traversa un court instant le cerveau en ébullition d'Aimé : pourquoi son intronisation au tabac ne serait-elle pas également suivie d'une initiation sexuelle ? Les filles présentes lui semblaient nettement plus délurées et plus sophistiquées que les saintes nitouches de sa classe… Il n'eut pas le temps d'approfondir la question, car Philippe déclara :

– Notre bande Clopin-Clopant est heureuse de vous voir tous réunis, ce mercredi 9 juin 1993, une date que vous conserverez dans votre mémoire, j'en suis sûr, car ce que je vais vous aider à découvrir va changer votre vie. Le café dans lequel vous êtes accueillis a reçu des échantillons gratuits. Vous pourrez donc vous initier, et même un peu plus, gratuitement. Je vais vous expliquer les différences entre les diverses cigarettes pour que vous choisissiez celle qui vous convient.

Bien entendu, vous pourrez en tester plusieurs de la même marque et essayer plusieurs marques si vous le souhaitez. Ce beau paquet doré affiche une teneur en nicotine de 0,17 mg. C'est évidemment peu, mais pour des débutants… Si vous craignez une détection de l'odeur de fumée par vos parents, vous pouvez essayer cette cigarette mentholée, très pauvre en nicotine (0,3 mg) mais qui pourra vous combler si vous vous contentez de la beauté du geste de fumer. Comme le menthol est d'usage courant en médecine, vos parents pourront croire que vous vous soignez !

Localement légèrement anesthésiantes, les mentholées autorisaient les candidats à l'oppression à des inhalations longues et profondes. Sans effort. Ce faisant, les futurs attachés ne voyaient lors de leur initiation que des points positifs : plaisir du goût et attrait social avec en plus une « protection » thérapeutique.

– Vous pouvez, reprit Philippe, encore choisir des « ultralight », des « light » selon le taux de nicotine qui vous inspire, ou en fonction du dessin de la boîte, des couleurs ou de n'importe quel critère personnel. Évidemment, vous connaissez toutes et tous cette rouge et blanche et son taux de nicotine affiché à 1,09 mg. Avec celle-ci, toute une symbolique est à votre portée ! La plupart des débutants la préfèrent d'instinct. Souvenez-vous que vous avez d'abord marché à quatre pattes avant de vous relever, puis de courir… jusqu'ici. Donc pas de précipitation ! Vous avez tout votre temps pour devenir de vrais fumeurs et intégrer Clopin-Clopant.

Déjà, les « élèves » s'avançaient pour saisir les paquets. Avec une surprenante autorité, Philippe les arrêta. Chacun devait indiquer son choix, dans le calme, pour recevoir l'objet convoité. Dans la minute suivante, chaque participant avait une cigarette en bouche. Philippe distribua à chacun un briquet rouge et blanc, comme témoignage de l'attention d'un fabricant à ces futurs clients. Une dizaine de flammes s'allumèrent instantanément, saluées par de généreuses quintes de toux.

– Maintenant que vous ne m'avez pas attendu pour commencer et que vous avez tous bien suffoqué, vous allez peut-être m'écouter si vous ne voulez pas être déçus du voyage !

Chacun reçut en fonction de son niveau d'expérience et de ses attentes les conseils appropriés. Les premières réactions furent diverses : de la curiosité pour « savoir » et exercer son sens critique aux désillusions de ne pas ressentir un quelconque état euphorique ou hallucinant. La plupart sentaient confusément que la cigarette allait leur permettre de vivre autrement leurs émotions : le mou allait devenir un dur, le rebelle allait amadouer les autres. Certains ressentaient un embryon de plaisir par accroissement de leurs performances d'éveil. D'autres continuaient à tousser, à suffoquer, à supporter des vertiges. Le plus grand et le plus costaud, pris d'un malaise, sortit vomir. Après une dizaine de minutes de ce spectacle haut en couleur, Philippe voulut réunir tous ses « apprentis », spontanément agglutinés par affinités :

– Ça suffit pour aujourd'hui ! Pour bien profiter de cette expérience, souvent la première, résumez-moi vos réactions.

– C'est dur ! Mais j'y arriverai, lança un gringalet de 9 ans. Il n'y a pas de raison que je ne puisse pas faire comme mes parents, comme toi, comme le cow-boy, Clint Eastwood, etc. J'ai de la volonté, tu sais !

– Moi, j'ai compris que mon corps était plus intelligent que moi. Il m'a montré que cela ne lui convenait pas. Je l'écoute et donc je vous salue ! annonça fièrement une belle blonde qui quitta sans plus attendre l'assistance sous quelques huées de désapprobation.

– Moi, je crois que fumer sera une composante essentielle de ma personnalité, dit Aimé. Je sens déjà que ces quelques bouffées m'ont fait du bien ! J'entrevois maintenant pourquoi elle est un recours en toutes circonstances pour Philippe.

– Je me sens devenir adulte ! Je vais pouvoir quitter les jupons de ma mère, affirma un petit rouquin. Ça me tue ! Je veux dire, c'est génial !

– Regarde-moi ! Je me trouve attirante, excitante, sophistiquée, dit à Philippe la plus belle plante du groupe, déjà titulaire d'arguments convaincants, même et surtout hors tabac. Les gestes que me permet cette cigarette très longue, très fine me paraissent plus précieux que tous les accessoires de séduction au demeurant inaccessibles à mon porte-monnaie : des bijoux aux vêtements, en passant par les foulards ou les sacs. Avec ça, ça va tomber les mecs ! Et en plus, je vais rester mince !

– J'ai l'impression de devenir un mutant ajouta le dernier intervenant. J'étais banal, je deviens quelqu'un. Maintenant, je suis séduisant. N'est-ce pas, ma belle ?

– Bravo à toutes et tous, conclut Philippe. Fumez si vous le voulez, sans vous précipiter ou attendez mercredi prochain pour une nouvelle séance d'initiation, avec des surprises.

Philippe ramassa les rares paquets qui n'avaient pas encore trouvé preneurs. Certains lisaient ou tentaient de lire les avertissements « nuit gravement à la santé » en lettres dorées aussi élégantes que discrètes. D'autres commentaient la mention « pour adultes » et savouraient la satisfaction de l'être déjà grâce au tabac. Avant de les quitter, Philippe distribua un dernier conseil pour tromper la vigilance olfactive des parents : des grains de café à mâcher, en cas d'urgence.

Aimé enfourcha sa bicyclette et prit le chemin du retour, parfaitement serein. Son père allait sûrement lui offrir une cigarette. Ce sont des choses naturelles entre adultes ! Il l'avait constaté lors du repas de communion. Maintenant, il l'espérait. Quant à sa mère, elle allait devoir comprendre que le cher Aimé avait maintenant du « poil aux pattes » ! Non, mais… Ce brusque accès de maturité surprit non plus Aimé, mais Tu, puisqu'un adulte ne s'appelle plus par son prénom… À lui le mensonge, peu pratiqué jusqu'alors. À lui la rébellion envers l'autorité maternelle. À lui la possibilité de braver les interdits, de résister à la coalition malfaisante des non-fumeurs. Quant au risque sanitaire indiqué sur les paquets, il se décréta non concerné puisque d'une part, il ne serait jamais dépendant et que, d'autre part, si les avertissements étaient quasi illisibles, cela signifiait que le danger était quasi inexistant.

II

Monsieur Patres, Ad Patres pour être précis, semblait être né sous la bonne étoile des patrons heureux et triomphants. Il avait acquis l'habitude, la manie même d'être le premier n'importe où, n'importe quand, n'importe comment et avec n'importe quels moyens. Était-ce une réaction ou une justification face à un patronyme qui, en latin, évoquait le meurtre ? Tous les « imbéciles » qui, à un moment ou à un autre, avaient cru devoir se mettre en travers de son chemin ascensionnel n'eurent pas l'occasion d'admirer ses scrupules ou son respect de convenances considérées par lui comme d'un autre âge. Depuis toujours, Ad Patres écartait, balayait ou détruisait tout ce qui s'opposait à lui. En souriant largement et bruyamment, il s'étonnait du choix laissé à ses opposants : être écarté, viré ou cassé, psychologiquement et/ou physiquement.

– « Présentement », comme on dit sur le continent africain dont je me fiche éperdument, mais qui me rapporte beaucoup, je suis sur mon yacht, en Méditerranée, dans les eaux internationales, déclarait-il, par téléphone, à un lointain collègue.

Ad Patres passait en effet le plus clair de son temps sur un bateau, celui de la société qu'il dirigeait : Pro-Mortem. Les flancs du navire étaient ornés des armoiries maison et affichaient la célèbre locution latine « *Veni, vidi, vici* ». Partout où il était venu, il avait vu et vaincu toutes les barrières, lui permettant de régner maintenant en maître quasi absolu sur un empire industriel et par-delà sur toute une industrie.

Ad Patres avait commandé ce yacht pour la modique somme de 70 millions. 75 mètres de long, près de 12 de large, trois ponts et 24 membres d'équipage en faisaient une véritable demeure de luxe. De très grand luxe. Ad Patres considérait son activité de patron comme plus féconde sur le bateau. Toutes les décisions stratégiques du groupe se prenaient à bord, loin de son bureau, pourtant particulièrement impressionnant. Il privilégiait ses conditions de vie, idéales tant pour son épanouissement personnel que pour ses performances professionnelles. Ses actionnaires auraient eu mauvaise grâce de lui refuser le moindre de ses caprices, eu égard aux plantureux dividendes dont il les régalait.

À 42 ans, après deux divorces et quatre maîtresses, il ne s'embarrassait pas de détails susceptibles de pouvoir enfreindre sa liberté. C'est au nom de ce grand principe qu'il ne voulut jamais d'enfant. Sa carrière et sa vie étaient construites autour de cinq concepts : quelle que soit l'heure, quel que soit l'interlocuteur, méfiance et méfiance étaient les deux premiers. Son profond mépris pour l'espèce humaine était le troisième. En guise de quatrième, il se considérait comme le nombril du monde sachant tout, voyant tout. Son dernier concept tournait autour de la déshumanisation de son personnage propre à déjouer ses adversaires. Il respirait le secret. Un froid secret.

Végétarien et ex-fumeur depuis longtemps, Ad Patres était un sportif accompli. Son énorme entreprise appartenait à une industrie dont les revenus frôlaient les 120 milliards de dollars. 88 % des pays membres de l'ONU avaient un produit national brut inférieur à ce montant ! Cette position représentait pour Ad Patres un élixir de jouissance. Il pesait déjà plus que les présidents irlandais ou péruvien en terme de chiffres et beaucoup plus encore en terme d'influence. Sa première rencontre avec les actionnaires fut agitée. Une compagnie d'assurances, une banque et des petits porteurs exigeaient encore plus de rendement financier tout en avouant leur inquiétude quant à l'avenir d'un groupe dont les produits étaient connus et appréciés de tous. Ou presque. Il aimait relever de tels challenges. Le produit phare, le plus rentable était, depuis longtemps, l'objet d'attaques incessantes. Une armée d'associations, d'organisations, de soignants, de juges, quelques États et une officine dépendant des Nations Unies menaçaient ou croyaient menacer l'empire. Ad Patres, c'était le Messie. Il ferait donc des miracles!

Face aux possibles menaces sur la rentabilité à long terme, ses prédécesseurs avaient largement diversifié les activités dans l'agroalimentaire. Cent jours après sa prise de fonction, il avait assimilé les rouages essentiels d'un empire fort de 40 000 personnes et d'une présence active dans plus de 160 pays. Il observait le comportement de ses consommateurs avec dégoût : ils ne se nourrissaient pas, ils se gavaient. La gamme actuelle comprenait des snacks, des céréales, des repas complets, des pizzas, des sauces, des condiments, des produits laitiers, des desserts, des chocolats, du café et des boissons alcoolisées. Il était donc tout naturel qu'un tel festin se terminât par… des cigarettes!

Sans l'ombre d'une once de considération pour la multitude bouffante et fumante que constituait sa clientèle, Ad Patres, voyait chaque ligne de produit comme un moyen, et un moyen seulement, de faire du fric. Seule la dernière ligne du compte d'exploitation comptait. Pour améliorer immédiatement la rentabilité, il décida dans un premier temps de se consacrer aux divisions alimentaires. Des milliers de bouches inutiles, selon lui, firent les frais de cette restauration des performances financières. Ceci supposa une adaptation toute personnelle du droit du travail, ainsi que la mise au pas des syndicats, des élus « luttant pour la sauvegarde de l'emploi » et de quelques benêts insatisfaits de sa stratégie conquérante. La bourse applaudit.

Il insuffla rapidement à Pro-Mortem, entreprise pourtant très performante, un nouvel élan de dynamisme. Il motiva et surmotiva financièrement quelques cadres susceptibles de servir aveuglément sa stratégie, ses objectifs, y compris personnels. Il adapta ses revenus. *« Toute peine mérite salaire »*, avait-il appris. Il préférait à cette morale d'un autre temps une citation de Deng Xiaoping affirmant que « s'enrichir est glorieux». La restructuration en cours et ses inévitables retombées lui permettaient d'adapter d'ores et déjà ses revenus. Féru de gloire, dorénavant, il s'octroierait un salaire annuel de 10 millions de dollars et encore un plus gros paquet d'actions. Une juste reconnaissance, selon lui. En attendant mieux.

Pas le moindre quidam n'éprouva le besoin de lui indiquer que son salaire correspondait à celui de plus de mille personnes. Les survivants à ses plans de restructuration devaient s'estimer satisfaits. Patron de la quatrième entreprise de son pays, en terme de rentabilité, il exigeait des égards. Sa nomination en tant que Patron de l'année 93 lui permit, sans plus attendre, de porter ses revenus à 20 millions de dollars annuels + les titres. Aux olympiades du fric, il était médaille d'or!

Il se promit de multiplier ce chiffre par cinq avant l'an 2000. Cent millions feraient sans doute de lui le patron le mieux payé. Normal! Personne n'oserait rapprocher ses 100 millions d'euros aux cent millions de morts dont était responsable l'industrie du tabac au XXe siècle.

III

Les quatorze ans de l'apprenti fumeur ne donnèrent lieu ni à des débordements d'amour excessifs de la part des parents, ni à une démonstration particulière d'amitié à l'école. Les cadeaux de circonstance consistèrent en un ensemble stéréo pour sa chambre ainsi qu'un rasoir, l'usage quotidien de cet ustensile barbare semblant devoir rapidement s'imposer. Tu voyait en cet accessoire la confirmation que son enfance s'éloignait à grandes enjambées. Eu égard à l'évolution de ses frais, il reçut une augmentation de 25 % de son argent de poche.

– Merci beaucoup, dit-il, j'avais justement envisagé de chercher quelques petits boulots pour pouvoir m'acheter des disques et une veste.

– Une veste ? s'inquiéta sa mère.

– Oui, tous les copains ou presque en ont une. Tu la connais sans doute. Il s'agit d'une veste marquée « classique ». J'en ai essayé une, c'est vraiment confortable, solide, dans le coup ! Je vais épargner pour pouvoir m'en offrir une à la rentrée.

– Pourquoi veux-tu cette veste-là ?

Prudemment, Tu ne répondit pas immédiatement. Sa mère reprit :

– Je t'offre une veste du même prix ou davantage, plus confortable encore, de la couleur de ton choix et quand tu veux. Mais de grâce, ne vas pas acheter une veste destinée à te rendre complice de la promotion du tabac!

Sentant le danger, le père crut devoir intervenir:

– Mais enfin, tous les jeunes se promènent avec des T-shirts imprimés avec le logo d'une université américaine, des slogans plus ou moins abscons, des virgules, etc. Tu n'es sans doute pas épargnée par cette déferlante dans ton école?

– Oui, mais toutes ces idioties, d'une laideur plus ou moins repoussante, ne prédisposent pas à l'achat d'un produit dangereux. Le problème avec cette veste « classique » est très simple: en achetant et en portant ce vêtement, tu as statistiquement six fois plus de « chances » de devenir fumeur dans l'année, perspective que je refuse même d'envisager. Alors, c'est clairement non. J'ajoute que ma décision n'est pas négociable. Ton père, mal placé en la matière, aura la décence de ne pas intervenir.

Après un moment de réflexion, elle ajouta:

– À moins que tu ne fumes déjà?

– Mais, Maman, tu sais bien que non. D'ailleurs, à l'école, personne ne fume dans ma classe.

– Et en dehors?

– Demande-le à Sherlock Holmes…

Le père intrigué et le fils sentant la pente devenir dangereuse se dépêchèrent d'orienter la conversation sur un sujet moins « brûlant ». C'est ainsi que le projet d'acquisition d'un chat pour Laetitia fut opportunément repris et abondamment commenté. Mais la mère ne fut pas dupe de la diversion:

– Elle est un peu grosse la ficelle, mes amis, et… je la vois. Reprenons donc notre sujet précédent. Aimé, je vais te dire maintenant ce que j'aurais peut-être dû te dire plus tôt, puisque ton père peut difficilement t'en parler. Ton corps est en pleine construction, même si l'essentiel est fait. Ta personnalité aussi. Certains, à ton âge ou bien avant, croient un certain discours ambiant qui voudrait que fumer soit nécessaire pour se libérer de la tutelle parentale. En fait de libération, ceux qui succombent aux gros mensonges de l'industrie du tabac achètent en réalité des chaînes qu'ils se mettent tous les jours non pas aux pieds, mais dans la bouche. Pour moi, un fumeur, c'est un bagnard, tu sais avec le pyjama ! Peut-être ton père voudra-t-il commenter cet aspect des choses, pour lequel je lui reconnais une compétence certaine. La publicité du tabac sous des formes de plus en plus subtiles amènent la jeunesse à croire que fumer est un passage obligé pour devenir adulte. Pour te convaincre du caractère ridicule de cette idée, il te suffit d'observer que plus de deux personnes sur trois ne fument pas. As-tu constaté chez eux des manifestations persistantes d'infantilisme ? Si nous avons décidé d'augmenter tes ressources financières, ce n'est pas pour les voir partir en fumée. D'ailleurs, cela n'y suffirait pas. Un certain nombre d'adolescents en quête d'identité croient, parce que la publicité et le marketing des fabricants de cigarettes sont parvenus à les en convaincre, que fumer est un accessoire de séduction. Mon pauvre Aimé, essaie un jour de séduire avec une haleine de cendrier, des dents et des doigts jaunis et en prime quelques quintes de toux. Tu m'en diras des nouvelles ! Il est aussi un point important : tu apprécies le vélo et tu fais plus de cent kilomètres par semaine. J'en suis ravie, même si je constate que la manière dont tu l'emploies est parfois à la limite du tolérable. Tu dois savoir que si tu fumais, tu en ferais de moins en moins. Tu te priverais d'une source de plaisir et de santé. N'est-ce pas mon petit mari ? Est-ce que je dois continuer ?

– On a compris, Madame le Procureur, souffla son père.

– J'espère bien. À compter de ce jour, tu seras sous surveillance car, sous aucun prétexte, je ne veux que tu succombes aux sirènes de l'industrie du tabac. Bien reçu ?

– Oui, Maman, fit fonction de réponse adéquate.

– Toi qui a apprécié Balzac l'an dernier, retiens donc son avis sur le tabac : « Il détruit le corps, attaque l'intelligence et hébète les nations. »

Nonobstant la mise en garde maternelle, Tu se rendit le mercredi suivant à une nouvelle séance d'initiation. Constatant qu'il demeurait abstinent, Philippe se rapprocha de lui. Tu résuma le réquisitoire de sa mère. Bien que sa foi en la cigarette fut intacte, il doutait maintenant des possibilités pratiques de commencer maintenant, car il pressentait que sa mère allait lui mener une vie impossible. L'envie de lui nuire d'une part, et le besoin de paix de l'autre le torturaient. Philippe lui conseilla de laisser passer l'orage… En bon « professionnel », il était très satisfait car il savait qu'interdire était une excellente façon de précipiter l'envie. En d'autres termes, l'intransigeance maternelle était sa meilleure complice.

– Aujourd'hui, contente-toi d'observer tes copains de la semaine dernière et surtout nous, les vétérans. Pars en vacances, rassure ta mère et, si te le veux sérieusement, reviens à la rentrée. Clopin-Clopant sera toujours heureux de t'accueillir. Mais aujourd'hui, c'est la dernière fois que tu peux venir ici sans fumer. C'est la règle. Les voyeurs ne sont pas appréciés. À toi de voir, à moins que ce ne soit toujours ta mère qui décide à ta place… conclut un Philippe toujours aussi calme, le mégot au coin des lèvres.

Plus ou moins penaud et de moins en moins bien dans sa peau, perdant de sa superbe, Tu se fit tout petit, dans un coin de cette cour aux miracles. Le spectacle qu'il découvrit s'avéra grandiose ! Certains étaient, semble-t-il, venus pour imiter, singer les fumeurs confirmés. C'était le cas du gamin de 9 ans qui s'essayait à transformer les volutes de fumée en cercles presque parfaits : il imitait l'acteur Jack Nicholson. Certains « vieux » se comportaient en véritables épicuriens. Leurs gestes traduisaient de réels plaisirs dans la tenue de la cigarette, dans un jeu avec le briquet du cigarettier ou encore en observant la fumée exhalée. D'autres semblaient apprécier le simple contact au niveau des lèvres. Le goût était vanté de-ci de-là. Les commentaires se révélèrent rarement audibles puisque couverts par les toux des apprentis.

Quelques surexcités à leur arrivée semblaient maintenant frôler le nirvana en tirant goulûment jusqu'au filtre. Ceux-là donnaient l'impression de vouloir conserver leur cigarette au chaud dans leur main, particulièrement au niveau du filtre. Rapidement, du café, de la bière et même de l'alcool firent leur apparition. La suite promettait d'être joyeuse pour tous, sauf un. Était-il possible que les six centimètres d'un produit somme toute naturel puisse contenir autant de mystères ? Comment le savoir en restant observateur ? Sur la voie d'une frustration naissante, Tu décida que si sa mère voulait mourir idiote, elle en avait parfaitement le droit. Lui, c'était maintenant décidé, allait s'opposer à la tyrannie. Il voyait en l'interdit une sorte de muleta agitée frénétiquement devant le taureau dans l'arène. Il savait que pour éviter les banderilles, il devait esquiver. Il trouva les conseils de Philippe particulièrement judicieux. D'abord les vacances et après, la belle vie, que cela plaise ou non à son acariâtre de mère. Il planifia son comportement avec un :

– Je vais l'emmerder en commençant à fumer, déclamé à haute voix.

Quant à son père, il devait bien y avoir moyen de se comprendre. Entre hommes. S'il n'avait pas l'intention de devenir une simple photocopie de ce dernier, il aimait profondément cet homme juste, bon et qui, depuis plus de quinze ans savait s'amuser de l'autoritarisme de son conjoint.

Les résultats scolaires de cette année 1993 auraient difficilement justifié le déplacement des foules... Tu était certes admis à passer dans la classe supérieure, mais dans une section réputée plus facile. Il imaginait déjà qu'à la maison allait sans doute pleuvoir autre chose que des compliments. Sournoisement, il pensa que la situation avait du bon : pendant que sa mère s'occuperait de ses notes, elle oublierait leur altercation cigarettière. Laetitia, selon une habitude bien ancrée, rapporta des notes stupides : de l'excellence en toutes matières. La comparaison n'allait pas lui être extrêmement favorable… L'analyse des résultats se passa en l'absence du père. La mère félicita Laetitia et entreprit de secouer son fils, aussi surpris par la violence des propos que désemparé par l'absence de réponse appropriée. Selon un schéma bien rôdé, la critique portait exclusivement sur les notes faibles. À aucun moment, il ne perçut le moindre encouragement pour les notes acceptables, voire pour la bonne note, car il y en avait une ! Disséqués, comparés, dénigrés, ses résultats apparaissaient aux yeux de sa mère indignes d'elle, de sa situation, de son nom… Autant d'arguments répétés plus que nécessaire pour être compris.

– Maman, tu es une hystérique. Tu ne fais que critiquer ou interdire. J'en ai assez.

La porte du salon claqua en guise de ponctuation finale. Loin de se calmer, la mère le poursuivit jusqu'à la porte de sa chambre… qui claqua également, mais cette fois-ci sur le visage maternel. Il s'ensuivit un abondant saignement de nez, peu propice à un armistice. Les hurlements de colère de Maman n'entraînèrent aucune réaction du rejeton, enfermé dans sa chambre dans un mutisme profond. Pour toute réponse, Tu augmenta le niveau sonore de la radio au maximum, couvrant ainsi les cris.

Le père entra à la maison d'excellente humeur. Il venait de quitter pour quatre semaines bureau, collaborateurs et clients. Il avait maintenant tout un mois pour se reposer, retrouver sa famille, la choyer pour compenser ses absences. C'est avec quelque surprise qu'il découvrit sa femme avec un nez « au beurre noir » et un fils barricadé dans sa chambre. Après s'être fait expliquer l'historique des événements, il consola la blessée et entreprit de négocier avec le mutin. Celui-ci accepta de lui ouvrir la porte. Il lui donna sa version des faits. Papa utilisa tout son savoir-faire de négociateur, l'assura de sa compréhension et lui fit acheter une paix immédiate… indispensable pour le départ en vacances du lendemain. Les deux « ennemis » semblèrent entreprendre un rapprochement de circonstance, sans explication quant au fond. Si les apparences étaient sauves, la détresse personnelle du vaincu demeurait. Il mesurait combien sa soumission, même toute relative, était synonyme d'une faible estime de soi, un sentiment nouveau pour lui.

Au petit jour, la famille au grand complet partit, comme des millions d'autres, goûter aux joies des vacances. L'ex-mutin se distingua à plusieurs reprises par son silence et son refus de boucler sa ceinture de sécurité.

– Un nouveau trait de caractère ? s'interrogea son père.

La route fut longue, pour ne pas dire pénible. Les pauses toutes les deux heures conseillées par la sécurité routière étaient non seulement respectées mais anticipées. Chacune donnait lieu à une disparition paternelle de deux fois trois à quatre minutes. En plus de ces arrêts « obligatoires », un petit bruit, du jeu dans la direction ou n'importe quelle autre invention justifiait un arrêt supplémentaire…

– Pour la sécurité de tous et pour la détente des enfants, annonçait le père.

– Bien sûr ! soufflait une mère de plus en plus tendue.

Finalement, à ce train de sénateur, ils arrivèrent à destination après 20 heures. Ils découvrirent un magnifique gîte, superbement aménagé dans une demeure historique. On y accédait par un porche daté de 1774. À l'intérieur de la cour, rapidement déclarée comme nouvelle propriété des enfants, le logis avait fière allure. Les dépendances et surtout le pigeonnier de 1597 constituaient autant de témoins d'une splendeur passée. La ferme occupait une autre partie de l'imposant ensemble. Les chais côtoyaient les étables. Les enfants redoutaient déjà quelques cours maternels de sciences naturelles…

Toute la famille s'installa. Une heure plus tard, tout ce petit monde affamé appréciait la cuisine simple et honnête de leurs hôtes, exclusivement composée de produits de la ferme. Un verre de vin ou peut-être un peu plus contribua à la bonne humeur retrouvée. Le soir, Maman retrouva son instinct professionnel en découvrant un ciel exempt de toute lumière citadine. Elle commenta le spectacle. Chacun dut écarquiller les yeux pour trouver la Grande Ourse, la Petite Ourse, Andromède, la Voie lactée, l'étoile Polaire et bien d'autres. Ce faisant, un sac de sable sembla atteindre les yeux émerveillés des auditeurs. C'est donc tout naturellement qu'ils s'abandonnèrent dans les bras de Morphée.

Tu semblait dès le réveil plus amène. La perspective de partager des nouveaux jeux à cinq lui permettait d'envisager une ébauche de réconciliation. L'Histoire n'enseignait-elle pas que toutes les guerres ont une fin ?

Cap fut mis vers la station balnéaire toute proche. Les enfants exigèrent d'aller sans plus attendre sur la plage pour y jouer. Pendant que Maman et Laetitia organisaient le territoire, père et fils entreprirent un jeu de balles qu'aucun comité olympique n'aurait pu envisager d'homologuer. Ils couraient, criaient et se dépensaient physiquement. Le père demandait régulièrement grâce, complètement essoufflé. Toutes les heures, il s'offrait une pause. Il rejoignait le « camp de base », fouillait dans un sac et s'éloignait. Tu l'observait avec une certaine fascination. D'un côté, il était content de le voir satisfaire son plaisir, mais de l'autre, il souffrait de constater que c'était dans l'hypocrisie et comme s'il était pestiféré. Au fil des jours, les allumages s'effectuaient de plus en plus près. Le camouflage devenait de plus en plus aléatoire, comme si le père essayait de fumer de plus en plus ouvertement en présence de ses enfants. Cela n'échappa pas à la vigilance maternelle. Elle intervint et les choses rentrèrent dans l'« ordre ».

Après une semaine de cure iodée, Tu s'était fait quelques copains et copines qui lui proposèrent de sortir ensemble. La première soirée de la joyeuse bande se déroula dans une salle de jeux enfumée. Tu s'éprit d'un simulateur de vol. Pendant qu'il esquivait, redressait, échappait, des canettes de cola, de bière et des cigarettes firent leur apparition. Partageant les boissons, il refusa les cigarettes, non par principe car il en avait vraiment envie, mais par calcul : maman allait sentir la fumée et lui faire subir un interrogatoire poussé. En n'ayant pas fumé, il pourrait soutenir que l'odeur de ses vêtements et de ses cheveux ne provenait que du tabagisme des autres. Ce serait vrai et de nature à endormir la vigilance. S'il le fallait, il irait jusqu'à lui faire apprécier son haleine... Et demain serait un autre jour !

Rentré avant l'heure convenue, il se vit féliciter par sa mère pour sa conduite. Il détailla sa soirée, fit des commentaires, répondit aux questions maternelles sur ses nouveaux copains, et sur la puanteur de ses vêtements, de ses cheveux. Ses réponses « spontanées » lui valurent quitus.

Le lendemain, le soleil incita la famille à rejoindre la plage dès le matin. Hélas, vers midi, de gros nuages s'amoncelèrent. La pluie menaça... et tomba. Tu rejoignit sa bande, un père ayant proposé d'organiser par temps de pluie des activités sportives en salle ou des visites. Ce programme tout à fait comme il faut fut accepté par les parents avec enthousiasme.

– Pendant ce temps, nous irons faire du shopping, ajouta la mère.

Le père organisateur trimbala le groupe dans une salle de gymnastique et un petit musée. Ils se retrouvèrent ensuite dans la salle de jeux de la veille. Tu y découvrit un authentique et antique jeu de fléchettes dont il entreprit de perforer plus encore la cible. La pluie ayant sérieusement rafraîchi l'atmosphère, il accepta tout naturellement un café et une cigarette que lui tendait Julie, une jolie fille de 16 ans. À cet instant, il ne s'agissait aucunement pour lui de frimer. Ce n'était pas manifestement le cas pour beaucoup d'autres. Il cédait simplement à une pulsion contribuant à son besoin d'affirmation, particulièrement par rapport à sa mère.

C'était le 12 juillet 1993. Il toussa mais sans excès et eut la sensation de vouloir vomir. Quelques larmes perlèrent inopportunément. Il les essuya, poursuivit l'expérience, toussa encore et perçut quelques sensations d'éveil plutôt agréables. Pour faire taire les sarcasmes de Julie, il termina sa cigarette et en reprit même une autre une demi-heure plus tard. Au fil des heures, l'apprentissage se poursuivait, de moins en moins pénible. Enfin, il était sur la voie royale qui le conduisait à la découverte des mystères du tabac. La moitié de la bande fumait. L'accompagnateur aussi. C'est d'ailleurs lui qui « régalait ». L'autre moitié ignorait le tabac, sauf un rabat-joie qui, tout en toussant, entonnait un refrain pénible à ses oreilles :

– Chacun a le droit de respirer l'air qu'il choisit. J'ai choisi l'air de la mer, pas un air pollué. On s'en va ?

La pluie aussi fine que tenace fut d'une remarquable fidélité tout au long de cette première semaine, du moins à mi-temps. Les parents décidèrent d'oublier la plage au profit d'itinéraires romans en Saintonge, au programme des vacances. Avant de partir, l'incorrigible maman culturelle infligea à son auditoire un exposé sur l'art religieux des XIe et XIIe siècles. Désirait-elle qu'ils deviennent tous experts de cette expression architecturale ? Elle tenta, avec succès, de les intéresser sur la fonction des églises, à la fois lieu de prière, hôtel, restaurant, banque et marché. Des photos appuyaient sa démonstration. Un couplet sur la modestie des bâtisseurs fit fonction de pause. Lyrique, Maman tenta de les émouvoir en expliquant combien ces églises représentaient le symbole de la gratuité dans l'art, de l'altruisme, de la sincérité. Il fallut ensuite apprécier, sur papier, l'architecture : chevet, transept, façade, abside, absidiole, croisillon, nef, mur pignon, mur gouttereau… avec menace de vérification des connaissances sur place. Pressentant des risques de sécession, elle proposa de partir sans plus attendre.

– La ballade ne fait que 60 kilomètres, dit-elle pour les rassurer.

Ainsi, la famille parcourut une douce campagne. Chacun pouvant imaginer pèlerins à pied ou à cheval en quête d'humilité, de gloire ou de paradis. Le clou de la journée fut Talmont, émouvante église, en partie détruite par la mer, et ancienne halte pour les pèlerins devant embarquer pour le Médoc. Les sculptures, principalement des anges, des acrobates, des lions, des dragons, mais aussi du preux chevalier Saint Georges sauvant la fille du roi de Libye alimentaient les commentaires maternels. Ceux-ci semblaient vraiment appréciés, même par l'apprenti fumeur qui, finalement ne regrettait pas d'avoir abandonné sa nouvelle bande pour un jour.

Lorsque la famille s'assit sur un banc de pierre ombragé, à la sortie de l'église, Maman parla du prochain itinéraire roman pour le lendemain. Un soupçon de vent de révolte souffla, insensible à la beauté des généreuses roses trémières et de la Gironde. Si la famille semblait conquise par l'histoire, l'harmonie des vieilles pierres et la luminosité du ciel, une seconde journée immédiate risquait d'anéantir les effets positifs de la première.

– C'est une excellente idée. Je propose d'envisager ces nouvelles découvertes pour la semaine prochaine, trancha Papa.

La réaction unanime des enfants clôtura l'épisode.

Fermement décidé à poursuivre sa recherche sur les mystères tabagiques et n'étant pas spécialement du genre profiteur, Tu alla héroïquement acheter ses premières cigarettes. Il avait choisi sa marque, celle préférée par la bande et par son père, celle que lui rappelait le cow-boy, vue dans les films, sur son briquet et sur la veste qu'il rêvait encore d'acquérir. Même amnésique, une énorme enseigne et jusqu'à la publicité imprimée sur la poignée de la porte d'entrée du marchand de journaux lui auraient rappelé le bon choix. La question du moment était : combien en acheter ? Quoique limité en argent de poche, il pouvait facilement acquérir un paquet de vingt. Il considéra néanmoins qu'un pareil investissement n'était pas justifié puisqu'il n'était pas accro et n'envisageait pas de le devenir. Il opta pour un paquet de dix permettant à la fois son initiation et quelques largesses envers les autres. Tabac et bonbons étaient associés sur un petit comptoir installé sur le trottoir. Les friandises dont des cigarettes en chocolat côtoyaient les friandises pour les « grands ». Le commerçant ne disposant plus de paquets de dix proposa spontanément d'en acheter à la pièce. Que ne ferait-on pas pour acquérir un nouveau client?

Ainsi, Tu acheta ses cinq premières cigarett€$, refusa le sac imprimé de la marque convoitée et constata, une fois sorti, que l'arrondi du prix n'était pas spécialement à son avantage. Mais quand on aime on ne compte pas! Comment aurait-il pu voir en cet affable commerçant un assassin? Pourtant, comme tous ses confrères, il contribuait à tuer statistiquement deux clients tous les ans!

Tranquillement, sans effort particulier et quasi inconsciemment, Tu augmentait sa dose. Une douzaine de jours après avoir succombé à la première clope de Julie, sa consommation quotidienne atteignait les dix. Il remercia le fabricant d'avoir pensé à lui fournir un emballage correspondant à son besoin du moment et ne s'interrogea plus sur le paquet de vingt ou de vingt-cinq. Il découvrit un distributeur automatique qui contenait précisément des paquets de dix. Cela lui éviterait ses visites quotidiennes au bureau de tabac. Une mauvaise rencontre est si vite arrivée!

– Je ne suis plus un gamin. Fumer me rend adulte. Je fume comme James Bond. D'ailleurs, peut-être que Julie va bientôt sortir de l'eau, comme dans le film? Je fume comme mon père, modèle autrement plus attractif que ma mère! Je transgresse l'interdit de celle-ci, c'est une joie indicible. La bande de vacances est sympathique. Il n'y a que des gens normaux. Pas de gros bras comme chez Clopin-Clopant, mais des jeunes comme moi, tous simples, vrais. La plupart fument comme l'immense majorité des gens. Le matin, je n'ai pas besoin de cigarette. J'ai donc la paix avec ma mère. Je suis certain que si je dois m'en passer toute une journée, ce ne sera pas un problème. Philippe avait raison !

Tu eut l'occasion de vérifier son affirmation : un ciel imbécile, désespérément bleu, l'éloigna de sa bande d'amis. Ainsi, Maman eut tout loisir de se rassurer car, depuis quelques jours, la surveillance s'était quelque peu relâchée.

Laetitia entreprit de constituer un « magasin » sur la plage. Il s'agissait de « vendre » des coquillages ramassés quelques instants auparavant ou des fleurs en papier confectionnées sur place sous un œil maternel bienveillant. Papa testait les qualités commerciales de sa fille et ne manquait pas de lui prodiguer quelques conseils professionnels. Cela s'avéra utile car, un jour, elle revint très fière avec un trophée âprenent négocié : une casquette publicitaire pour le tabac !

IV

Cevin Hachedouze était un gros lourdaud, un triste sire, dénué du moindre discernement, de la moindre compassion. C'était un excellent exécuteur de basses œuvres : un tueur. Eu égard à la complexité de son nom, Cevin Hachedouze, le *benzopyrène,* était surnommé Benzo. Il était l'un des 4 000 sans-grade qui composait l'armée fumeuse. Sans-grade, certes, mais avec des pouvoirs de nuisance certains, qui généraient une jalousie de voisinage. Dans cette multitude, chacun avait sa spécialité, sa toxicité particulière. Plus d'une quarantaine par exemple étaient des cancérigènes avérés depuis près de quarante ans, mais bien cachés par l'industrie du tabac. Benzo en contact quotidien avec tous ces agents toxiques les considérait comme de véritables concurrents :

Le *monoxyde de carbone* se combinait avec l'hémoglobine pour endommager le tissu des parois des vaisseaux sanguins. S'ensuivait à terme l'artérite : une inflammation des membres inférieurs joliment appelée « maladie des vitrines », car les victimes ne pouvant plus marcher sont de plus en plus « attirées » par les vitrines. Cette atteinte ne les exonérait ni de gangrène voire d'amputation, ni de thrombose, ni d'impuissance et encore moins de maladies coronariennes, dont l'infarctus aigu du myocarde.

Toute une famille appelée NOx, des *oxydes d'azote,* s'activait à irriter, corroder les muqueuses respiratoires et la conjonctive oculaire. Ils travaillaient aussi l'esthétique en contribuant à jaunir la peau et les dents.

L'*ammoniaque,* un décapant bien utile pour rénover les vieux meubles, était aussi présent. Chez le droguiste, l'étiquetage mentionnait « irritant » et « corrosif ». Elle provoquait par pénétration profonde d'une part des lésions alvéolaires concourant à l'apparition d'emphysème (un gonflement des alvéoles pulmonaires et leur rupture) et, d'autre part, la distribution ultrarapide de nicotine.

Des *radicaux libres,* en remodelant les voies aériennes, créaient une obstruction progressive des bronches. Ils contribuaient à l'apparition de l'emphysème.

La *pyridine* irritait, provoquait céphalées, nervosité, insomnie, vertiges, anorexie, nausées et vomissements.

La *naphtylamine* tentait aussi sa chance. Elle avait deux spécialités : les cancers des voies urinaires, avec une prédilection pour celui de la vessie, et la cystite.

Hydroquinone, guaïacol, formol, furaldéhyde, l'acroléine, l'éthane irritaient, allergisaient, provoquaient fatigue, larmes et même altération du goût.

Des acides tels l'*acide acétique,* l'*acide formique,* l'*acide benzoïque* irritaient nez, gorge et poumons.

L'*acide cyanhydrique* (cyanure), bien connu d'un certain Mr Hitler et ses célèbres camps, se contentait ici de bloquer des enzymes respiratoires et de provoquer des lésions du poumon profond.

Le *crésol,* par ailleurs employé comme désinfectant dans les toilettes, attaquait les tissus pulmonaires profonds.

Benzo se lamentait de compter parmi ses concurrents maléfiques des molécules dont Tu détournait la destination première : successivement, il vit agir un décapant de peinture (l'*acétone*), un antimite (le *naphtalène, constituant de la naphtaline*), un propulseur de fusée (le *méthanol*), des métaux lourds comme le *cadmium* normalement présent dans les batteries, un solvant (le *toluène*), du gaz utilisé dans les briquets (le *butane*), des produits radioactifs tels le *polonium 210,* des insecticides au nombre desquels le tristement célèbre *DDT,* des pesticides, etc. Si Tu avait pu, ne serait-ce qu'un instant, savoir comment son corps était utilisé…

Les *nitrosamines,* avec Benzo, entre autres, constituaient les goudrons. Aux nitrosamines, les cancers des voies urinaires, du poumon et du foie. Quant à Benzo, lui aussi avait sa spécialité… Depuis 1956, ses patrons connaissaient son exceptionnelle toxicité. Pas fous, ils s'étaient tus, lui permettant ainsi de travailler. De très bien travailler.

Certains « collègues » de Benzo naturellement à l'état gazeux se déplaçaient sans aide. Benzo et beaucoup d'autres avaient besoin d'un moyen de locomotion : les particules. À chaque fois que Tu allumait une cigarette, Benzo bénéficiait pendant quatre à sept minutes d'une bonne douzaine de bouffées, lui assurant un transport idéal via un volume de fumée compris entre 400 et 900 millilitres de fumée. Chaque millilitre contenait plus de 10 milliards de particules. Une cigarette émettait donc de 4 000 à 9 000 milliards de particules.

Même si les prétendants étaient nombreux, il y avait de la place pour tous. De nombreuses particules étaient inhalées, puis partiellement rejetées. Bizarrement, la majeure partie de la fumée ne profitait pas directement au fumeur, mais à son environnement. En quelque sorte, Tu avait la fumée généreuse, en quantité mais aussi en qualité : la fumée passive était globalement cinq fois plus nocive en divers composants que celle inhalée. Ces particules d'une finesse extrême, de dix à un demi-micron, avaient une double fonction : assurer le transport de tous ces produits dans les cellules et encombrer le système d'épuration chargé d'éliminer polluants et micro-organismes. Les « grosses » se contentaient de coloniser les fosses nasales, le pharynx, la trachée, mais Tu en éliminait naturellement et impitoyablement 80 %. Les « petites » étaient plus sournoises, car elles s'invitaient dans le poumon profond, jusqu'à l'alvéole pulmonaire.

Depuis le premier essai tabagique, le 9 mai 1991, mais surtout la première vraie cigarette du 12 juillet 1993, Benzo avait appris à connaître un monde étrange : celui de la plus petite unité vivante, la cellule. À l'image de tous les organismes vivants, elle tendait vers l'équilibre. Benzo avait mission de bouleverser celui-ci. Il savait que Tu était constitué par un million de milliards de cellules groupées par affinités en environ 200 types : poumons, foie, os, vessie… Benzo n'avait qu'un objectif restreint : les poumons. Il savait que toutes les cellules obéissaient à des règles de conduite parfaitement définies. Des réparateurs de lésions, des livreurs de nourriture, des surveillants d'équilibres subtils, des éboueurs et bien d'autres devaient faire en sorte que les ordres soient bien exécutés et à temps. Une police et une communication particulièrement efficaces avaient permis, jusqu'à présent, à chaque cellule dont Tu était constitué de naître, de grandir, de se reproduire et de mourir comme cela se devait dans une organisation parfaitement structurée. Ceci, c'était de la théorie, de la propagande que Benzo se faisait fort de démentir.

Il comparait sa mission à la « bibliothèque » familiale et par extension à la maison. Il aimait se déposer sur les murs du réduit, comme à l'intérieur de Tu. Sa mission consistait d'abord à franchir le vernis de protection des peintures (l'enveloppe pulmonaire), puis à traverser la peinture (les cellules des muqueuses). Il savait qu'ensuite, son travail se poursuivrait seul par franchissement du plâtre (la membrane basale), du mur (les cellules musculaires et les fibroblastes, des cellules génératrices de tissus fibreux) et finalement par la prise de contrôle de la galerie technique en détournant les divers fluides (sang artériel et veineux, lymphe).

Benzo suivait un chemin purement aléatoire, depuis le 12 juillet 1993 : toujours le même au départ et au petit bonheur ensuite, via la salive, l'œsophage et l'estomac ou au travers de l'appareil respiratoire. Quelle que soit la voie, lui et les autres composants de la fumée parvenaient à atteindre le sang. Il aurait pu se satisfaire d'une présence dans les urines pour créer un joli cancer de la vessie, mais ce n'était pas sa « miction » ! Sa voie royale consistait à entrer par le pharynx et poursuivre sa descente par le larynx et la trachée. Là, selon son « inspiration », il décidait d'aller dans la bronche de droite ou de gauche en direction des poumons. Progressivement, ces bronches devenaient de plus en plus petites et se terminaient par de petits sacs ou alvéoles. Il y en avait 200 millions qui, jour après jour, se chargeaient de l'évacuation du gaz carbonique et de l'approvisionnement en oxygène des cellules.

Benzo se déposait un peu partout sur les cellules de revêtement des diverses zones parcourues. Lentement, mais sûrement. C'était une opération de longue haleine. Il lui fallait une bonne dose de courage, d'abnégation, pour ne pas dire d'inconscience pour prétendre à l'objectif fixé : coloniser une partie des 100 m^2 de cellules de poumon, pénétrer dedans et en modifier le fonctionnement. Mais « l'union fait la force » ! Présent à chaque bouffée avec les milliards de particules, le temps travaillait pour lui ! Heureusement, les énormes quantités d'ammoniaque et autres additifs l'aidaient prodigieusement dans sa tâche : ils lui permettaient de pénétrer aussi facilement que profondément.

Depuis que Tu l'avait « invité », non sans difficultés au départ, Benzo, qui n'était pas actif en l'état avait pris l'habitude de se transformer en un complexe toxique sous l'action de multiples réactions enzymatiques. L'industrie du tabac utilisait d'ailleurs la non-toxicité initiale pour s'exonérer de toute responsabilité juridique. Sans rire, elle plaidait que leur produit n'était pas cancérigène, mais que le danger venait de l'équipement enzymatique du fumeur. De ce point de vue, Tu n'était pas gâté. D'une part, et bien inconsciemment, il avait une prédisposition génétique l'autorisant à produire ces enzymes en grande quantité. D'autre part, Benzo était du style accrocheur et persévérant. Ses 4000 copains, des particules ou des gaz, jaloux de son efficacité, n'hésitaient pas à le traiter de « génotoxique ». L'injure représentait pour lui un compliment, son but étant en effet d'atteindre le patrimoine génétique du jeune fumeur en « initiant » une cellule à un processus mortel. Pendant trois longs mois et sans aucun égard pour ses efforts, foie et reins avaient réussi à le rendre non toxique et à l'éliminer via la bile ou les urines. Trois mois de perdus pendant lesquels il n'avait pas réussi à rentrer dans une seule cellule.

Le 18 octobre 1993, Benzo franchissait l'enveloppe de protection pulmonaire qui isolait l'organe tout en permettant les échanges avec l'extérieur. Quelques jours plus tard, il élut domicile dans une cellule de la muqueuse pulmonaire. Une fois entré, Benzo fut pris de vertiges : ce qu'il voyait ressemblait à un circuit imprimé d'ordinateur particulièrement complexe ou à un central téléphonique au subtilissime câblage.

Cinq structures distinctes étaient immédiatement et clairement identifiables. Le noyau trônait, imposant. Il détenait le patrimoine génétique de la cellule et représentait la première étape de sa mission. Benzo contempla les mitochondries constituant une véritable centrale énergétique de la cellule. Il découvrit ensuite un labyrinthe de canaux de stockage et de logistique, bizarrement nommé réticulum. Suivaient les ribosomes qui assuraient la synthèse des protéines, véritable raison d'être de la cellule : des protéines spécifiques selon les besoins de croissance, de réparation ou encore de communication. La dernière partie que Benzo découvrit fut l'inévitable et efficace service de gestion des déchets appelé appareil de Golgi. Au bord du vertige, il prit conscience du caractère à la fois immense et facile de sa tâche. Immense, car sa taille rapportée aux 100 m^2 de surface à coloniser relevait de la gageure. Il ne pouvait donc réussir que si Tu voulait bien continuer à l'introduire régulièrement et pendant longtemps. En fumant, il ressemblait à un inconscient qui traverserait en courant une autoroute à trois bandes, dans les deux sens et vingt fois par jour! Facile, Tu avait 14 ans. À cet âge, dans cet organisme encore en formation, la vitesse de renouvellement des cellules était importante, accroissant ses probabilités de réussite.

Pour l'heure, Benzo n'avait réussi qu'à entrer dans la cellule et observer le noyau. Sans aucune conséquence. Ni vu, ni connu en quelque sorte... Quelques jours plus tard, il parvint à pénétrer dans le noyau via un pore de communication avec le cytoplasme. Il se trouva empêtré dans un enchevêtrement granuleux et filamenteux, aussi agréable à traverser qu'un vrai brouillard londonien...

Tout en jouant des coudes, il salua d'autres composants du noyau: nucléoles, chromatine. En entrant dans le « brouillard », il s'aperçut que les filaments constitutifs étaient en fait une véritable créature de rêve. Benzo pressentit qu'il allait succomber au charme. Comment, en dépit de ses deux mètres de longueur, pourrait-il résister à ces formes galbées formant une double hélice? Un examen minutieux lui apprit que la belle appréciait l'aigre-doux: un sucre alternait avec un acide. Elle semblait de constitution robuste: quatre bases rappelaient les barreaux d'une échelle. Ils étaient reliés aux montants composés d'acide phosphorique et de sucres. Sa curiosité lui permit d'identifier l'adénine, la thymine, la cytosine et la guanine. Benzo se dit qu'un alphabet de quatre lettres devait limiter sérieusement les possibilités de communication. Il voulut vérifier la solidité de l'ensemble. Il fut alors surpris de constater que la forme avantageuse était maintenue par des forces électrostatiques. L'ensemble des montants de l'échelle et des barreaux formait les nucléotides, impeccablement rangés, dans un ordre précis et immuable. Se repérer serait donc un jeu d'enfant ! Mais la seconde suivante, il déchanta en apprenant que 1000 à 2000 de ces nucléotides formaient un gène, le support des informations constitutives de l'hérédité, une véritable banque de données… et le but de sa mission. Par calcul, ses patrons avaient « oublié » de lui signaler que Tu ne comptait pas moins de 3 milliards de nucléotides !

Benzo se trouvait maintenant devant la banque de données qui assurait la sauvegarde, la réplication, la transcription, la réparation, la recombinaison et la transposition de l'information génétique. L'ADN, tel était son nom, avait la capacité de se reproduire à l'identique. Il observa les 30 000 gènes, c'est-à-dire des unités localisées sur un chromosome, responsables de la transmission des caractères héréditaires et de la fabrication des protéines, outils indispensables à la vie. Chacun était écrit avec les quatre lettres de l'alphabet cellulaire.

Le sabotage dont Benzo était en charge risquait de ne pas passer inaperçu… Il était dans une petite usine certes, mais dans une usine très complexe et sous très haute surveillance pour que son fonctionnement corresponde aux besoins d'une cellule saine. Pas aux siens. Jour après jour, il comprit que cette surveillance provenait à la fois de l'extérieur, avec des facteurs de croissance par exemple, et de l'intérieur avec tous les gènes qu'il découvrait petit à petit. Ces facteurs de croissance lui parurent spontanément peu sympathiques et bien capables de s'opposer à son action. Il prit aussi conscience du caractère éphémère de la situation. La cellule, après un nombre limité de divisions mourait de façon programmée. Il en était ainsi pour 60 millions de cellules qui mouraient chaque jour et pour 60 millions qui naissaient chaque jour. Ses « clientes », les cellules du poumon, avaient une durée de vie limitée à trois mois. Cela compliquait et facilitait à la fois sa tâche : il allait devoir accomplir son forfait en plusieurs générations, mais profiterait des possibilités d'intervention lors des divisions : 60 millions de « photocopies » par jour ne pouvaient s'envisager sans erreur !

Il en fallait plus pour le décourager d'atteindre son objectif : perturber définitivement les mécanismes de régulation cellulaire, vie, mort et division. Il s'y tiendrait. Il y parviendrait, fût-ce au prix de nombreuses années de persévérance. Promesse de Benzo ! Bien sûr, il savait que chaque jour, des dizaines de milliers de « collègues » dans le monde réussissaient cette prouesse. Pourtant, cela ne le rassurait qu'à moitié. Lorsqu'il apprit que la fréquence des cancers du poumon n'était pas proportionnelle au nombre de cigarettes fumées mais au carré de celui-ci, il considéra que le doute n'était plus permis : il allait réussir. Ce n'était qu'une question de temps. Tu devait seulement continuer à fumer. Consciencieusement. Chaque jour.

Benzo reprit son ordre de mission, une simple adresse : P53/codon 157 + c-myc. Autant chercher une aiguille dans une botte de foin, marmonna t-il. Il se rassura en pensant qu'avec le temps, tout devenait possible. Il se demanda comment lui qui n'était qu'un gros lourdaud de molécule « basique » dénuée de la moindre sensibilité, du moindre flair, allait pouvoir trouver sa cible et altérer le bon fonctionnement de ce merveilleux et trop complexe ensemble. Perdu dans ses pensées, Benzo sursauta : il venait d'apercevoir P53, le gène détecteur d'altération de l'ADN.

V

Monsieur Leurres et Madame Nicotine, les redoutables illusionnistes surnommés L&N, avaient décidé de prendre possession d'une nouvelle victime pour le compte de Pro-Mortem. Dans leur numéro de duettistes, chacun avait un rôle bien précis : Leurres séduisait prioritairement les jeunes par voie psychique et les attirait dans ses pièges diaboliques. Nicotine, qu'accompagnaient de 600 à 1 400 complices subtils, perfectionnait le piège par une chimie hypersophistiquée. Le piège refermé, Leurres devait travailler dur, de plus en plus dur, pour veiller à ce que le piège reste efficace.

Autrefois, leurs clients, ou leurs adeptes si l'on préfère, s'affichaient au grand jour. Sous l'influence de L&N, ils se glorifiaient d'appartenir à une sorte de secte. Hélas, les meilleures choses ayant une fin, les temps changeaient : si la mode affectionnait toujours les artifices, la présence d'un sixième doigt commençait à offusquer un nombre croissant de personnes. Triste époque pour L&N, du moins pour ce qui concerne les adultes, car pour les adolescents, la progression constatée ces dernières années était sans égale dans l'Histoire.

Le duo maléfique comptait un milliard cent millions de victimes dans le monde, toutes plus ou moins conscientes de leur camisole psychique et chimique. Après avoir semé leurs illusions, L&N récoltaient un même produit appelé indifféremment blé, deniers, monnaie, finance, ferraille ou fric, galette, oseille, ou encore pèze, picaillon, pognon, généralement exprimés en dollars. Leurs prisonniers récoltaient aussi : une privation de libertés, un appauvrissement et des souffrances conduisant la moitié d'entre eux à une mort prématurée d'au moins dix ans. Leurs familles, même non consentantes souffraient directement et indirectement des agissements de L&N. Ils s'en moquaient.

Tu intéressait L&N. *A priori,* ni son milieu social, ni son environnement scolaire, ni le niveau culturel de ses parents n'étaient des éléments favorables à leur cause. Circonstance aggravante, la disparition de la maman d'un camarade, alors qu'il n'avait que 9 ans, représentait une marque difficile à effacer et contre-productive. Le cas était difficile, donc particulièrement intéressant. Poursuivant leur enquête, L&N apprirent que Papa figurait parmi leurs adeptes. C'était un bon point. Le fait qu'il se cachait pour pratiquer le rite ajoutait un incitant de très bon augure, tout comme le militantisme outrancier de Maman. L'attrait de l'interdit allait fonctionner à plein !

Ad Patres, L&N et toute une fine équipe considérèrent que le moment était venu : Tu allait être pris dans leurs filets. Il se fit tenter par les grands espaces, les cow-boys, l'illusion d'une vie saine, heureuse et socialement épanouie. Au fil des manipulations, les victimes de L&N lui apparaissaient joyeuses, détendues, calmes, posées, agréables, chouettes et même « cool ». En pleine adolescence, Tu ne pouvait qu'être sensible aux images et aux symboles de puissance, de force, de virilité. En recherche d'identité, n'avait-il pas besoin d'émancipation, d'indépendance ? Ne recherchait-il pas naturellement des gestes transgressifs ? Pour compléter l'attractivité, Leurres y ajouta à tout hasard quelques accents de machisme. On ne sait jamais.

Tu était considéré par ces malfaiteurs comme déjà plutôt brave, valeureux, sérieux, manifestant même une certaine profondeur d'âme.

– Pas excellent en soi, dit Leurres, mais je vais arranger cela.

Au fil des messages savamment distillés, Leurres entreprit de démontrer combien ses assujettis étaient astucieux et confiants dans leur avenir. Tu pouvait être convaincu d'enter enfin dans le monde des adultes et peut-être même, *ipso facto,* dans un monde professionnel valorisant. Tous les esclaves de Leurres apparaissaient au jeune fumeur comme des êtres sophistiqués, créatifs, voire romantiques – toutes les facettes de la tromperie se devaient d'être exploitées. Leurre hésita à tenter un court instant d'accréditer une autre fable : tous ses soumis appartenaient à une élite. Cette ânerie constituait l'une de ses dernières trouvailles. Du prolo à l'intello, l'argument séduisait.

Le vrai nom de Madame Nicotine était Cedicehachequatorzendeu. C'était imprononçable. On aurait dit une formule ! Originaire d'Amérique centrale, elle se présentait comme le fruit d'une évolution, naturelle au départ, et consécutive aux manipulations génétiques ensuite. Elle était capable de repousser les parasites. Eux avaient compris depuis longtemps qu'elle était toxique et que son goût amer était du plus mauvais goût. Même le puceron le plus stupide savait cela. Tu était donc plus stupide qu'un puceron !

Vicieuse en diable, elle excitait ses clients. Ses agissements pouvaient être très ambigus. Faiblement présente, elle stimulait. En s'incrustant, elle calmait. Une illusionniste exceptionnelle capable de provoquer des effets contradictoires sur un court laps de temps. Madame Nicotine pouvait aussi tuer : avec environ 40 mg de son venin, elle était capable d'envoyer ses dominés *ad patres,* c'est-à-dire où Tu n'envisageait pas d'aller de sitôt – au cimetière ou en fumée. Elle se devait d'être très prudente : combien de ses soumis savaient qu'en seulement 6, 10 ou 20 cigarettes, ils transportaient leur dose mortelle ? Elle veillait à ce que ses opprimés ne la lâchent pas prématurément. Elle n'autorisait que quelques milligrammes à la fois, mais 10, 20, 30, 40 voire 50 fois par jour ou plus quand elle le pouvait. Futée, Madame Nicotine faisait disparaître la moitié de sa drogue en deux heures, condamnant ses obligés à venir quémander régulièrement… à la grande joie d'Ad Patres et consorts.

Machiavélique, elle pénétrait dans ses victimes comme par effraction, avec une fausse clé. Tu était, comme tout le monde, équipé d'un système de transmission de l'information d'une cellule à une autre avec des substances appelées neurotransmetteurs et des récepteurs. Le génie pharmaceutique de Nicotine lui permettait de remplacer l'un des neurotransmetteurs et de se fixer, entre autres, à la jonction de muscles, à la terminaison du système nerveux sympathique du cœur et des vaisseaux, dans l'arbre bronchique et dans plusieurs zones du cerveau, dont celle de la récompense… et cela en moins de dix secondes. Madame Nicotine dispensait ainsi de véritables « shoots ». Plusieurs centaines par jour.

Ce mode d'administration exclusif faisait baver de rage toute une industrie pharmaceutique bien incapable de pareilles performances. Au fur et à mesure qu'elle accroissait son emprise en parvenant à augmenter le nombre et l'affinité des récepteurs, Tu consommait davantage. D'ailleurs, dès son deuxième essai, Tu avait vu son nombre de récepteurs considérablement augmenter, entraînant des modifications cérébrales majeures et une première conséquence : sa dépendance s'installait.

– Plus tordue, tu meurs, lui lança un Leurres reconnaissant.

– Du calme, répliquait-elle. Tu a besoin de toi, car il ne semble pas adhérer totalement à tes tromperies.

– Chacun son boulot ! Toi le physique, moi le psychique, le comportemental global, les comportements associés, une représentation erronée et une fine liaison affective avec la cigarette…

Après un apprentissage laborieux, Tu éprouva en fumant un certain plaisir et même une forme de bien-être. Nicotine diminuait sa tension nerveuse et augmentait son éveil. Bientôt, elle lui parut nécessaire à sa concentration intellectuelle, au maintien d'un niveau élevé de vigilance et à sa mémoire à court terme. Tu constata une amélioration de la vitesse d'exécution de son travail quotidien d'écolier, sans pour autant augmenter le nombre d'erreurs. Inconsciemment sans doute, il fut satisfait de constater une réduction de son appétit. Leurres était hilare, car lui savait les conséquences de son intoxication cérébrale au monoxyde de carbone : généreusement distribué par les pots d'échappement, c'était aussi un mode de suicide bien connu. Le CO_2 tuait chaque année des dizaines de personnes dont les veilleuses ou les chauffages étaient mal réglés. Tu était content. Nicotine aussi.

Plus tard, il constaterait que le traitement infligé par Nicotine diminuait l'anxiété. En bref, elle était psychoactive voire euphorisante. Tu ne savait pas que son action ressemblait à celle de l'adrénaline, qu'elle augmentait la tension artérielle, accélérait le pouls, resserrait les vaisseaux et capillaires au point d'abaisser la température cutanée, diminuait le débit sanguin des artères coronaires (à l'origine des morts subites), agglomérait des plaquettes sanguines avec le risque de provoquer une thrombose, rendait la respiration plus rapide et provoquait un véritable emballement cérébral.

L&N s'attaquaient aux enfants de plus en plus jeunes. Une véritable aubaine car ces derniers respirent plus vite que les adultes, ils absorbent donc plus d'air proportionnellement à leur poids. « Plus d'air = plus de poison = meilleur accrochage », résumait Nicotine. Dans la population des ados, fragiles par nature, une si bonne drogue aux effets d'un antidépresseur pouvait toujours être la bienvenue pour chasser insatisfactions, blessures du moi et frustrations diverses.

Nicotine annonça rapidement à Leurres que l'accrochage était définitif. Pourtant, sa consommation quotidienne n'excédait pas six cigarettes par jour ! Tu ne pouvait pas suspecter un seul instant qu'il était d'ores et déjà victime d'une privation de liberté, puisque n'ayant pas apprécié, et c'est un euphémisme, le goût, il pensait pouvoir légitimement se passer de L&N dès qu'il le voudrait. Il se mit à avoir des envies. Certaines étaient liées aux effets agréables qu'il éprouvait, d'autres simplement pour éviter de se sentir dépourvu.

L&N poursuivirent leur endoctrinement, Leurres en bon illusionniste, Nicotine en ne se manifestant que par l'inconfort lié à son absence. Le génie pharmaceutique de Nicotine et de ses 1 400 additifs complices, l'environnement social, la dictature des semblables et une promotion sournoise bien orchestrée avaient réussi : Tu était dépendant physiquement et psychiquement. Leurres continua néanmoins son action. Il lui fallait maintenant que Tu croit réellement en ses illusions, car y croire était une source certaine d'automotivation, favorable à la poursuite de la consommation. C'est ainsi que Tu crut L&N vraiment indispensables, particulièrement lorsqu'il rencontrait un accès de stress ou de nervosité. Alors que Nicotine était responsable de ces états, Tu ne retrouvait son calme et son état normal qu'après avoir sacrifié au rite. Il avait confondu la cause et l'effet. Avant, il gérait ces situations très communes en prenant du temps et de l'espace. Maintenant, et bien inconsciemment, il en confiait la résolution à L&N.

Nicotine créait le problème et le réglait à la fois. Les deux complices riaient sous cape, car ils savaient que bientôt, ce serait pire encore. Déjà stressé par un « jeûne » forcé de deux heures, il ferait comme les autres : il penserait ne pas pouvoir survivre à un stress supplémentaire tel qu'un impardonnable ordre du chef ou une assassine queue de poisson d'un automobiliste indélicat. L&N offriraient alors la solution : Nicotine en supprimant instantanément le stress lié au manque et Leurres en le berçant de ses illusions. Il se sentirait libéré. Ad Patres empocherait quelques euros supplémentaires.

Leurres poursuivit son travail en profondeur, en lui faisant croire que le rite était aussi indispensable lorsqu'il s'ennuyait. Bien que l'ennui ne soit qu'une sorte de malaise provoqué par l'inaction ou le manque d'intérêt, Tu avait la solution. Sa solution. Certains dormaient, d'autres buvaient en pareilles circonstances. Leurres savait qu'il découvrirait bien plus tard à quel point ce rite obligatoire était intrinsèquement source d'ennui. Il en rajouta une couche en le persuadant que L&N étaient une composante essentielle de son bonheur, comme si, à chaque usage, la félicité se distribuait en fumée. À tout hasard et bien que l'argument soit à destination de la gent féminine, il susurra que la cigarette était un coupe-faim. Il découvrirait tout seul qu'être rassasié ne l'empêcherait pas de fumer !

Pour toutes ces raisons et bien d'autres encore, Tu crut rapidement et fermement que la pratique était vraiment indispensable. Pourquoi dès lors imaginer de s'en priver ? Se priver ? entendit Leurres. Cette désolante perspective supposait une réplique circonstancielle. Tu devait être aussi convaincu de l'impossibilité de cesser. Bientôt, un petit essai ferait merveille. Se priver ? Une idée parfaitement stupide alors que L&N étaient parvenus à élever chez lui la cigarette au rang d'un besoin primaire.

Jamais trop prudent, Leurres fit en sorte que Tu croie que chaque situation appréciée ne l'était que grâce à L&N. L'art de la confusion représentait l'une de ses armes préférées. Tu pensa aussi qu'il bénéficiait d'une aide dont tous les abstinents, forcément imbéciles, se privaient : il pouvait facilement communiquer avec ses semblables, du moins ceux qui étaient asservis ; il pouvait s'isoler des autres, masquer ses peurs en dressant par-devant lui un bouclier : la fumée de cigarettes.

De nature dominatrice, Nicotine se rappelait à son bon souvenir lorsque Tu l'avait oublié pendant une ou deux heures : nervosité, impatience, irritabilité, difficultés de concentration, angoisse, perte d'assurance… Grâce à elle et à son compère, Tu retrouvait son état normal, celui qu'il avait connu avant de succomber. Nicotine était diabolique : son absence provoquait son désir. Lorsqu'il sacrifiait à l'esclavage régulièrement et consciencieusement, tout allait bien. Donc Tu considérait que Nicotine ne pouvait être tenue pour responsable, car elle le sauvait. Comment, à ce stade aurait-il pu entendre les rabat-joie qui parlent d'emprisonnement ?

L&N devenaient une aide à vivre et une source de plaisirs.

L'aveuglement consécutif au travail de Leurres fut battu en brèche lorsque Tu se mit à observer presque lucidement les effets de L&N. Il dut lutter âprement pour contrer des impressions désagréables, des questionnements inopportuns. Leurres veillait. Un jour, Tu se prit à considérer le regard des autres : Leurres l'avait persuadé que 80 % des humains « bénéficiaient » de sa tyrannie. Il découvrait qu'à peine un tiers de la population avait cédé, mais se rassurait en constatant que cette proportion frôlait ou dépassait 50 % dans sa tranche d'âge.

Traité en paria dans les cercles anti, il devait affronter le refus des autres de devoir supporter les conséquences de son comportement. Ces autres, dans le meilleur des cas, étaient attristés. Certains allaient même ouvertement jusqu'à le mépriser pour s'être laissé enchaîner par L&N. Perçu initialement comme un acte d'intégration au groupe Clopin-Clopant, Tu constatait amèrement son rejet. Lui, un ancien chef. L'état de satisfaction qui était le sien après avoir consommé était également celui des autres, ces crétins qui avaient su dire non à L&N. Comme lui, il y a quelques mois. Est-ce que « boucaner » ne serait plus à la mode ? s'interrogea curieusement ce fumeur décidément incorrigible.

Leurres dut redoubler de vigilance et ce d'autant plus qu'une nouvelle alerte se profilait. En effet, des campagnes se mettaient en place pour mettre en garde contre des dangers… dans trente ans. À l'époque, il ne prit seulement conscience que du caractère peu avenant de son haleine de cendrier, de la puanteur de ses cheveux, de ses vêtements et de ses doigts qui jaunissaient lamentablement.

La lecture d'un article intitulé « Il fume, attention, c'est un mauvais coup ! » le consterna.

L'échotier commentait une étude démontrant l'impact de l'emprise tabagique sur la sexualité. L'éjaculation précoce le menaçait ! L'article précisait que les forcenés de L&N se disaient moins satisfaits de leur sexualité (à 60 %) que les autres (40 %). Ils confessaient que leurs rapports étaient du style TGV. Leurres en prit pour son grade, lui qui croyait avoir implanté quelques soupçons de machisme. Enfin, 80 % des personnes interrogées préféraient dire non au sexe qu'au plaisir de fumer. Tu connut l'angoisse à la veille de retrouver Florence…

Il savait apprécier le soulagement quand il pouvait enfin se satisfaire. Un petit comique le compara un jour à un fou. Un fou qui se donnerait des coups de marteau sur les mains… juste pour apprécier les moments pendant lesquels le marteau ne frapperait pas.

Un peu plus tard, Leurres fut à nouveau aux aguets, face à d'autres observations potentiellement dangereuses. Aux confins de la culpabilité, Tu prenait en compte maux de poitrine, douleurs dans les jambes, maux de tête constants, palpitations frontales et temporales, une tête au bord de l'éclatement de quelques adeptes connus, dont son père. Nicotine fut appelée à la rescousse, munie de deux de ses vertus : quasi-antidépresseur et régulateur émotionnel. Leurres y ajouta un couplet sur leur complémentarité.

L&N, c'était *la* potion magique pour affronter toute situation, y compris les plus périlleuses. Qui pouvait lui être plus fidèle, à toute heure, en tous lieux ? Ils répondaient présents pour l'accompagner aussi bien dans les moments de liesse que dans les périodes de cafard et dans toutes les situations qu'il associait au rite. Non, Tu ne pouvait imaginer une vie sans cigarette. Mais cela ne l'empêchait pas de s'interroger. Bien qu'il n'osât pas tout à fait se l'avouer, il se considérait au fil des mois de plus en plus comme un faible pour avoir cédé aux sirènes de Pro-Mortem. Il s'était aussi traité de malheureux imbécile.

Se sentant « envoûté », Tu avait conscience de perdre une partie de son libre arbitre. Il s'était surpris à consommer après avoir trouvé une excuse pour sortir. Il avait des envies impérieuses quand il hésitait à propos d'un fait ou d'une date, comme si cela supposait un témoin. Régulièrement, une petite pointe au creux de l'estomac lui signalait que les meilleures choses ont une fin, et qu'avec un petit geste, Ad Patres serait content. Cela se traduisait par des contractions musculaires brusques et rapides au niveau du visage. Quelques mois auparavant, il aurait certainement considéré ces symptômes comme pathologiques. Tu se surprenait à serrer les mâchoires, agiter les pieds, se « peigner » les cheveux avec les doigts, placer deux doigts près de la bouche, se masser le lobe de l'oreille… Lui, l'ancien chef, avait trouvé un tortionnaire auquel il était maintenant servilement dévoué. Avant que Leurres n'intervienne, il eût ces pensées impies : suis-je maître de ma vie, de mon destin ? Est-ce que j'ai un réel besoin de fumer ? Est-ce que j'y trouve réellement du plaisir ? D'ailleurs, qu'est-ce que le plaisir ? Suis-je devenu un mouton tondu quotidiennement ? Suis-je camé au même titre qu'un consommateur d'héroïne ou de cocaïne ? Suis-je maso ? Tu savait qu'il n'aurait jamais acheté de drogues. Mais un produit en vente légale…

Leurres s'affola. Il s'en sortit une fois encore en mettant en avant la créativité que Tu lui devait. Il savait que la peur de l'inconnu l'aiderait à maintenir le fumeur sous la contrainte. Le petit monstre que Nicotine avait brillamment introduit devait être alimenté 16 heures/24. Seules les huit heures éventuelles d'un sommeil agité, avec une récupération superficielle et un réveil pénible l'exonéraient.

Leurres fut encore alerté quand Tu se compara aux gogos qui achètent un aspirateur à 2 € par jour, sans se soucier du nombre d'années pendant lesquelles ils devroant lesquelles ils devront payer. Au rythme actuel, en un an, il dépenserait un budget équivalent à une semaine de ski. En cinq ans, il se priverait ainsi de la moto de ses rêves. En dix, c'est une belle voiture qu'il aurait offerte à L&N, Ad Patres et consorts. Et en trente ans, c'est une maison dont il s'agirait. Une mauvaise pensée n'arrivant jamais seule, Tu compara son servage à la roulette russe, avec un barillet chargé de trois balles… puisqu'un asservi sur deux en décéderait prématurément.

VI

Benzo rôdait quotidiennement autour de l'ADN. Il devait s'y introduire. Au hasard. Il comprit rapidement les forces et les faiblesses du système. D'un côté, la simplicité de l'alphabet à quatre lettres, des vérificateurs pointilleux et des mécaniciens surdoués. De l'autre, avec 60 millions de nouvelles cellules quotidiennes, de nombreuses erreurs étaient inévitables, erreurs dont il comptait bien profiter.

Sa taille, sa masse l'handicapaient. Elles ne lui permettaient pas de se glisser intégralement dans l'hélice. Il parvenait néanmoins à créer des distorsions et des lésions suffisantes pour perturber les transcriptions. Tour à tour, les vérificateurs arpentaient l'ADN et détectaient les dégâts : une lettre endommagée, la fabrication d'une protéine inconnue, une copie d'ADN inutile, un gène déplacé… À la première anomalie, les mécaniciens étaient appelés pour réparer : remettre une lettre ou une séquence à sa place, éliminer des intrus… Benzo constatait que la cellule fautive mourait lorsque les mécaniciens ne parvenaient pas à résoudre le problème posé. Les espoirs du tueur s'évanouissaient alors avec elle. Quel milieu hostile ! Après s'être fixé sur un gène et alors que la cellule n'obéissait plus, il constata que des protéines impliquées dans le maintien de l'ADN avaient été dégradées par des enzymes inattendus. Ses yeux ébahis virent le noyau se fragmenter, les mitochondries se vider de leur substance, le cytoplasme se diviser, la membrane externe boursouflée, l'ADN de « sa » cellule découpé en petits morceaux de taille régulière, l'armature de la cellule détruite et une substance au nom barbare passer de la face interne à la face externe pour donner le départ aux cellules macrophages, les éboueurs locaux. À l'évidence, les cellules n'étaient pas plus autonomes que ne l'est le candidat au permis de conduire dans une voiture auto-école à double commande.

Benzo se rendait compte que le but ultime de sa mission supposait d'incessantes et multiples attaques pour parvenir à provoquer de multiples dégâts. Donc du temps. Heureusement, pour l'heure, Tu continuait à traverser l'autoroute vingt fois par jour... et il trouvait cela très bien !

Au fil des inhalations, le tueur découvrit des gènes limitant la production cellulaire : les anti-oncogènes ou gènes suppresseurs de tumeurs. Parmi la quinzaine de disponibles, il identifia la première de ses cibles, un certain P53.

Le 20 novembre 1993, sans effort particulier, il parvint à l'endommager en s'attachant sur une portion d'ADN, le codon 157. Ainsi, le gène P53 devint un oncogène, capable de transformer une cellule normale en une cellule cancéreuse. Benzo savoura sa première mutation : la structure du gène P53 était maintenant modifiée. Il venait de s'arrimer au patrimoine génétique du jeune fumeur, un peu comme une navette spatiale se fixe à la station orbitale.

Quelques jours plus tard, le gène endommagé parvenait à tromper la vigilance d'un vérificateur d'intégrité, le télomère, au demeurant une sorte d'adjudant certes très pointilleux, mais très vieilli. P53 était jusqu'alors un gène suppresseur de tumeurs. À l'aide de la protéine P53 qu'il produisait maintenant, il contrôlait les divisions cellulaires et ordonnait la destruction des cellules endommagées ou qui n'étaient pas en mesure d'effectuer le travail attendu. Pour ce faire, le gène rapprochait l'écriture théorique du génome de celle effectivement constatée, à l'image du contrôleur de gestion qui chasse les écarts entre les budgets et les réalisations. P53 était une sorte de « gardien de l'intégrité du génome », à la fois chargé de la surveillance des réparations, de la logistique alimentaire et du suicide des cellules anormales. Touchant, mais je t'ai eu! pensa Benzo. Sa joie fut brève: P53 s'avéra n'être finalement qu'un incapable. Du moins seul.

Le but du meurtrier étant de permettre une prolifération continue, la neutralisation de P53 se révéla insuffisante. À ce stade, les cellules endommagées n'étaient certes plus détruites, mais des facteurs de croissance demeuraient indispensables à leur prolifération. Benzo ne pouvait se satisfaire du résultat acquis. Il se mit donc en recherche d'un gène complémentaire qui permettrait à la cellule de croître en l'absence de facteurs de croissance dès qu'il serait muté. Le sauveur s'appelait c-myc, la seconde cible de Benzo. « C-myc + P53 » était donc bien la formule gagnante!

Le 10 février 1994, en deux générations seulement, Benzo réussit à altérer c-myc. Dès lors, il parvint à rendre une cellule « sourde » ou, plus exactement, insensible aux messages interdisant la division cellulaire. Alors qu'une cellule normale s'éteignait après une cinquantaine de divisions, la cellule rendue délinquante semblait avoir opté pour la vie éternelle! Le noyau était devenu fou ou pour le moins sérieusement atteint. La cellule avait subi une mutation. En d'autres termes, Benzo avait réussi à créer une faute d'orthographe au sein du gène P53. Le nouveau texte allait entraîner la production d'une nouvelle protéine en remplacement de celle en charge de la division cellulaire. Le résultat serait aussi heureux qu'en cuisine lorsque l'on confond vinaigre et huile!

« Sa » cellule commença à libérer des molécules qui perturbaient, à son avantage, le fonctionnement des cellules avoisinantes. Elle fabriquait maintenant ses propres facteurs de croissance.

Elle libéra des substances tuant les malheureuses cellules du système de défense qui avaient eu la faiblesse de s'approcher d'elle. Ainsi, la transformation d'une cellule sans histoire, bonne travailleuse, bien organisée, à l'espérance de vie limitée, en une cellule maligne était la conséquence de deux types d'anomalies génétiques : la transformation d'un gène en oncogène et la disparition d'un gène spécifique suppresseur de tumeurs. En ayant perdu le contrôle du mode de prolifération cellulaire et celui de la mort programmée, une brave cellule rendue délinquante dès la première attaque se révélait maintenant dangereuse et maligne. Benzo pouvait être fier : il avait réussi la première phase de sa mission : l'initiation. Mais elle n'était pas terminée pour autant. Rien n'était gagné ! Seulement un bon début…

Le processus qui, plus classiquement, nécessitait 5, 10, 20 ou 30 ans s'était contenté de six petits mois. Quoique connaissant le danger, Tu continuait à traverser tous les jours l'autoroute, à pied, vingt fois par jour. Peut-être un jour allait-il se bander les yeux pour ajouter un peu de suspense…

VII

En 1995, Tu avait 16 ans. Il croisa Florence, la jolie brunette rencontrée lors de la communion et qui avait maintenant 19 ans. Ils évoquèrent leur baiser furtif de l'époque en riant. Ils éprouvaient manifestement une attraction réciproque. Elle appréciait son goût du risque, une certaine impulsivité, sa recherche de sensations, son caractère maintenant indiscipliné, son refus de la routine, sa recherche perpétuelle de nouveauté, son ouverture à l'inconnu (elle comprise), ses attitudes peu conformistes… Elle n'appréciait pas par contre son tabagisme continu depuis deux ans. Pas du tout. Son haleine, ses doigts jaunes, l'odeur de ses vêtements et de ses cheveux l'avaient trahi. Face à elle, il ne fumait pas. Ce n'était pas par peur, mais simplement parce qu'il était pris d'une indicible et inhabituelle réserve. Ayant appris son tabagisme indirectement, elle lui en parla aussi indirectement, sous forme de billets porteurs de remarques telles que :

– Tu sais, j'aurais préféré l'apprendre de toi. N'aurais-tu pas entièrement confiance en moi ?

ou :

– Dois-je t'apprendre à lire ? Sur les paquets, il est écrit : « Nuit gravement à la santé. »

ou encore :

– As-tu vraiment manqué d'affection maternelle quand tu étais petit ? Il paraît que c'est une cause. Si c'est le cas, prends une tétine, c'est sans danger !

Plus tard, après sans doute d'âpres recherches, Florence osa :

– Papa Freud disait que fumer permet de retrouver les premiers plaisirs de l'oralité (l'allaitement) : la bouche fume et tu avales la fumée. Le sein serait la cigarette et la fumée le lait. À nouveau, si c'est le cas, pourquoi ne pas tester une tétine ? Tu te rends compte du ridicule ! Le ridicule ne tue pas, par contre le cher Sigmund est bien mort de son tabac… J'en ai gardé une autre pour la fine bouche, si l'on peut dire. Freud parlait aussi de la cigarette comme objet transitionnel. En tant que fumeur, il semblerait que tu aies toujours besoin de ton paquet, comme ton nounours ou « doudou » d'autrefois. Tu les touchais, tu appréciais leur chaleur, leur odeur et même leur goût. Est-ce qu'inconsciemment ton paquet t'apporterait les mêmes sensations ? Est-ce que la cigarette est vraiment pour toi un bouclier pour te protéger de l'expression de tes émotions, pour réguler tes flux d'angoisses ?

Suivit un jour :

– Je ne veux pas que tu meures.

Et un autre :

– Je t'embrasse. C'est mieux par lettre, car je n'aurais pas à supporter l'odeur de cendrier. Même camouflée.

Contrairement aux anciens oukases et toujours actuelles colères maternelles, les observations de Florence lui allaient droit au cœur : non seulement elles le touchaient, mais en plus il lui semblait éprouver pour elle chaque jour un peu plus que de la tendresse. Il convint que Florence serait sa femme et la cigarette sa maîtresse. Bien qu'il ne fût plus dupe de ses dépendances, sa consommation quotidienne dépassant les quatorze par jour, il trouvait à sa maîtresse bien des avantages. C'était d'abord une confidente : toujours à ses côtés, elle l'avait « écouté » et ne l'avait jamais contrarié. Elle l'aidait à passer des moments délicats tels les examens. Est-ce qu'un non-fumeur était capable de rester bien éveillé jusqu'à 2 heures du matin, toujours vigilant ? S'il avait l'impression de n'avoir pas réellement frimé avec sa cigarette, il convenait toutefois qu'elle lui permettait de prendre des pauses avantageuses en groupe ou simplement en attendant le bus. Certains prétendaient d'ailleurs que fumer faisait arriver le bus plus rapidement… Il se fâchait lorsqu'on lui parlait d'esclavage.

Tu trouvait aussi dans le côté social de la cigarette un facteur important de satisfaction : elle favorisait le contact, était prétexte aux échanges, du moins entre fumeurs, permettait l'affirmation de soi, l'accroissement du sentiment de sécurité. Un instant, il la compara à une bouée de sauvetage. Il n'était donc pas prudent de sortir sans elle. En matière d'expression aussi, elle était aussi la complice de tous les instants. Fumer lui avait déjà permis de ne pas répondre immédiatement, de réfléchir et aussi d'« aspirer » sentiments et émotions.

Depuis plus d'un an que sa liaison avec Florence s'avérait sérieuse, Tu était dans une situation ambivalente. D'un côté, sans vraiment savoir ce qu'aimer signifiait, il était certain que ce qu'il éprouvait pour elle devait bien ressembler à de l'amour. D'un autre côté, il avait aussi une maîtresse : la cigarette. Florence lui signifiait à chaque rencontre la difficulté de conserver l'une et l'autre. Pour tenter de dénouer ce nœud gordien, Tu dut en griller quatre à la suite. Sans résultat.

Janvier 1996. Tu aurait cette année 17 ans. Depuis deux ans et demi, il appréciait la cigarette. Il était parfaitement conscient de son évolution. Il savait bien que cigarette ou pas, il serait devenu adulte. Ses relations avec ses parents devenaient tendues, disharmonieuses. Répondre, critiquer, s'opposer et insulter constituaient, avec son tabagisme encore caché, les manières d'exprimer son indépendance. En recherche d'autonomie, sans mise en cause de ses besoins de sécurité, Tu était finalement peu clair avec lui-même. Il l'exprimait par son langage, par ses provocations. Son insolence, particulièrement mal vécue par sa mère correspondait à une haute muraille dressée contre les assaillants aussi puissants qu'imprévisibles : ses sentiments, ses émotions. Il éprouvait maintenant souvent des difficultés à verbaliser, lui l'ancien chef. C'est ainsi qu'une grossièreté, une insulte « traitaient » ses émotions en lui évitant tout débordement matérialisé par une agressivité répréhensible. À l'école, la technique lui avait évité nombre de pugilats. À l'opposé, il pouvait s'isoler, ne plus parler pendant quelques jours.

Pendant plus d'un an, et malgré une consommation croissante, il avait réussi envers sa famille, un parcours mensonger parfait. Il était passé maître dans l'art du camouflage. Des vêtements de rechange, du parfum, des bonbons, du chewing-gum, des sprays buccaux et de simples grains de café constituaient ses principaux outils. Quant à son haleine, elle aurait pu faire des envieux chez les vendeurs de dentifrice. Sa chambre « encensée » n'indiquait pas un penchant excessif pour la méditation ! Une astuce l'avait quelquefois sauvé de situations embarrassantes : il se portait volontaire pour faire les frites, car la friteuse sans odeur était une menteuse éhontée ! Hélas, les meilleures choses ont une fin. Le dispositif fut mis à mal par une stupide brûlure de pantalon difficilement camouflable.

Depuis deux ans, sa mère inquiète, contrariée, préoccupée, avait presque fini par se convaincre de son abstinence. Le tabac était pour elle une préoccupation essentielle. L'évolution générale peu positive de son aîné depuis deux ans en était une autre. Le trou du pantalon constituait l'horrible preuve d'un tabagisme qu'elle espérait ne jamais découvrir. Consciente de ses erreurs comportementales passées, elle se plaignit du mensonge, de la tromperie qui l'affectaient dans son amour maternel. Elle voulut l'amadouer pour qu'il avoue :

– La seule dépendance naturelle qui soit est celle qui te relie à tes parents pour l'instant et plus tard, à celle que tu aimeras. Pas à ce rouleau d'illusions. Ton cousin Cédric, lui, a compris : il a arrêté. C'est le moment de l'imiter !

Tu percevait les suppliques successives comme autant de preuves de harcèlement. Il avait jusque-là vaincu un interdit maternel. Il résistait. Il résisterait, preuve qu'il existait vraiment en tant qu'individu autonome.

– Laisse-moi vivre ma vie comme je le veux ! hurla-t-il. Toi qui es férue de lettres, souviens-toi de Camus : « Il n'y a pas de honte à préférer le bonheur. »

Hélas, Maman ne saisit pas l'opportunité offerte. Citation pour citation, Galilée avec son « On ne peut rien apprendre à autrui, on ne peut que l'aider à le découvrir lui-même » aurait avantageusement pu alimenter un échange fécond.

Papa toussait maintenant plus fréquemment et claudiquait de façon intermittente. N'osant avouer un début d'emphysème, il se plaignait d'un asthme, maladie socialement plus avouable. Il n'avait pas plus parlé ouvertement du tabac à son fils que de sexualité. Ils en étaient restés au stade du non-dit. Tous deux fréquentaient, chacun leur tour, la « bibliothèque ». Tu avait dû s'y résoudre pour éviter un conflit dont il pouvait légitimement penser que l'issue ne lui serait pas favorable. Il avait aussi accepté cette « déportation », en se souvenant qu'à 9 ans, lui aussi trouvait le tabac répugnant. Il aimait sa sœur et son frère, alors respectivement âgés de 14 et 8 ans. Des disputes, des jalousies se faisaient régulièrement jour. Certaines pour s'approprier sous une forme ou une autre une portion d'amour parental. Quel que soit leur degré de gravité, Tu n'employait ni grossièreté ni violence à leur égard.

Lors d'un week-end pluvieux de mars, Tu décida, en réaction à l'augmentation du prix des cigarettes de les rouler lui-même.

Son information et sa formation avaient été assurées par un petit noyau précurseur à l'école. Certains s'étaient équipés sur la base des conseils éclairés d'un père ou d'un grand-père. D'autres étaient devenus experts dans l'art de rouler avec les doigts et de les tasser. Il y avait celles faites à la machine, avec ou sans filtre conventionnel. Il y avait aussi des formes indéfinies, assez proches du boudin, et sur lesquelles un filtre serait apparu très incongru. Quel que soit son savoir-faire, chacun essayait de tasser le mieux possible. Pas question de fumer du vent!

Les fumeurs purent alors, à meilleur compte, accroître leurs dépendances et leurs risques : ce tabac à rouler contenait trois fois plus de goudron. Ce même week-end et sans autre raison qu'un lancinant besoin de vengeance quotidienne, Tu décida de provoquer sa mère en roulant sa provision dans le salon. Sans surprise, il fut vertement prié d'exécuter ses basses œuvres dans la « bibliothèque ». Il s'en alla, très satisfait par son petit effet.

Il étala le contenu du paquet de tabac blond sur la table en verre et élimina quelques morceaux qui lui paraissaient trop gros. Une odeur de foin séché vaguement épicé envahit le réduit. Délicatement, il prit ensuite un rectangle de papier fin qu'il maintint incurvé en gouttière entre deux doigts, y déposa le tabac, tassa, lécha les bords de la feuille, referma l'ensemble et, par souci esthétique, coupa aux ciseaux les morceaux qui dépassaient. Il en roula 38 consécutivement, de mieux en mieux tassées. Il en grilla 31 dans la journée, économisant ainsi le briquet. Il aligna avec minutie les mégots, hélas sans pouvoir admirer la couleur des filtres, car il n'y en avait pas.

Son taux d'occupation du réduit étant anormalement élevé et l'ayant entendu aller à la salle de bains pour vomir, Maman osa une incursion dans ce lieu de perdition. Face au spectacle, elle crut défaillir. Son mari, ne rentrant que tard dans la nuit, elle se devait de réagir. L'expérience lui avait appris que la spontanéité pouvait être mauvaise conseillère. Elle repoussa la porte, le temps de réfléchir. Elle était certaine qu'il s'agissait d'une nouvelle provocation. Que signifiait-elle ? Besoin d'écoute ? Besoin de découverte(s) ? Besoin de protection ? Besoin d'amour ? Besoin d'anesthésier des sensations ? Et puis, ces boudins ne contenaient-ils que du tabac ? Maman était résolue en rouvrant la porte de lui ouvrir aussi son cœur. Ce ne fut pas nécessaire, car tel un fantôme, Tu, manifestement malade de son overdose, lui indiqua que « légèrement indisposé », il allait se coucher. Il était 16 heures. Pris de nausées, tremblant, il frôlait l'infarctus. Sans conscience réelle de la gravité de son état, il lui fut impossible de trouver le sommeil.

Sa désintoxication avançant, il put à nouveau faire le point sur son rapport au tabac. Il se revit en classe de philosophie alors qu'il dissertait sur le thème « Je m'expose donc j'existe » selon Alain Finkelkraut. Il se revit défendre brillamment son point de vue. Ses exemples, il les avait trouvés dans l'escalade, le deltaplane et le saut à l'élastique, car le professeur, quoique grand fumeur, n'avait pas admis le tabac au rang des risques admis à dissertation. Il avait péroré sur ces jeux avec lesquels la mort n'était pas certaine. Cette nuit, il avait transformé l'essai : braver un danger lui avait prouvé qu'il existait vraiment. Emblème de sa résistance à la mère, il lui semblait que la « blondinette » était aussi un emblème de résistance à la mort. Il jouait avec le feu, dans tous les sens du terme. Un instant, il se demanda s'il ne glissait pas vers le masochisme. L'introduction de la fumée réputée mortelle lui avait procuré une forme de jouissance. Il en avait ressenti physiquement les effets : son goût, sa descente dans la trachée, plutôt agréables, mais aussi un plus surprenant emballement de son cœur. Il parvint à s'assoupir vers 3 heures du matin.

Son overdose lui permit d'envisager pour la première fois d'arrêter. Pour voir, pour vérifier les affirmations déjà lointaines de Philippe. Ce fut un calvaire. Jamais, il n'avait été d'une humeur aussi exécrable. Nerveux à en trembler, en colère, agressif, il lui était tout à fait impossible de se concentrer. Le martyre cessa avec la sonnerie de midi et le geste magnanime d'un camarade compatissant. Tu se jura sur le moment de ne plus recommencer cette expérience idiote de sitôt. Fumer lui apportait des sensations positives. Il devait donc continuer. En soirée, il reprit sa réflexion car, au cours de la journée, un doute s'était instillé : Philippe lui avait-il menti ? Y avait-il dans le fond de chaque paquet une paire de menottes invisibles quoique superbement efficaces ? Pouvait-il vraiment cesser quand il le voudrait ? L'idée d'être manipulé l'écœurait et il la refusa, en se traitant d'imbécile. S'il n'avait pas pu arrêter aujourd'hui, la cause en était simple : il était intoxiqué par son overdose. De plus, le moment était particulièrement mal choisi, car les examens de fin d'année commençaient la semaine prochaine. Il savait que la cause n'était pas entendue. Il décida d'oublier l'incident.

Ne doutant pas de la véracité des affirmations de Philippe, il se promit, pendant les prochaines vacances, d'opérer plus intelligemment. Il échafauda un plan pour se rassurer : d'abord, ne plus griller les blondinettes jusqu'à leur extrémité, ensuite les remplacer par des cigarettes conventionnelles, le filtre étant forcément garant d'une moindre toxicité. Sa consommation baisserait naturellement : en partant de quarante, il envisageait de se satisfaire d'une dizaine. Facilement. Viendrait alors le moment de limiter chaque cigarette à trois ou quatre bouffées et puis, un jour, arrêter. C'était évident ! Pourquoi ni Philippe ni Maurice n'en avaient-ils pas parlé ?

Il avait commencé « pour voir », parce qu'un chef doit savoir et, inconsciemment, pour ressembler au cow-boy assoiffé de liberté et de nature, pour paraître aussi sophistiqué que James Bond, aussi concentré que Maigret, aussi viril que Sylvester Stallone, aussi conquérant que Villeneuve ou Schumacher, parce qu'il s'était senti parfois seul, incompris de sa mère, délaissé par son père. Sa mère n'avait jamais éprouvé le besoin de le mettre en garde de façon positive, n'avait pas su lui démontrer que son « sixième doigt » ne contribuait en rien à son image. Il avait perçu son harcèlement comme un encouragement. Quant à son père, il avait cru devoir conserver ses secrets tabagiques pour lui tout seul. Ses récents problèmes respiratoires et circulatoires ne l'avaient pas rendu plus loquace. Il avait en commun avec lui des cheveux malodorants, une haleine de cendrier et un aspect malsain. Ce bilan réalisé, il convint qu'injonctions maternelles ou pas, il fumait trop. C'en était ridicule. D'ailleurs, les cigarettes qu'il appréciait vraiment étaient limitées au nombre de quatre : les deux premières du matin, celle qui suivait le repas du midi et une en soirée. Son plan de réduction lui paraissait infaillible, tout comme l'avait été son analyse des raisons pour lesquelles il avait commencé à fumer. La décision étant prise, il n'y avait plus à y penser. Après en avoir allumé deux consécutivement, il décida de se concentrer sur un problème autrement plus urgent : les examens.

Le lendemain arriva une lettre. Une lettre étrange.

VIII

Tu reçut le 27 mai 1996 une lettre ne comportant aucun signe de reconnaissance extérieure. Il ouvrit l'enveloppe, retira une feuille pliée en quatre, la déplia et fut surpris. Des lettres découpées dans des journaux formaient son nom : Tu. Au bas de la feuille était assemblé un « À suivre ». Pendant quelques instants, il chercha à identifier le plaisantin ou supposé tel qui avait pu dépenser un timbre pour un si piètre effet. En vain. Il conclut vite que cet épisode n'avait pas à l'accaparer une seconde de plus. Il transforma la missive en une jolie petite boulette et prit plaisir à la jeter dans la poubelle, pour ne plus y songer.

La fin de l'année scolaire approchait à grands pas. Bien que Tu n'aurait pas osé parier un paquet sur ses résultats, il se décida néanmoins pour un ultime effort. On ne sait jamais… Sa réussite fut une surprise !

À 17 ans, il allait partir sans doute pour la dernière fois en vacances avec sa famille. Il avait annoncé qu'à sa majorité, il désirait travailler au moins un mois pour pouvoir s'offrir d'autres vacances. Peut-être pas seul. Ses parents avaient approuvé cette démarche confirmant son désir d'indépendance… et (déjà) la fin de l'adolescence ?

Fin juin, Papa annonça fièrement sa promotion au rang de directeur commercial. Ainsi, les vacances, alpines cette année-là, commençaient sous les meilleurs auspices. Le lendemain du départ, c'est-à-dire le 2 juillet 1996, Tu reçut un courrier qui attendit son retour. Les vacances furent un vrai succès. La famille au complet fit de grandes randonnées à la découverte de la flore et de la faune, allant de surprises en émerveillements. Certes, Papa peinait à marcher, même s'il avait quelques difficultés à l'avouer. Lorsqu'une remarque un peu trop appuyée le lui rappelait, il calmait le jeu avec un « Je ferai examiner cela dès mon retour ». Au cours des escalades, il « crachait » ses poumons, ce qui lui permit de susurrer à l'oreille de son fils : « Merci les clopes ! Voilà ce que tu devrais éviter ! » Face aux autres, il se montrait sans faiblesse, à l'image d'un futur directeur.

Les hasards, un peu organisés, avaient placé Florence dans les environs. Elle animait un groupe de jeunes. C'est donc tout « naturellement » qu'elle fit la connaissance de toute la famille. Elle vint, vit et parvint à vaincre une résistance très théorique de la famille. La fréquence de ses visites s'accéléra aux dépens des activités familiales. Personne n'aurait pensé un seul instant à s'en plaindre. Maman voyait en elle la femme idéale pour son fils. D'un contact agréable, elle respirait l'enthousiasme, le dynamisme et la santé. Et elle ne fumait pas. Il n'avait échappé à personne que Tu essayait de restreindre sa consommation dès qu'elle apparaissait. Il reproduisait, presque à l'identique, le mode opératoire paternel.

Maman et Florence, lors d'une journée consacrée à la pêche sur un lac, s'isolèrent pour faire plus ample connaissance. L'examen fut minutieux : sa famille, son éducation, ses études, son futur métier, ses loisirs, ses valeurs, ses projets… Maman estima qu'elle était reçue avec mention ! Florence était *la* perle qui saurait un jour dompter les côtés agressifs et rebelles du jeune fumeur, côtés de moins en moins sous influence parentale. Mais on n'en était pas encore là. Le fiston n'avait que 17 ans.

Au chapitre « Cigarettes », elles échangèrent leurs points de vue et leurs informations. Ce thème les rapprochait encore un peu plus, s'estimant toutes les deux touchées par le fléau. Elles s'avouèrent ne pas comprendre « leurs hommes ». Pourquoi ne voulaient-ils pas admettre que l'industrie du tabac avait pris le contrôle de leur vie, de leur être ? Comment pouvaient-ils ne pas se sentir coupables de maltraiter ainsi leurs corps et leurs portefeuilles ? Pourquoi ne se sentaient-ils pas d'authentiques victimes de l'industrie du tabac ? Florence émit l'hypothèse qu'ils se sentaient à la fois « moins qu'inférieurs », les temps n'étant plus au tabagisme triomphant, et « plus que supérieurs », car seule une constitution exceptionnelle pouvait leur permettre de résister à une telle masse de poisons. Le désaveu de leur famille et la désapprobation de la société semblaient pourtant parfaitement inopérants. Elles convenaient aussi que la cigarette affectait également leurs vies à elles. Madame avoua, avec une gêne certaine, que son mari ne pouvait étudier un nouveau dossier qu'« avec sa dose ». Elle rapporta qu'en société, ses gestes avaient été façonnés par son vice. Il pouvait ainsi donner de lui une image flegmatique ou efficace ou sophistiquée ou absente ou…

– Comme au cinéma ! observa judicieusement Florence.

– Je n'avais pas encore fait le rapprochement. Mais à la réflexion, cela me semble tout à fait exact.

– Pour le provoquer, le choquer, je lui ai dit, et même écrit, qu'il fumait pour remplacer la succion de son pouce. C'est un avis de psy. Je n'ai pas eu plus de chance avec un couplet identifiant son vice à la réexpérimentation des sensations désirables de la tétée !

– J'ai l'impression qu'ils s'isolent, qu'ils fuient derrière leur écran de fumée, reprit Maman. Ils sont vraiment ridicules.

– Mais enfin, ne peuvent-ils pas vivre sans cette saloperie ? Pourquoi eux ? Pourquoi pas nous ? s'emportait Florence. En tout cas, j'ai prévenu Aimé que si nous devions un jour nous marier, ce ne serait pas avec une cigarette entre nous.

– Et alors ? répondit Maman à la fois curieuse et interloquée.

– Je dois à l'honnêteté d'avouer que le message ne semble pas avoir été reçu 5/5 !

– Et le temps que cela leur prend ! Au moins deux heures par jour, qui serait mieux utilisées à converser entre nous et à faire du sport. D'ailleurs, Aimé a abandonné le rugby quand il a été enrôlé par la cigarette. Cette horreur prédispose donc à la sédentarité. Encore un argument pour te plaire !

– Il est vrai que leurs activités sociales se résument le plus souvent à la fréquentation d'autres fumeurs, observa Florence.

– Que pouvons-nous faire ? Il me semble qu'à deux nous serons plus fortes.

– Je vais continuer à m'informer. Ce serait vraiment bien de les délivrer tous les deux à la fois.

– Tu as raison de rêver, Florence. Depuis plus de vingt ans, j'ai mené une guérilla sans merci à mon mari sur le sujet. Le résultat est nul. Maintenant, il tousse, ronfle, souffre sans doute aussi d'artérite, ses cheveux grisonnent. Il en connaît la cause… et il continue. Ses parents sont morts dans un accident de voiture dû à une hémorragie cérébrale du père au volant, clairement consécutive au tabac. Il a connu son grand-père maternel aveugle, également à cause du tabac. Quant à son grand-père paternel, il est mort d'un cancer du larynx, après avoir été réduit au chômage, avoir perdu sa voix et été défiguré, tout cela « grâce » au tabac. Pas plus ces faits que mon harcèlement n'ont eu le moindre effet. Le tabac est une vraie malédiction. J'ai peur pour lui, j'ai peur pour eux.

– Sans vouloir douter de votre approche, permettez-moi d'en tenter une nouvelle.

– Si tu parviens à en trouver une…

La conversation s'interrompit avec l'arrivée des pêcheurs fumeurs arborant fièrement leur prise : un omble chevalier de

52 cm. Les vacances se poursuivirent de façon particulièrement agréable, grâce aux ponctuations de Florence.

La cigarette étant clairement partie intégrante de son personnage, Tu avait « oublié » de mettre en œuvre pendant les vacances son plan stratégique de réduction puis d'arrêt. Il se contenta de plaindre les non-fumeurs, car ils ne connaissaient pas le plaisir de la première cigarette, celle qui vous jette hors du lit et vous arme pour la journée. Quels idiots, quelles idiotes! Lorsqu'il s'enfermait dans son halo, il était dans sa carapace. Celle-ci le protégeait, le cachait aux yeux des autres... et de lui-même. Il s'habillait de sa fumée, ce qui était tout à fait confirmé par l'odeur de ses vêtements. Inconsciemment, il avait appris à utiliser son vice pour échapper aux conflits, maternels entre autres. Deux épines persistaient. La mineure s'appelait argent. Bien qu'il roulât ses cigarettes, son budget était encore amputé à un point tel que CD, livres, équipements divers et autres sujets de plaisirs vantés par ses copains non-fumeurs lui restaient inaccessibles. La majeure se prénommait Florence. Après avoir menti à sa mère sur son initiation, puis son asservissement, il mentait maintenant à Florence sur les quantités. Pourvu que sa mère ne l'ait pas informée de son record! Il savait que ses « tiges » étaient un véritable obstacle à la poursuite de leurs relations. Pourquoi les non-fumeurs étaient-ils si intolérants? L'évitement qu'il pratiquait avec sa mère avec un certain brio ne lui semblait pas particulièrement approprié avec Florence.

De retour, à peine rentré à la maison, Benoît se sentit investi d'une mission capitale: vider la boîte aux lettres et répartir le courrier par destinataires. Tu avait deux lettres. La première provenait de l'école pour l'inviter à une réunion préparatoire à la rentrée. Déjà! L'autre était anonyme, mais sa simple vue l'irrita. Il l'ouvrit précipitamment. Le plaisantin du mois dernier récidivait.

Cette fois-ci, il avait bien voulu ajouter une lettre au montage avec des lettres découpées dans des journaux :

TU A
À suivre…

Il observa le papier, toujours sans signe distinctif, l'enveloppe, quelconque, l'écriture sur l'enveloppe : inconnue. Le cachet de la poste indiquait la date du 1er juillet 1996. La lettre avait été postée à la gare. À l'heure de l'informatique triomphante, cette pratique ridicule de la lettre anonyme lui paraissait aussi absurde que surannée. Un truc de vieux, sans doute.

– Tu as du courrier ? s'enquit son père.

– Rien d'intéressant : l'école pense déjà à moi !

Intrigué et par la récidive et par la promesse d'une suite, il décida de conserver l'envoi et de le montrer à Florence à la première occasion. Elle en rit à gorge déployée, exigeant de connaître la suite ! Une fraction de seconde, il pensa qu'elle en était l'auteur, puis se ravisa, honteux de l'avoir suspectée, ne serait-ce qu'un instant.

La rentrée de septembre 1996 s'effectua sans encombre. Chacune et chacun se mit en devoir de romancer ses vacances. Si Tu avait dû croire tous ces affabulateurs rivalisant d'imagination, il aurait presque eu honte de son comportement si exemplaire… particulièrement à l'égard de Florence. Cette année était, en théorie, la dernière de son cycle secondaire. Il était dans une section scientifique, comportant un nombre quasi inconvenant d'heures de chimie. Sans être un adepte inconditionnel des sciences exactes, Tu y trouvait néanmoins matière à relative satisfaction. Il se consolait des parties considérées comme assommantes en pensant à la chance qu'il avait de ne pas avoir à ressasser ce que d'autres avaient pensé des siècles auparavant. Ces disciplines lui paraissaient aussi vaines que dangereuses. À quoi telle pensée, forcément décalée par rapport aux réalités d'aujourd'hui, pouvait-elle bien servir pour affronter la vie, pour contribuer à résoudre les problèmes planétaires contemporains et futurs ?

Une distraction fut offerte aux élèves : un concours pour trouver des slogans antitabac. C'est ainsi que l'on vit apparaître quelques équations d'un nouveau degré et des affirmations d'un nouveau genre :

Fumeurs = hors-la-loi
Fumeurs = malfaiteurs
Fumeurs : restez dans votre chambre à gaz. Ne nous y faites pas entrer.
Fumer = un aller simple en enfer
Poumons = éponges à goudron
Fumeur, la mort te regarde avec une attention toute particulière.
Fumeur, t'as l'air con.
Pour assurer, mieux vaut cesser de fumer.
Fumeur, est-ce que tu as le droit de faire des orphelins ?
L'industrie du tabac te prend pour un con, une conne.
L'État te prend pour un con, une conne.
La cigarette « nique » gravement ta santé.
Paquet de clopes = boîte à mensonges

Le « Une boucane de plantes, rien de mieux pour un végétarien ! » ne fut pas admis à concourir. Tout comme le « Tu fumes, je pète ! »

IX

Je jure de travestir la vérité, toute la vérité, rien que la vérité, déclama avec un aplomb naturel un certain Bobard devant le patron qui venait de le recruter.

Sa mission : aider l'état-major de la compagnie à mentir le plus professionnellement possible.

– *Omnis homo mendax,* disait à haute voix le dirigeant, latiniste à ses heures.

Il poursuivait :

– Si tout homme est menteur, il en est qui sont plus doués les uns que les autres. Bobard, je crois en vous pour nous aider à répandre mensonges, tromperies, inventions, fables, contre-vérités, mystifications, perfidies et cynisme. Votre action reposera sur le trio infernal : secret, opacité et manipulation.

Pile, Bobard était un homme de l'ombre, un salaud, mais un salaud délicat. Face, c'était un salaud à part entière, qui n'hésitait pas à éliminer ou plutôt faire éliminer les gêneurs et nombre d'empêcheurs de fumer en rond. C'est en 1958 que la multinationale Pro-Mortem, informée de ses redoutables capacités et de son absence totale de scrupules, l'avait recruté avec mission de créer un embryon de cellule de désinformation et d'action. L'organisme fut appelé Centre de documentation, ce qui était déjà en soi un beau mensonge. En effet, toute l'information émise par les services de Bobard consistait en un savant mélange de vrai et de faux. Le journaliste fumeur y trouvait matière à satisfaction. Le non-fumeur aussi, mais pas pour les mêmes raisons. Les informations fournies aux particuliers qui venaient, de temps en temps, se « documenter » provoquaient en eux un lavage de cerveau anesthésiant. Le patron demandait que ces intrus achètent les produits Pro-Mortem, pas qu'ils cherchent à savoir le pourquoi du comment.

Quelques jours après sa prise de fonctions, Bobard avait trouvé sur son bureau un compte rendu interne de chercheurs, établi sur la base d'une étude pionnière de 1953 : « Les personnes rencontrées pensent que fumer est une cause de cancer du poumon. » En d'autres termes, fumer était présenté non plus comme un risque mais comme une cause de cancer du poumon. En 1958, cette information ne relevait pas de l'évidence pour le grand public. Bobard prépara une réponse pour le président de Pro-Mortem : « J'affirme qu'il n'y a aucune preuve que fumer est une cause de cancer du poumon. Nos études montrent même le contraire. » Pour un peu, Bobard aurait prétendu que fumer était une cure de santé recommandée par le corps médical. La publicité l'avait déjà osé !

Peu après, il avait cessé de fumer, avec difficultés certes, mais il avait cessé. Courageux parce qu'inconscient, mais pas téméraire, Monsieur Bobard ! Les rédacteurs qui lui posaient régulièrement la question se voyaient invariablement répondre : « Je fumais, mais pour des raisons dont je ne me souviens plus, j'en ai perdu le goût. » L'histoire sur laquelle il travaillait trouvait son origine en 1951. Deux dangereux abrutis, des médecins anglais, s'acharnaient à observer une population de 40 000 médecins britanniques. Les services de renseignement de la compagnie faisaient de leur mieux pour être tenus informés des résultats de l'étude avant les diverses publications. La première salve de résultats de 1958 à peine digérée, une seconde, en 1964, explosa en risquant d'incendier non seulement la compagnie mais toute la magnifique industrie du tabac. Bobard dut développer des trésors d'imagination pour tenter de contrer des résultats vraiment effrayants. La liaison « tabac-bronchite chronique-cancers des voies respiratoires » était clairement établie. Sur des bases statistiques.

Après avoir tenté une diversion en rappelant que les statistiques représentaient la forme la plus évoluée du mensonge, Bobard entreprit d'identifier les vedettes de tout acabit, mais d'un âge avancé et qui fumaient. De quoi convaincre la populace! Hélas, peu étaient disponibles, c'est-à-dire en vie. Adieu les Sigmund Freud, Yul Brynner, Nat King Cole, Bette Davis, Sammy Davis Jr, Ian Fleming, Franck Sinatra, George Harrisson, Jacques Brel, Melina Mercouri, Leah Rabin, Gilbert Bécaud, Walt Disney, Joe Di Maggio… Acteurs, musiciens, politiques, sportifs et autres créateurs étaient partis prématurément en fumée. Les uns avaient eu la mauvaise idée de succomber à des problèmes cardiaques, les autres avaient payé leur horrible tribut par des cancers ou d'autres pathologies tout aussi évitables.

– Beaucoup de fumeurs échappent au cancer et à la crise cardiaque, mais peu évitent les bronchites chroniques qui raccourcissent de toute façon la vie, constata-t-il.

Bobard dut se rabattre sur d'illustres anonymes qui avaient réussi à résister et dont il utilisait les témoignages. C'est ainsi qu'après chaque attaque des intégristes antitabac, des répliques adaptées fusaient, du style : « Mon grand-père a fumé comme un pompier jusqu'à 90 ans. Il est mort de vieillesse ».

À cette époque, les opposants n'étaient pas vraiment dangereux : ils étaient peu nombreux et magnifiquement sous-informés, voire désinformés. La technique maison, parfaitement mise au point, était invariable : nier la cause de la maladie, puis, lorsque les faits étaient clairement démontrés, trouver des dérivatifs. Bobard et ses homologues coordonnaient leurs actions afin de conserver les secrets de l'industrie.

Progressivement, très progressivement, quelques gouvernements s'intéressèrent à l'étude scélérate anglaise. Ses patrons successifs exigèrent une résistance acharnée aux allégations officielles. Par tous les moyens. Lentement, très lentement, c'est-à-dire en plus de quarante ans, une partie de l'industrie finit par admettre les risques causés par le tabac. Elle parlait toujours de risques, jamais de causes. Plus qu'une nuance ! Bobard se sentit plus d'une fois aux bords de la frustration en constatant que cette performance n'avait pas été homologuée dans le *Guiness des records*.

Après le front des cancers, un second fut ouvert : celui de la soi-disant dépendance à la nicotine. Il y a quarante ans, l'un des patrons de l'industrie avait écrit : « La nicotine est une très bonne drogue. » Dix ans après cette déclaration empreinte de réalisme, il confirmait son observation : « Les produits du tabac, de manière unique, contiennent et fournissent la nicotine, une drogue puissante. » Dix ans plus tard, c'est l'un de ses successeurs qui clamait que son entreprise « devait apprendre à se considérer comme une entreprise vendant une drogue et non du tabac. »

Bobard développa son zèle pour souffler aux dirigeants de bonnes répliques : « Dire que les cigarettes sont addictives est contraire au bon sens… C'est une rhétorique antitabac, sans fondement médical ou scientifique.» dès 1958.

Il existait des déclarations standard, mises au point par Bobard et ses concurrents : « Les fumeurs choisissent librement de fumer. L'industrie du tabac n'est donc pas responsable des conséquences de ces gestes, délibérés et répétés. D'ailleurs, il n'y a aucune preuve sérieuse que la nicotine engendre une dépendance, ni que la cigarette tue. Nous avons seulement affaire à des gens libres de fumer… et à des industriels heureux de les satisfaire. »

Bobard dut expliquer à quelques minus que l'industrie ne pouvait se contenter de hacher des feuilles de tabac et de les emballer. Par égard pour ses fidèles clients, des « améliorations » étaient constamment opérées, visant à satisfaire et le physique et le psychique des soumis. Les centres de documentation expliquèrent ce qu'ils voulaient expliquer, car les États n'étaient pas en mesure de contrôler les affirmations. Si d'aventure, tel chercheur trouvait une piste et la suivait, sa trouvaille se trouvait déjà dépassée lors de sa publication : les États et leurs scientifiques étaient toujours en retard d'une guerre !

C'est ainsi qu'il y a près de quarante ans, les cigarettes Pro-Mortem furent « améliorées » par l'adjonction d'ammoniaque. Cet irritant bien connu permettait de délivrer plus de nicotine et donc de mieux fidéliser les clients. Restait à obtenir la légalisation de cet additif peu sympathique. Bobard se dépassa en prétendant qu'il s'agissait d'un facteur de goût. Personne ne pensa à rétorquer qu'il s'agissait sans doute de mauvais goût.

Une fois de plus, comme personne n'était en mesure de vérifier, l'ammoniaque fut admise au nombre des 600 additifs autorisés, sans contrôle. Bobard se délectait de cette histoire représentative de son travail. En réalité, ce produit d'entretien permettait de tricher. Manipuler et tricher étaient les deux mamelles qu'il excellait à manœuvrer. Il savait que la nicotine était présente sous deux formes : gazeuse et particulaire. Il savait aussi que tous les tabacs étaient contrôlés par des laboratoires indépendants, selon une norme ISO 3308, avec des machines à fumer standardisées, qui ne détectaient que la nicotine particulaire. En augmentant la délivrance de la nicotine sous forme gazeuse, non détectable, mais aussi en la rendant biologiquement plus active, Pro-Mortem vit ses ventes s'envoler… pour atteindre des sommets : la capture d'un jeune sur deux de 17 ans. Par rapport aux « mentions légales », les quantités fournies étaient 2, 3, 4, 5, 6 fois ou plus supérieures aux quantités annoncées.

Il lui fut néanmoins interdit de communiquer sur cette forme d'altruisme très particulier.

Les confrères de Pro-Mortem comprirent vite que le succès n'était pas dû au seul marketing. Sans pouvoir néanmoins l'expliquer.

Lorsque médecins et scientifiques commencèrent à comprendre la supercherie, Bobard commanda des études bidonnées portant sur la teneur initiale en ammoniaque des différentes variétés de feuilles de tabac, la minéralisation du sol, le climat, la fermentation, le mode de séchage et même la pollution. L'affaire en devenant publique devait être combattue. Elle le fut. Bobard mentit avec une singulière constance, toujours avec le même couplet sur le facteur de goût. Mentir, c'était aussi maintenir la controverse. Chaque jour apportant son lot d'informations sur l'un des 4000 composants de la fumée, la controverse risquait de ne s'éteindre qu'avec la dernière cigarette.

L'esprit tordu de Bobard ne limita pas son champ d'activité aux conséquences de la composition des petites usines chimiques. Il y a vingt-cinq ans déjà, un rapport interne alertait sur un autre danger : « La menace la plus dangereuse ayant jamais existé sur la viabilité de l'industrie du tabac. » Près de 90 % de la fumée produite par une cigarette profitaient aux autres. Cette fumée présentait une toxicité nettement plus élevée que celle inhalée par les asservis. Bobard se vit confier la mission de dresser ce peuple d'ingrats qui refusaient de plus en plus obstinément le cadeau avec des prétextes incroyables : ils n'appréciaient ni les odeurs désagréables imprégnant vêtements et cheveux, ni les irritations oculaires, ni les rhinorrhées, ni les irritations de la gorge, ni les étourdissements, ni les vertiges, nausées et autres troubles de l'oreille interne. Même les dentistes prétendaient que 27 % des caries des dents de lait avaient pour origine le tabagisme passif.

Les médecins, du moins ceux qui n'étaient pas dépendants, leur parlaient aussi des conséquences pour l'enfant : induction de l'asthme, toux, crachats, sifflements, effet défavorable sur le développement des poumons, risque aggravé de mort subite du nourrisson, risques accrus d'infections respiratoires aiguës, d'otites, d'allergies, d'hospitalisation… Ils avaient aussi quatre couplets réservés aux adultes : le premier pour alerter sur l'augmentation de 25 % de cancers du poumon, le second pour mentionner l'accroissement de 25 % des risques cardiaques, le troisième pour relever le quasi doublement des risques d'accident vasculaire cérébral et le dernier pour chanter les louanges des maladies respiratoires chroniques : asthme, bronchites, emphysème. Quelle belle chanson !

Les fils d'Hippocrate démontraient la persistance de la présence des particules dans un local fermé pendant 16 heures ou pendant 8 heures dans un local ouvert. Les non-fumeurs fumaient donc même en l'absence de fumeurs. Pour eux, une conclusion s'imposait : il fallait cesser de fumer dans tout lieu public. Et vite. Maltraitance, non-assistance à personne en danger étaient dans l'air. La menace était sérieuse. Bobard reçut l'ordre de tout faire pour diminuer les conséquences de ces révélations. Limiter la possibilité de fumer aurait des conséquences terribles : le public prendrait conscience des effets néfastes du tabagisme passif, alors que nombre de non-fumeurs se croyaient à l'abri. Il en allait de l'acceptabilité sociale des cigarettes. Toute action restrictive entraînerait *ipso facto* une baisse de la consommation chez certains, voire même des arrêts chez d'autres. Un authentique sacrilège.

Le peuple d'ingrats constituait plus des deux tiers de la population. Si ce dernier devait un jour se lever et contre l'industrie et contre les États, les actionnaires n'auraient plus qu'à pleurer ou évoquer le bon temps des dividendes plantureux… Pro-Mortem et ses confrères ne pouvaient pas rester indifférents aux offensives des disciples d'Esculape. Pour éviter une bérézina tabagique,

Bobard prit la tête d'un vaste système de désorganisation scientifique. Intégrant le syndrome de la blouse blanche qui accorde une crédibilité *a priori* à ses porteurs, il décida de donner comme nom de code à cette vaste opération le nom de celui-ci. Bobard se voyait à la tête d'une armée d'un milliard cent millions de fumeurs, prisonniers non protégés par la Convention de Genève. Les « statuts » du projet défini par Ad Patres et ses copains consistaient à « mettre en place une équipe de scientifiques organisée par un coordinateur scientifique et des avocats pour revoir la littérature scientifique ou faire des études sur le tabagisme passif pour maintenir la controverse. » Compte tenu de l'enjeu, les budgets confiés à « Blouse blanche » étaient quasi illimités.

Le premier problème auquel Bobard fut confronté fut le recrutement de scientifiques reconnus dans leur chapelle. Il crut s'y épuiser, mais en ajoutant des zéros sur des chèques, certaines résistances acharnées finirent par céder. Il qualifia les bénéficiaires de « scientifrics ». Ainsi furent espionnés et même volés des travaux en cours. Au travers des conférences de presse organisées avant les publications, « Blouse blanche » réussit à désinformer de façon tellement outrancière que Bobard en était ébahi. En deux ans, il organisa 1 150 interviews, 36 congrès scientifiques, 32 débats scientifiques, 41 débats politiques, publia 43 études, en prépara 33 autres et parraina la sortie de 3 ouvrages. Cette débauche d'activités lui permit d'assujettir la science aux intérêts de l'industrie.

« Blouse blanche » parvint à berner des congrès entiers en troquant les travaux pour ne retenir que les favorables – puisque financés par l'industrie –, en isolant des intervenants, en influençant des comptes rendus. Les résultats obtenus dépassèrent les espoirs : la controverse se poursuivait encore en 1996, quand Ad Patres, avec le culot qu'on lui connaît, proclamait dans des campagnes de publicité qu'« il est plus dangereux de manger un biscuit ou boire un verre de lait que de respirer la fumée de cigarette ».

Les manifestations hostiles qui suivirent cette campagne héroïque montrèrent bien que le travail de Bobard ne devait pas seulement être poursuivi. Il devait être intensifié. Maintenir la controverse avait eu une conséquence : les États prirent peu ou pas de dispositions contraignantes par rapport au tabagisme passif. Ceux qui légiférèrent se soucièrent peu de la protection réelle du non-fumeur. Peu d'entreprises ont été sensibilisées au coût du tabagisme actif et passif : de 1600 à 5600 €/an/fumeur. Encore moins ont pris les mesures nécessaires. Elles se sont ainsi privées d'une source d'amélioration de leur compétitivité. Quant aux écoles, bien peu bénéficiaient d'un Sherlock Holmes !

Des non-fumeurs incommodés, presque un pléonasme, ou simplement désirant conserver leur capital santé ont obtenu la mise en place de mesures techniques de filtration d'une surprenante inefficacité. Bobard le savait, mais restait discret. Harcelé par des polémistes en mal de copie, il avait mis en place une réponse étonnante :

« La théorie de Pythagore contient 24 mots. Le principe d'Archimède 67. Les dix commandements 179. La déclaration américaine d'indépendance 300. Et la législation européenne limitant les occasions de fumer 24 942. »

Familier des prétoires, Bobard intentait régulièrement des procès. Il en avait les moyens. Il les gagnait souvent, mais pas toujours. Il considéra comme une honte, un véritable scandale le fait de perdre une bataille juridique contre une association qui avait osé diffuser des informations exactes sur le tabagisme passif.

Chaque semaine, Bobard analysait la situation et les problèmes en cours. Les dangers venaient de partout. L'industrie pharmaceutique décida un jour de vendre de la nicotine à la place de l'industrie, y compris à des fumeurs qui n'en avaient nul besoin. Les m€dicam€nt$ semblaient ne plus suffire à satisfaire son appétit financier. L'industrie du tabac s'étant autoproclamée dealer exclusif de nicotine, elle souhaitait conserver sa légitime exclusivité. Gurkha, le collègue en charge des manipulations, se chargea de la mise au pas de ces nouveaux concurrents incongrus. Pour donner un coup de frein immédiat à cette tentative déloyale, Bobard fit réaliser une étude scientifique alarmante : les populations devaient connaître les risques de crise cardiaque inhérents à l'usage de la substitution nicotinique ainsi que les risques d'accoutumance. Venant de l'industrie du tabac, ce dernier point était délicieux. Bobard fut aidé par la lecture, avec une loupe, des notices. Elles évoquaient les doses mortelles comprises entre 40 et 60 mg. Eu égard au prix des substituts, le risque était vraiment faible ! Les symptômes de surdose étaient aussi généreusement étalés : vomissements, agitation, nausées, sueurs abondantes, crampes abdominales, pâleurs, céphalées, tremblements, confusions, convulsions… Un instant, Bobard s'effraya à l'idée d'avoir aussi à afficher les propriétés actuellement connues des cigarettes et quelques autres encore secrètes… L'« étude » fut abondamment relayée par la presse, même la sérieuse.

Pendant de nombreuses années, le trouble s'installa. Bobard pensait à Francis Bacon et son « Calomniez, calomniez, il en restera toujours quelque chose ! »

La lecture des journaux faisait aussi partie des prérogatives du supermenteur de la compagnie. Quelle que soit l'attaque, la technique de réponse était toujours la même : cacher les dangers, les nier et maintenir la controverse jusqu'à plus soif… ou l'oubli. Ce fut le cas des 145 morts d'un dancing dont l'incendie fut causé par une cigarette posée sur un tabouret en polyester. Bobard mit en accusation le polyester, qui fut interdit. Quel art ! Dans nombre de cas d'incendies, il obtenait par simple compromission que la cause ne fût pas clairement établie. Un chèque, du cash, un don à la caserne, une subvention, c'était selon. Eu égard à leur crédibilité, les pompiers étaient des alliés de choix. Partis donc en fumée les risques d'accusation pour tel fumeur retrouvé carbonisé et dont la faute avait consisté à fumer au lit et à s'endormir. Dans le cas de mort de pompiers en service consécutive à la cancerette, « la cause non identifiée » était plus difficile à obtenir ou plus chère. Il essuyait même des refus. Ce fut le cas pour nombre d'incendies de forêts. La cigarette tuait par incendie des milliers de personnes par an dans le monde et en blessait encore un peu plus. Qui s'en souciait à part Bobard ?

Les compagnies d'assurances intégraient dans leurs tarifs les conséquences liées au tabagisme. Du moins pour les couvertures « hospitalisation, maladies, décès ». Bizarrement, aucune surprime n'était exigée pour une cibiche en voiture, pour une blondinette passive à l'usine ou une cancerette environnementale au bureau.

L'activité de Bobard couvrait ce que l'industrie qualifiait de libertés personnelles. Pro-Mortem prétendait défendre les libertés et la démocratie, mais se contentait en réalité de protéger une liberté pourtant inexistante : fumer. Il pourfendit, traîna en justice des kyrielles d'officines gênantes en répétant devant micros et caméras bienveillantes que fumer était une attitude d'adulte responsable. Quant au tabagisme juvénile, il était qualifié de « forme de contestation regrettable, mais aussi banale que le rap, le *heavy metal* ou les casquettes portées à l'envers ». Cette « explication » n'expliquait rien, mais beaucoup s'en satisfaisaient.

Lorsqu'un chroniqueur venait le voir, Bobard avait des munitions toutes prêtes : « Tabagisme, problème de riches » plaisait souvent, alors que plus de 70 % des profits de la compagnie provenaient des pays pauvres. « L'augmentation du prix nuit aux pauvres et favorise la contrebande » rassurait en permettant de mettre à jour sa commisération nouvelle pour les plus démunis. Son art d'emberlificoteur faisait merveille pour cacher que ce sont justement les pauvres qui souffrent le plus du tabac : un paquet pour un chômeur en fin de droits n'a pas exactement la même valeur qu'un paquet pour un cadre supérieur. Une augmentation significative des prix aidera donc plus facilement le pauvre à tenter de s'en libérer. Avec la presse, du moins celle qui était bien élevée, c'est-à-dire sensible à ses arguments, Bobard pouvait réussir de grandes choses. « Ce n'est pas la peine d'arrêter, tu vas reprendre » fut ainsi largement popularisé. « Il est démontré que tous les fumeurs rechutent systématiquement après un mois » fut du meilleur effet. Le « Qui a fumé fumera » fut presque superflu.

Apostrophé sur la dangerosité des cigarettes, Bobard était intarissable sur les études de développement de la sécurité. En réalité, ces études portaient sur le développement du sentiment de sécurité, laissant croire qu'un filtre composé de granulés et de fragments de charbon permettait d'obtenir une blondinette pleine de goût bien que moins irritante. Pour éviter toute incertitude quant aux résultats, seuls des fumeurs « sérieux » et dûment sélectionnés avaient pu participer à l'« étude ». Avec ce filtre, la cigarette autorisait une illusion supplémentaire : celle de surfer sur la vague des produits naturels. N'hésitant devant rien, Bobard affirma haut et fort que le nouveau filtre était « exactement ce que le médecin a prescrit ».

Dans le même registre, mais quelques années plus tard, il communiqua sur une « matière pure, totalement inoffensive » comme composante essentielle du nouveau filtre. C'était de l'amiante. Même les ouvriers qui fabriquaient ce filtre inoffensif tombaient comme des mouches. Toutes les polémiques à ce propos démontraient à l'envi le savoir-faire et le faire savoir de Bobard. Pour conserver leurs clients, les cancerettes devaient avoir du goût, donc être peu ou mal filtrées. Combiné, entre autres, avec l'ammoniaque, l'effet des filtres était dans les meilleurs des cas nuls et même souvent négatifs, car ils incitaient les victimes à inhaler plus profondément. Ils étaient en réalité conçus pour permettre une lecture « améliorée » des machines à fumer, machines totalement dépourvues de lèvres et de doigts.

Ainsi trouvait-on sur le marché des cigarettes qui « offraient » 2 à 6 fois plus de nicotine.

Pro-Mortem qui savait ses filtres défectueux et dangereux depuis quarante ans fut d'une discrétion exemplaire. Leur efficacité était limitée à la seule perception de sécurité. Les consommateurs étaient abusés. Une illusion que Leurres comptait parmi son arsenal d'illusionniste et que Bobard répandait à tous vents.

Pour accroître emprise, marchés et profits, l'industrie du tabac dans son ensemble avait au cours des décennies écoulées concentré ses efforts sur les jeunes et les femmes. Les résultats démontrèrent *a posteriori* qu'il s'agissait d'un bon choix. Évidemment, certaines femmes enceintes décidaient de cesser de fumer, au moins provisoirement. Bobard trouvait cela regrettable. Nombre d'entre elles reprenaient après l'accouchement, mais d'autres étaient perdues. Il fallait donc que ces femmes puissent pour le moins douter quand un gynécologue non-fumeur leur parlait des risques de grossesse extra-utérine, de fausse couche, d'avortement spontané, de prématurité, de croissance affectée de 400 g, puis après la naissance éventuelle, de sifflement respiratoire, d'arriération mentale, de déficit d'attention et de mort subite du nourrisson. Pour faire bonne mesure, les héritiers d'Hippocrate effrayaient aussi les futures mères avec l'évocation des risques accrus de cancer du col de l'utérus. Bobard, l'œil vissé sur les statistiques, était heureux de constater que plus de 20 % des femmes enceintes n'écoutaient pas les « foutaises médicales ». Par contre, elles appréciaient les praticiens qui conseillaient une consommation réduite à cinq cigarettes quotidiennes. L'industrie savait, elle, qu'il n'existait pas de quantité fumée sans danger. Particulièrement chez la femme enceinte.

Les activités légales, et celles qui l'étaient un peu moins, de Pro-Mortem débarrassaient chaque année la planète de plus de 700 000 personnes, soit tout de même 1917 par jour. Autant de retraites à ne plus verser, autant de soins médicaux évités. Ce n'était qu'une contribution, car l'industrie tout entière parvenait à en expédier *ad patres* plus de 13 000 par jour, soit une toutes les six secondes et demie. Bobard s'était un jour demandé ce qui serait advenu d'une compagnie aérienne dont une trentaine de Boeing 747 ou d'Airbus A380 se serait écrasée quotidiennement…

Même les meilleures plaisanteries ont une fin. Pour le tabac, ce fut le 14 avril 1994. Réunis cette fois-ci, non pas pour comploter, mais devant une commission parlementaire, le célèbre « Je ne crois pas que la nicotine soit addictive » prononcé avec aplomb par les patrons des principaux producteurs de cigarettes sonna le glas du mensonge. Un juge considéré par les cigarettiers comme particulièrement débile (c'est-à-dire intègre) contraignit l'industrie à rendre publique la totalité de ses documents internes. Ce fut le début d'un véritable « Tobacco Gate ». Les dés n'étant plus pipés, Bobard considéra que mentir dans ces conditions ne l'intéressait plus et fit valoir ses droits à la retraite.

X

Le premier trimestre scolaire 1996 s'acheva sans heurts. La présence, physique ou non, de Florence incitait l'amoureux sinon à la performance, du moins à l'effort. Les résultats furent en conséquence.

Le 20 décembre, une nouvelle lettre arriva. Tu s'en saisit avec un soupçon d'inquiétude. Était-ce la suite ? Il observa l'écriture que portait l'enveloppe et la reconnut sans difficulté. Il ouvrit et dégagea une feuille blanche sur laquelle des lettres découpées formaient le « texte » :

TU A ÉTÉ
À suivre.

Il rejoint sa chambre, retrouva fébrilement l'envoi n° 2 et s'enfuit dans la « bibliothèque ». Calmé, il tenta de réfléchir quant au fond du message. En vain. Il n'aimait pas ce procédé, cette manie. Il décida de montrer les deux envois disponibles à ses parents.

– Je préviens immédiatement la police, lança la mère déjà en direction du téléphone.

– Et que veux-tu qu'elle fasse la police ? Aimé a 17 ans. Un copain se trouve sans doute très drôle avec ces plaisanteries stupides. Il n'y a rien de dramatique. Pas de menace, pas de revendication. Rien qu'un jeu idiot, rétorqua le père.

– Qui te dit qu'il s'agit d'une plaisanterie et qui plus est d'un jeune de 17 ans ?

– Rien, absolument rien ! Je suppose seulement qu'il s'agit d'une farce de potaches. À ce stade, je propose seulement de boire à la santé de l'auteur et surtout de ne pas tomber dans le panneau en nous mortifiant !

Père et fils firent ensuite une visite silencieuse à la « bibliothèque ». Les cigarettes fumées ne contribuèrent pas à la résolution de l'énigme. Tu n'éprouva pas le besoin d'en parler à Florence. Il regrettait de l'avoir importunée la dernière fois. Les paroles rassurantes de son père suffirent à calmer son début d'anxiété.

Papa fut intronisé dans ses fonctions directoriales lors d'une réception et en présence de sa famille, ce qui ne manqua pas de rehausser son prestige. Il travaillait pour une multinationale et le revendiquait fièrement. L'entreprise proposait aux industries des matières premières de base et des fabrications spécifiques. Il devrait maintenant diriger toute une équipe, orienter ou réorienter des fonctions, des carrières. Autrefois, ses contacts étaient quasi exclusivement axés vers la clientèle. Maintenant, il aurait une vue beaucoup plus complète sur son activité. Depuis toujours porté vers les résultats, il veillerait à respecter budgets et objectifs selon le cadre strict en vigueur dans l'entreprise. Gonflé à bloc, il lui semblait être devenu une sorte de monolithe, sur lequel clients et collaborateurs avaient intérêt à ne pas se heurter. Incidemment, il pensa que sa nouvelle autorité pouvait aussi bénéficier à sa famille et, particulièrement, à son fils aîné. Dans quelques mois, celui-ci allait sans doute commencer un cycle universitaire. Dans quelques années, il rejoindrait le marché du travail.

Tu entamait en ce début janvier 1997 son dernier semestre de l'enseignement secondaire. En théorie. Jusqu'à présent, il n'avait montré d'intérêt marqué ni pour les études, ni pour une profession précise. Plutôt attiré par les sciences, son père rêvait secrètement d'en faire un chercheur, lui qui, encore récemment ne se considérait que comme une forme évoluée de bateleur. Ses parents l'incitèrent à entamer une réflexion quant à son avenir. Pour ce faire, et face à son indécision, ils lui proposèrent de se soumettre à une batterie de tests permettant de débusquer ses aptitudes. Tu accepta immédiatement. Progressivement, son statut de fumeur l'avait habitué à se réfugier derrière son écran de fumée et laisser les autres débattre à sa place. Il trouvait dans la proposition parentale une réponse toute faite à un problème qui ne le tourmentait pas vraiment. Lui-même, ne s'était-il pas inventé un « test » pour décider de fumer ou pas ? Papa voyait en cette décision une sorte de concrétisation de son nouveau statut : un meneur d'hommes soucieux d'efficacité.

Fin avril, Tu se retrouvait avec son père dans le cabinet d'une psychologue spécialisée dans l'orientation scolaire. Quatre heures plus tard, un verdict sans appel tombait : sur 15 critères examinés, 14 révélaient un tempérament de vendeur. Le père mit en doute l'analyse car elle ne correspondait pas à ses attentes. Il fallut un entretien « viril » avec la psychologue pour le convaincre et le calmer. En prenant congé, elle s'autorisa une dernière remarque :

– Essaie d'arrêter de fumer avant de rechercher ton premier emploi ! Actuellement, nombre d'employeurs excluent d'autorité les fumeurs. Bien entendu, cette raison n'est jamais ouvertement admise, mais c'est ainsi. Un homme, que dis-je, deux hommes avertis en valent quatre.

Avant de livrer les conclusions à l'avis maternel, père et fils s'accordèrent pour aller prendre un verre et harmoniser leurs commentaires. Le café dans lequel ils entrèrent était un établissement digne des années 50, avec un espace fumeurs. Ils s'y réfugièrent et honorèrent de leur fumée un espace qui n'en avait pas vraiment besoin… tout comme l'espace non-fumeur d'à côté. Sur le bar, trônait une affiche « Fumer ou pas, soyons courtois », ce qui correspondait bien à l'avis du jeune soumis. Pendant qu'ils synthétisaient leur entretien et les perspectives qui en découlaient, un spot de publicité télévisée interrompit Papa. « La vie sans tabac, vous commencez quand ? » Ils se regardèrent en riant, car ils n'imaginaient pas un seul instant pourquoi et comment un tel message aurait pu les inciter à délaisser leurs émanations. Leurs rires provoquèrent l'ire de leurs voisins, parqués en zone non-fumeurs. Rapidement, ils entendirent un cocktail confus de :

– Allez polluer ailleurs !

– Une zone fumeurs dans un restaurant, c'est comme une zone pipi dans une piscine non pipi !

– Quelle honte d'inciter un jeune mineur à fumer !

– Fumer des clopes, ce n'est tout de même pas avaler de la mort aux rats ! Et si j'en ai envie, ça me regarde, non ? renchérit un grand échassier, le mégot collé aux lèvres.

– Messieurs, lança Tu, avez-vous lu ce qui est écrit ici : restons courtois, s'il vous plaît ou partez.

– Évidemment, s'empoisonner volontairement est un droit : ça s'appelle le suicide, reprit l'un.

– Franchement, vous pourriez trouver une méthode plus efficace et surtout plus rapide, renchérit l'autre.

– Je vous plains de ne pas connaître les plaisirs du tabac, conclut le père.

Ils sortirent, en renversant du cendrier, par inadvertance, un mégot mal éteint sur une chaise. Ils essuyèrent quelques quolibets supplémentaires. Pour peu, ils auraient eu l'impression que leur sécurité en tant que fumeurs n'était plus assurée dans les lieux publics, un comble pour de si bons contribuables aux bonnes œuvres de l'État. En route, ils poursuivirent la conversation sur le thème, car l'un et l'autre n'avaient jamais eu de discussion honnête et approfondie à ce sujet.

– J'ai commencé comme toi sans doute, pour faire grand, imiter mon père et quelques idoles cinématographiques ou de la chanson... qui sont décédées depuis de leur cigarette. Dans la vente, personne ne nous oblige à fumer, mais on y est fortement incité par souci de convivialité avec les clients, pour se donner du courage avant d'affronter un client difficile, pour éliminer le stress, pour rester éveillé... Cela devient une chaîne impérative : l'absence signifie mal-être, anxiété et même malaise. Aujourd'hui, je me sens prisonnier. Je voudrais non seulement arrêter, mais te voir aussi arrêter. J'ai essayé à de multiples reprises. En vain. Mes collègues m'ont toujours « soutenu » en me disant que cela ne servait à rien, car on rechutait tout le temps. Jusqu'à maintenant, cela s'est malheureusement révélé exact. Fumer n'est pas, n'est plus un plaisir, contrairement à ce que j'ai dit à ces malotrus tout à l'heure. Toi qui viens de commencer, tu peux arrêter. Moi non. Tu as certainement remarqué pendant les vacances combien le moindre effort m'est devenu pénible. Mes 42 ans ne constituent pas une explication. Essoufflement, marche difficile, poitrine douloureuse, voix altérée, toux, dents et doigts jaunes, pieds froids en permanence et souvent les mains. Quant à mon teint et aux odeurs pestilentielles que je diffuse... ta mère peut compléter le tableau. Tout comme pour les rides qui l'autorisent à me traiter de vieux. J'ai longtemps cru qu'il ne s'agissait que d'une vilaine habitude. C'est faux, en réalité, c'est un piège qui me rend, qui te rend esclave. Face à toi, je le reconnais aujourd'hui, tardivement certes, mais je le reconnais. Face aux autres, je continue à fanfaronner. Je n'en suis pas fier pour autant.

Ému par tant de sincérité, Tu parvint à répliquer :

– J'ai un plan pour arrêter, plan que je compte mettre en œuvre lors des prochaines vacances. En trois mois, ce sera une formalité.

Ils arrivèrent à la maison. Mieux valait ne pas poursuivre sur le sujet. L'affiche de la nouvelle journée sans tabac « Tous unis pour un monde sans tabac » ne provoqua pas de pulsions excessives en faveur de l'arrêt.

Faisant contre mauvaise fortune bon cœur, les parents avaient accepté l'idée que les études à venir ne relèveraient peut-être pas de la simple formalité. Considérant que la psychologue n'était pas forcément touchée par l'infaillibilité, Tu s'était finalement inscrit à la faculté des sciences.

XI

La cinquantaine triomphante, Intox affichait un dynamisme à tout crin. Il avait la tête bien faite et bien pleine. Tout comme son portefeuille. Élégant, sportif, il respirait la santé, le bien-être, la réussite sans pour autant jamais avoir eu recours à la cigarette. Après quelques années dans l'industrie automobile, il céda aux sirènes de Pro-Mortem. Un pont d'or lui était offert. En outre, Intox considérait que les budgets publicitaires du secteur, à peine inférieurs à ceux de l'automobile, allaient lui permettre de démontrer ce dont il était capable. Avec 7 milliards annuels à l'époque, Intox aurait pu parler de manne. Pourtant, il put convaincre ses patrons de consacrer à la publicité plus de 11 milliards par an. Il prit ainsi la tête de la plus grande entreprise de décervelage au monde : la communication de Pro-Mortem. Au fil des années, il avait ajouté à ses activités publicitaires, la promotion, le parrainage et plus récemment, pour se détendre, les campagnes de prévention ainsi que la lutte contre les activistes antitabac.

L'un de ses prédécesseurs, un certain Marion, dans les années 50, avait essuyé une vague de panique consécutive à la publication d'une étude anglaise démontrant que le tabac n'était pas vraiment une plante médicinale. Bien « convaincu » du contraire, il commanda d'importantes recherches sur les motivations profondes de ses étranges clients. Fumer aidait à supporter la tension, se libérer de l'anxiété, améliorer la sociabilité, lutter contre l'ennui et chasser la solitude. En outre, les adeptes du *smog* fumaient pour se prouver à eux-mêmes et aux autres l'excellence de leur virilité. La publicité fut axée sur les motifs de satisfaction recherchés par les fumeurs. Marion réussit à dynamiser les ventes de cigarettes en manipulant les besoins inconscients des individus, leur niveau d'anxiété et leur sentiment de culpabilité. Le fumeur rapprochait l'image du produit des qualités qu'il croyait, en fumant, devenir siennes. Marion ne vendait plus du tabac, il vendait de la satisfaction psychologique et physique. L'insignifiant Mr Lambda devenait, grâce à la fée Tabac, un être recherché voire convoité. Dès 1957, Marion rechercha marins tatoués et cow-boys pour démontrer au bon peuple que fumer était une récompense bien méritée après l'effort. C'était l'époque du « goût masculin ».

Dans les années 70, Intox participa à de nouvelles manipulations d'un autre genre : les techniques subliminales. Le « jeu » consistait à obtenir une réponse à une stimulation inconsciente. Les recherches sociologiques de Pro-Mortem ne tardèrent pas à démontrer que sexualité et mort représentaient pour les fumeurs des implications affectives essentielles. Quoique pas particulièrement obsédé, Intox se mit dès lors à implanter dans ses annonces des symboles phalliques et vaginaux, perçus inconsciemment. La production dut s'adapter. Les *« king size »* furent créées comme symbole d'un phallus particulièrement généreux.

Intox s'amusa beaucoup avec ces techniques, mais une expérience qu'il appela « la transparence » le transcenda : dans un magazine, il acheta une page recto verso. Au recto, il fit figurer une publicité de facture tout à fait classique. Au verso, une superbe créature affichait ses jambes nues et son pubis. Le lecteur, en tournant la page, associait les deux images. Le spectacle enregistré dans l'inconscient fut gratifiant pour les ventes.

L'un de ses collègues fit encore beaucoup plus fort. Il créa la marque « Mort » et connut un succès inespéré. De stupides opposants réussirent néanmoins à obtenir le retrait de la marque.

À l'époque de Marion, la publicité concernait les jeunes adultes, puisque l'initiation se faisait souvent à l'initiative de l'État, au travers du service militaire. Intox s'intéressa aux adolescents puis aux préadolescents de 12 ans et moins. En abaissant à un peu plus de onze ans de moyenne les débuts de l'initiation, Intox et ses patrons s'estimaient sur la bonne voie. Il restait cependant encore une réserve : les enfants. En effet, lorsqu'il avait présenté ses résultats sur l'abaissement de l'âge, certains directeurs avaient fait la moue.

– Dois-je encore descendre, interrogea-t-il ?

– S'ils ont des lèvres, nous les voulons, lui fut-il répondu.

Intox admettait que dans une industrie parvenue à maturité comme la sienne et compte tenu des liens confraternels, son métier de publicitaire était très particulier.

Les investissements massifs ne rapportaient, sauf exception, qu'à long terme. Le but de la publicité et des promotions était d'introduire dans les cervelles suffisamment perméables la perception partagée de ce que signifie être fumeur. En un mot, Intox dut séduire « les jeunes, les pauvres, les noirs et les imbéciles » comme disait l'un de ses anciens patrons. Il séduisit aussi les actionnaires.

Les fumeurs étant de nature fidèles à leur marque et l'industrie ayant conclu des accords de non-agression, la lutte portait donc sur le futur fumeur. Rien que pour remplacer ses morts, Pro-Mortem devait en recruter plus de 700 000 par an. Et comme le business devait se développer, il fallait commencer à les manipuler avant même qu'ils ne pensent à fumer : à 6 ans quand ils veulent ressembler aux adolescents ou même à 3 ans, car à cet âge-là, un enfant est capable de retenir une publicité pour les cigarettes. Abasourdi par tant d'opportunités, Intox fit réaliser un spot pour la télévision. Simple : un adolescent offrait une cigarette à une jeune fille. Celle-ci l'écrasait en disant : « Un peu de liberté de gagnée ». À la question « Que signifie ce film ? Pourquoi ce spot à la télévision ? », la quasi-totalité des enfants de 4 à 5 ans répondit : « La cigarette, c'est bon, il faut fumer. » Déjà conditionnés, ces enfants considéraient que les spots étant destinés à vanter les mérites d'un bon produit, dont celui-là. Il fallait donc fumer.

Globalement, les jeunes étaient deux fois et demie plus réceptifs à la publicité que leurs aînés. La tranche 10-12 ans qui approuvait la publicité avait deux fois plus de « chances » de devenir fumeuse dans l'année que celle qui y était opposée. Ces résultats guidaient la politique d'Intox : les enfants et non pas les adultes allaient principalement profiter de ses efforts publicitaires. Ad Patres lui avait donné une instruction très claire : « Faire une campagne aussi jeune que possible, en s'adressant directement au jeune fumeur. » Cela paraissait aller de soi lorsqu'on sait que rares sont les fumeurs qui commencent leur calvaire à l'âge adulte.

La bonne étoile d'Intox aurait pu pâlir avec les interdictions partielles puis totales de publicité, depuis que le tabagisme passif était de plus en plus nettement mis en cause, depuis que le fait de fumer était de plus en plus perçu comme « un acte illogique, irrationnel et stupide. « Même et surtout par les fumeurs. Mais il avait plus d'un tour dans son sac ou plus exactement dans ses paquets. Lorsqu'il l'estimait nécessaire, Intox n'hésitait pas à inventer une nouvelle marque pour identifier les aspirations de toute une jeunesse à un paquet de cigarettes. En particulier en Afrique. « Un nouveau paquet Afric pour un continent Sansfric », résumait-il.

L'emballage devint au fil des ans un support marketing essentiel bénéficiant d'un incroyable degré de sophistication. L'une de ses trouvailles fut d'identifier teneur en nicotine et couleur du paquet : les « légères » étaient évidemment de couleurs plus claires ! Cette astuce en confortait une autre : la rigidité du paquet. Le paquet souple signifiait cigarette forte, le paquet rigide évoquait pour le consommateur la légèreté… et la santé. Il rappelait régulièrement à ses équipes les buts de leur activité : impressionner les jeunes cervelles, inciter les enfants à la première (L&N faisaient le reste), encourager les adultes accros à le rester et à résister aux sirènes prônant l'abandon, encourager les adultes à fumer davantage et encourager les rechutes. « Soyez des pros, faites aussi bien que le cancer et ses quatre phases : initiation, promotion, progression et métastases. Notre approche est la même. Nos résultats aussi » s'amusait à dire Intox.

Les opposants à l'industrie du tabac lui menaient la vie dure.

– Nous avons vu une publicité pour vos cigarettes en Ukraine, publicité qui mettait en scène une femme manifestement enceinte. Inqualifiable ! Qu'attend-on pour vous poursuivre pour non assistance en personne en danger ?

Un autre poursuivit :

– Ces publicités doivent être interdites. Vous êtes des assassins !

Intox rétorquait que le tabac était un produit licite. Il ajoutait :

– Si vous voulez interdire la publicité, interdisez aussi la vente… et vous aurez une révolution !

De fait, le tabac bénéficiait d'une pure légalité historique. Il était bien certain que s'il avait été découvert aujourd'hui, il aurait été interdit à la vente et pourchassé tout comme le cannabis et l'héroïne.

– Le tabagisme est une maladie qui se transmet. La publicité est l'agent de transmission, accusait l'un.

– Cessez vos publicités et vos promotions. La pandémie tabagique régressera, vociférait un autre.

Sans rire, Intox rétorquait :

– Je vous rappelle que le but de la publicité n'est pas de vendre, mais seulement de transférer des clients d'une marque à l'autre. D'ailleurs, la publicité ne s'adresse qu'aux adultes qui ont choisi de fumer et qui, grâce à elle, peuvent se renseigner sur la marque de leur choix.

À ces hypocrisies, personne ne répondit que les publicités ne mettaient jamais en scène des personnes âgées et n'utilisaient jamais de musique classique. Quant à l'information comparative, afficher 40 cancérigènes pour une cigarette et 39 pour une autre…

– Et les ados ?

– L'ado cherche des outils pour se créer une nouvelle identité. Il cherche un moyen d'afficher son goût pour l'indépendance à l'aide d'un symbole. La cigarette en est un. Par assimilation au mythe de Prométhée, l'ado s'empare de la puissance du feu. Le pyromane aussi. C'est la pression du groupe qui les incite à fumer. Pas la publicité.

Sans doute frappé d'amnésie foudroyante, Intox n'avoua pas que la publicité et le marketing donnaient un peu plus qu'un coup de pouce à la pression du groupe.

– Pourquoi faites-vous maintenant des campagnes antitabac ?

– Nous avons pris conscience que les parents, les commerçants, les médias, l'État ne remplissent pas toujours comme il convient leur rôle en matière de prévention. Nous pensons que la réduction de la consommation et la prévention pour les jeunes est aujourd'hui une responsabilité de l'industrie.

Intox confia la « prévention » à une agence fiable : celle qui réalisait les publicités habituelles, et qui devait à la fois faire vendre et empêcher de vendre… Les campagnes Pro-Mortem étaient construites sur quatre piliers.

Elles impliquaient des figures d'autorité, parents, enseignants, ministres, c'est-à-dire autant de personnages contre lesquels les adolescents se rebellaient. Pilotes de F1, chanteurs de rock, footballeurs et autres idoles ne venaient pas cautionner ces campagnes. Intox les réservait pour les vraies publicités.

Elles rabâchaient que fumer est une activité d'adulte... « Fumer est une habitude d'adulte » contenait deux grosses ficelles : habitude et adulte. Par habitude, il fallait entendre dépendance. Adulte était perçu par l'ado comme le stade auquel il prétendait. « Fumer doit être réservé aux adultes » ou « Les ados ne doivent pas fumer pour leur santé et celle des autres » titillaient l'interdiction, l'attrait du fruit défendu, le geste transgressif. La manipulation se traduisit évidemment pour nombre d'ados par « Puisque je ne dois pas, je vais le faire. » Et ils participèrent pendant de trop longues années à la prospérité de l'industrie du tabac !

Elles utilisaient des sentiments nobles pour les rendre inopérants : le dégoût, la peur, la colère, la tristesse, le stress, la joie, la dérision, l'envie... ou l'absence de réaction. Quelques ados s'en apercevaient et dénonçaient l'hypocrisie entre l'objectif affiché et la méthode utilisée.

Elles utilisaient des personnages dont l'aspect provoquaient le rejet. Soit directement, soit de façon subliminale.

Évidemment, ces campagnes de « prévention » n'étaient que ruses et tromperies : elles avaient la couleur de la prévention, y ressemblaient, mais n'étaient en rien de la prévention. Les éminences qui cautionnaient ces campagnes confiaient ainsi le couperet au bourreau, l'allumette au pyromane...

Pendant qu'Intox débitait par kilomètres des autocollants, des affiches, des sets de table, qu'il diffusait à la radio et à la télévision des messages indiquant que « Fumer devrait être un choix réservé aux adultes » ou que « Fumer fait partie des nombreuses activités choisies par les adultes », que les édiles, les associations antitabac ou les fumeurs eux-mêmes essayaient de comprendre pourquoi ces messages étaient inefficaces en terme de prévention, mais bénéfiques à l'industrie, Bobard ralentissait des mesures législatives contraignantes (interdiction de publicité, interdiction de fumer dans les lieux publics, avertissements sanitaires, augmentation des taxes), prônait à des oreilles bienveillantes des accords volontaires en lieu et place d'une législation, bref, assurait d'excellentes relations publiques souvent à un coût dérisoire.

Rien n'était plus facile pour Intox que de créer et d'animer ces pubs-leurres antitabac. Il s'en réjouissait. Ainsi conçut-il un autocollant et une affiche coupés en deux. Dans la partie gauche, on y trouvait une belle image attrayante, source de rêveries et en couleur. On y découvrait aussi des ronds de fumée. Dans la partie droite, un austère slogan indiquait en caractères agressifs « Ne fumons pas ». Il semblait débité par des jeunes d'apparence monotone, dépourvus du moindre attrait. Le fond blanc de l'image accentuait le côté stérile. Cette campagne antitabac qui incitait les jeunes à s'amuser en faisant des ronds de fumée permit à Intox de compter rapidement des milliers de jeunes fumeurs supplémentaires.

Dans la même veine, via un spot radio présenté comme un micro-récit, une mère s'offusquait d'apprendre que son mari avait envoyé leur fils chercher des cigarettes, car ceci pourrait l'encourager à fumer. Le père s'engageait à ne plus recommencer. Une voix concluait : « Le devoir de tous les parents est d'empêcher les jeunes de fumer ». Le spot se terminait par une chansonnette : « Nous sommes libres, nous sommes indépendants, nous sommes *cool,* nous ne fumons pas. » Ce n'est que lorsque les « autorités » eurent constaté une majoration de 11 % des ventes aux jeunes qu'elles analysèrent la mystification d'Intox : un jeu des six erreurs !

1. La mère n'exprimait aucun regret du tabagisme paternel, mais s'offusquait simplement de ce que l'enfant aille chercher les cigarettes.

2. Tel quel, le père était un modèle pour le garçon.
3. Les risques pour le père et le reste de la famille étaient superbement ignorés.
4. Le message renforçait l'idée que fumer était une activité d'adulte, donc enviable.
5. La figure d'autorité dressée autorisait la rébellion du jeune devant fumer pour être adulte.
6. Pour se montrer « libre et indépendant », il était tout naturel de se dresser contre l'autorité et donc de fumer.

Dans la palette des outils d'Intox figurait en bonne place le parrainage. Il le considérait et l'utilisait comme une forme locale de publicité ou un contournement d'interdiction à l'échelon international. Le tabac était associé à des activités saines, populaires, à des images fortes facilement mémorisées. Tour à tour, Intox investit les concerts de rock, les orchestres symphoniques, les tournois de tennis ou de cricket, les randonnées, les rallyes et, bien sûr, la F1. Intox n'était pas peu fier d'avoir contribué à capturer une écurie qui gagne. Événement mondial, la F1, avec ses six Grands Prix répartis sur dix mois était appréciée dans 164 pays. Chaque manifestation était vue par 500 millions à un milliard d'yeux avides d'exploits macho, de force, de vitesse, de succès, de plaisir, de couleur. La F1 assurait non seulement un accroissement de la consommation par fumeur, mais aussi l'augmentation du nombre des fumeurs, tout commele rappel à l'ordre des ex-fumeurs. Les amateurs de F1 étaient deux fois plus nombreux à fumer que les autres. Intox savourait un tel résultat mais savait qu'il avait mangé son pain blanc.

En 2006, l'interdiction totale de la publicité en F1 serait effective. Ses équipes travaillaient déjà sur les contournements possibles. Entre-temps, les rares opinions publiques qui voulaient faire du zèle avant l'heure seraient manipulées par Bobard et Gurkha avec des études économiques démontrant que, hors de la F1 il n'y avait point de salut. Intox s'intéressait aussi aux autres sports.

En créant de fausses associations entre fumeurs et sports, il parvint à créer de fausses perceptions du tabac chez les 13-16 ans. Ainsi, des centaines de milliers de jeunes furent convaincus que les sportifs, tous les sportifs fumaient. Le résultat : des dizaines de milliers de nouveaux fumeurs.

Pour assurer la réussite complète de ses actions, Intox tenta de contenir, à défaut de les contrôler, tous les fascistes de la prévention. Jusqu'à présent, ces idiots n'étaient pas parvenus à influencer les rendements trimestriels des actions Pro-Mortem… Intox les considérait depuis longtemps comme des rachitiques du cerveau. Lorsqu'ils clamaient que le tabac était 14 fois plus dangereux que la route, que l'industrie du tabac était responsable d'un mort toutes les six secondes et demie, Intox s'amusait beaucoup. Il savait que ces messages pris isolément étaient parfaitement inefficaces.

Progressivement, des sortes de mutants arrivèrent : ils parlaient psy. C'était nettement plus préoccupant. Ainsi les fumeurs devinrent des victimes : victimes d'une maladie transmise par la publicité (y compris déguisée), victimes d'une faute sociale. Pour peu, ils auraient exigé que les victimes soient indemnisées ! Ils organisèrent des campagnes axées sur le besoin d'identification. Intox était atterré : ils piétinaient ses plates-bandes, ils s'attaquaient à son fonds de commerce. Ils utilisaient, valorisaient des valeurs propres aux jeunes pour les aider à se dégager de l'emprise des modes, des normes, des pressions du groupe. Bien que non-fumeur, Intox se sentit pris de palpitations lorsqu'il découvrit les spots destinés à ses chers jeunes. À l'inverse de ses messages de prévention, les nouvelles campagnes étaient attractives. On y parlait de privation de liberté, de névrose collective, de séduction, de santé, de vie, mais sans vice caché, d'argent, de séduction, de sociabilité, de dépendance. En examinant tout cela de plus près, Intox n'attribua finalement à ces campagnes qu'une note de 5/10. Y compris pour celle qui démontrait que le fumeur est un mouton solidement attaché, tondu 10, 20, 30 fois ou plus par jour et aux dépens de sa santé. Il espéra qu'ils ne pourraient pas faire mieux !

L'Union européenne n'hésitait plus à dire non à la consommation du tabac. Ces sournois utilisaient maintenant les mêmes techniques qu'Intox, avec des artistes pop reconnus et appréciés des jeunes. Heureusement, avec un budget limité à 18 millions sur trois ans… « 18 millions pour eux contre 11,8 milliards sur 5 ans pour nous consacrés à la "prévention" en direction des jeunes et des enfants, juste un petit caillou dans une chaussure ! » conclut-il en se félicitant de l'excellent travail de ses lobbyistes. Tant que l'Union continuerait à consacrer annuellement par habitant 0,13 € à la prévention contre 800 € pour la Politique agricole commune, Ad Patres pourrait dormir tranquille…

Coalisée avec la presse et les publicitaires, l'industrie du tabac continuait à imposer l'argent contre la raison, contre la santé, contre la liberté, contre la vie. Intox aimait contrôler les campagnes encore possibles dans de très rares États européens. Il examinait successivement ce que disait le texte, à quoi se rapportait l'image du fond, la musique, les rêveries susceptibles d'être induites, les pensées liées aux diverses couleurs, la perception probable du message et, eu égard au contexte, la perception qu'il pouvait en attendre. Il analysait les divers supports disponibles en fonction des circuits de distribution : magasins de journaux, grande distribution, hôtels, restaurants, cafés, stations-service ou distributeurs automatiques. Intox utilisait des valeurs sûres : luxe, élégance, esthétisme, bien-être, aventure, risque, amitié, nature, sport, santé, culture, héroïsme, courage, indépendance, minceur, vie active ou individualisme. Commercialement pour l'égalité des sexes, il veillait aussi à ce que ses campagnes influencent la signification sociale et culturelle de la cigarette : fumer était la clé du succès. Une cigarette longue de 95 mm, avec un filtre de 22 mm fut lancée avec le slogan « Bien trop chic pour la main de l'homme ». Cette supercherie faillit devenir la cigarette officielle des mannequins malingres.

Ainsi les fumeurs demeureraient fiers de l'être. Ceux qui ne l'étaient pas encore seraient tentés de devenir esclaves à leur tour. Avec la campagne « Les fumeurs aiment le contact » qui mettait en scène un couple s'embrassant, il parvint à créer une publicité qui rendait la fumée fascinante. Au bas des affiches, le plus discrètement possible, l'inscription « C'est vrai, avec des substances cancérogènes telles que l'arsenic, le benzol, le radon ou le goudron » augmentait l'attrait des cigarettes.

Dans l'avion, il analysa les divers slogans en cours. Il y en avait pour tous les goûts :

– J'ai choisi. Et vous ?
– L'avenir plus brillant, l'aventure au bout du monde.
– Maintenant et à jamais, goûtez et prenez plaisir !
– Se relaxer et prendre du plaisir.
– L'amie fidèle.
– Goûtez la liberté.
– Le choix du vainqueur.
– Le test du vainqueur.
– Ensemble, nous réussirons.
– La cigarette chasse complexes et timidité.

Tout observateur impartial normalement constitué aurait hurlé de rire face à ces fadaises. Intox ne riait pas. Pour lui, ils étaient tous bons. L'expérience. Peut-être, y aurait-il parmi eux un digne successeur à l'un de ses fleurons : « Plus on en sait. » Celui-là avait accroché des millions d'Africains : les affiches représentaient un gros plan sur un homme d'affaires occidental, distingué et fumeur. Les Occidentaux étaient donc riches et fumeurs. Les masses africaines voulurent-elles aussi accéder au succès… La seule fausse note provint d'opposants qui apposèrent sur les affiches : « Plus on en sait, plus on voudrait arrêter. »

Elle fut sans effet. Dans la rubrique « Enfants des pays pauvres », il y eut : « Aucune institution n'a l'apanage de la beauté. Osez vous exprimer ». Et « Pour être moderne et émancipé, il faut fumer ». Très bien perçus, ces slogans permettaient à ces pays pauvres de fournir plus de 70% des bénéfices de Pro-Mortem.

Accueilli par un tonitruant « Fume, c'est du Hollywood light », Intox retrouva son agent spécialisé dans la chasse aux artistes, ceux qui acceptaient de se faire corrompre pour fumer dans des films, alors que nombre d'entre eux ne fumaient pas. Les études avaient démontré que cette forme particulière de publicité ou de promotion était particulièrement efficace. Depuis 1940. Une cigarette n'avait intrinsèquement aucune personnalité. Mais dès qu'une actrice s'en saisissait, elle pouvait devenir une baguette magique capable de créer de nombreux nouveaux fumeurs… et des résultats pour Pro-Mortem. Le public était généralement inconscient de la manipulation dont il était l'objet. Presque une manipulation subliminale. L'agent traqua comédiennes et comédiens, mais aussi toutes les célébrités susceptibles d'effectuer un passage télévisuel en fumant. Il traqua également avec succès les auteurs de bandes dessinées : ainsi 80 % des jeunes furent exposés au moins 30 fois par an à des scènes destinées à les faire fumer. Pourtant, 8 % seulement des bandes dessinées proposaient des attitudes tabagiques. Pour les films, c'était encore mieux : 9 films à succès sur 10 comportaient des scènes de tabagie bien placées : les acteurs fumaient lorsque l'intrigue était à son comble, pour accompagner des scènes de bonheur, de tristesse, de stress ou de bien-être, de colère ou de soulagement. Fumeurs et futurs fumeurs associaient alors inconsciemment cigarette et résolution de problèmes.

Les fumeurs d'Intox étaient tous beaux, puissants et séduisants. Ils représentaient un style de vie enviable. Fumer apparaissait comme une activité hautement souhaitable. Lorsqu'un jeune aimait un acteur qui fume, son attitude par rapport au tabac était ou devenait positive. Grâce au cinéma, il avait 16 fois plus de chances de devenir fumeur. En quête d'identité, quoi de plus normal que de vouloir ressembler aux pilotes de F1, à Claudia Schiffer, à Madonna ou à Léonardo di Caprio ? Taquin, Intox aimait torturer ses collaborateurs avec la question suivante : sachant que *Titanic* a été vu en salle par 100 millions de spectateurs, combien de jeunes, touchés par l'association cigarette-sentiments-refus de l'autorité ont commencé à fumer ? La question subsidiaire était : quelle a été la consommation supplémentaire enregistrée consécutivement à cette action ?

C'est Intox aussi qui remit à Sylvester Stallone un chèque de 500 000 $ pour fumer dans cinq films. Pour un James Bond, ce fut 350 000 $. Robert de Niro, quant à lui, fit une excellente prestation en interprétant un fumeur sûr de lui, rigoureux et à l'esprit vif. Le montant de la transaction parvint à rester secret. Paul Newman, Clint Eastwood, Cameron Diaz, Meg Ryan, John Travolta, Jack Nicholson et ses gros cigares participèrent au festin. Julia Roberts, Catherine Deneuve, Fanny Ardant, Sharon Stone se sont transformées en appétissantes femmes-sandwichs. Une mention spéciale fut donnée à cette dernière pour la vision panoramique offerte du haut de ses cuisses et la vue plongeante sur un décolleté plus qu'indécent. Elle avait tout compris ! Une marque de Pro-Mortem apparut au moins 40 fois dans *Superman II, Le Parrain III, Apocalypse Now.* Un autre grand succès pour Intox fut *Men in Black,* car un gêneur qui fume, qui court les jupons et commente l'art et la manière de la drague ne peut qu'attirer la sympathie de l'ado. Dans *Taxis,* Sami Naceri en chauffeur sans permis, invite avec sa cigarette le jeune public à la transgression.

Les opposants à l'industrie du tabac attaquèrent ces pratiques. Intox fut marri de constater que quelques auteurs et acteurs refusaient maintenant ses propositions. Encore plus horrible : dans certaines salles, les cigarettes étaient recouvertes de « mosaïque ». Certaines associations signalaient les « bons films », c'est-à-dire ceux dans lesquels aucune scène de tabagisme n'apparaissait.

Quelques salles interdirent l'accès aux mineurs pour des films sponsorisés par l'industrie cigarettière. Des ados furent ainsi privés de manipulations essentielles. Intox cria à la prohibition. Il tenta une diversion en expliquant que le financement de James Dean et de « la fureur de vivre » avait eu comme conséquence l'augmentation des ventes de peignes! Des acteurs se révélèrent aussi particulièrement décevants: certains, après avoir vanté la cigarette en étant grassement payés pour cela, devinrent des militants antitabac acharnés au prétexte d'un quelconque cancer du poumon ou de problèmes cardiaques graves. D'autres montrèrent en mourant qu'ils manquaient franchement de savoir-vivre!

Les activités d'Intox s'étendaient également à la publicité indirecte. Il s'agissait de définir produits ou services susceptibles d'être utilisés en lieu et place ou à côté de la vraie publicité quand celle-ci était interdite. Parvenu au seuil de notoriété qui était le sien, Pro-Mortem savait que logos et couleurs étaient des déterminants visuels suffisamment puissants pour pouvoir être efficaces sans lecture et sans le moindre slogan. Intox créait des réflexes pavloviens. Même les illettrés pouvaient être endoctrinés, via les emballages ou des paquets « événements »! C'est pourquoi Intox diffusa des cerfs-volants, des chaussures d'enfant, des chaussettes, des sacs, des montres, des autocollants, des chapeaux, des casquettes, des visières, des porte-monnaie, des baladeurs, des faces de téléphones portables, des appareils photo jetables, des boucles d'oreille, des vêtements, des briquets, des cendriers, des bottes... Il parraina aussi une marque de whisky, un café, une agence de voyage qui tous portaient haut les couleurs de la compagnie. Les liens alcool-tabac, café-tabac et aventure-tabac étaient ainsi confirmés et honteusement exploités. L'emploi de l'une de ces publicités indirectes multipliait par six les chances de devenir client Pro-Mortem dans l'année! Tu en était victime.

XII

Les vacances débutèrent une fois réglés les problèmes d'hébergement et tous les côtés matériels de la future vie d'étudiant. Majeur depuis un mois, Tu avait sans difficulté obtenu l'aval et le financement de ses parents pour partir en vacances avec Florence. L'accord parental stipulait qu'il devait, avant de partir, connaître une première initiation au monde du travail. Il ne restait que trois semaines. Une agence d'intérim l'expédia dans un hypermarché. Bientôt, le monde des bouteilles consignées n'eut plus de secret pour lui. Pas vraiment passionnant, ce séjour fut riche en enseignements sociaux. La rudesse, le caractère routinier de la tâche, l'environnement, les odeurs, le bruit, un éclairage tout en promesses, l'indifférence voire l'hostilité de ses « collègues » et des clients lui ouvraient les yeux : il avait vécu jusqu'à ses 18 ans dans un cocon. Il en tira de solides motivations supplémentaires pour ses études, car il voulait conserver le niveau de confort auquel il était habitué. Le magasin ayant récemment subi un début d'incendie consécutif à un mégot abandonné, les fumeurs ne pouvaient dorénavant chercher leur dose qu'à l'extérieur de la bâtisse, sous un vague auvent. Il perçut comme une vexation supplémentaire le fait de devoir pointer avant et après chaque « recharge ».

Il se promit qu'en tant que futur cadre, il n'aurait pas à subir ce type d'outrage...

Florence venait de terminer sans encombre sa formation d'institutrice. À la prochaine rentrée, elle ferait enfin ce dont elle avait toujours rêvé : éveiller et modeler de jeunes enfants pour en faire ce que la nature leur permettait d'être. Idéaliste, écologiste militante, Florence ne représentait pas le prototype de la nature paisible. Tout devait bouger, s'animer, se transformer devant elle. C'est sans doute pourquoi Tu l'avait attirée par son énergie, son charisme, son enthousiasme et sa maîtrise. Depuis trois ans, elle travaillait pendant le mois de juillet pour s'offrir un peu de superflu et surtout découvrir d'autres milieux que celui de l'enseignement. Elle regrettait parfois d'être seulement passée de l'école en tant qu'élève à l'école en tant qu'institutrice. À 21 ans, il lui semblait avoir des œillères, ne rien connaître des réalités économiques et sociales dans lesquelles ses futurs élèves et leurs parents évoluaient.

Alors qu'ils bouclaient leurs valises pour deux semaines à Istanbul et environs, le facteur sévit. Tu blêmit. Florence ne manqua pas de s'en apercevoir.

– Qu'est-ce qui se passe ? Une annulation de départ, la faillite du voyagiste ou de la compagnie aérienne ?

– Non, c'est seulement l'imbécile dont je t'ai parlé qui récidive. Il y a bien six mois qu'il ne s'était pas manifesté. Je vais jeter ce torchon à la poubelle.

– Une lettre, même ordurière, est faite pour être lue.

– Eh bien, ouvrons !

Sur l'enveloppe, quelconque, ils voyaient la même écriture, manifestement déguisée. Quant au texte, toujours constitué par des découpes de lettres de journaux, il s'allongeait d'un mot, comme à chaque fois :

TU A ÉTÉ CONDAMNÉ
À suivre.

Interloqués, ils pâlirent et s'affalèrent sur un canapé, blottis l'un contre l'autre. À quoi pouvait-il être condamné ? À réussir sa première année ? À aimer Florence ? À assister à quelque cérémonie familiale assommante ?

– Cette fois-ci, allons à la police et tirons cela au clair.

– Et que veux-tu qu'elle fasse la police ?

– Enquêter, évidemment. On ne prend pas une menace de mort à la légère.

– Qui te parle de menace de mort ? Qui veux-tu qui me menace ? Je ne dois rien, on ne me doit rien, je n'ai ni tué ni blessé, à part une égratignure chez ma mère il y a quatre ans.

– Allons-y avant de partir, nous serons plus tranquilles ensuite.

Tu collecta les trois envois disponibles et ils partirent au commissariat. Un policier soupçonneux les reçut rapidement et séparément, observa les « lettres », posa une dizaine de questions banales et conclut à la plaisanterie douteuse. Il conseilla toutefois d'examiner le courrier des deux familles pour essayer d'identifier l'écriture.

– Le cas échéant, et si cela vous amuse encore à votre retour, vous pouvez rencontrer l'un de mes collègues, graphologue à ses heures. Il s'appelle Chamel. Vous vous en souviendrez ? Le policier prit congé, ayant sans doute plus urgent à accomplir.

– Te voilà rassurée ?

– À moitié. L'ordre a parlé, mais pas la justice.

– Si l'on devait expédier en justice tous les plaisantins, il n'y aurait plus d'arriéré judiciaire, car il n'y aurait plus de justice du tout.

– Ou une justice plus drôle.

Et ils rirent de bon cœur.

Quatre heures plus tard, ils étaient à l'aéroport. La compagnie n'assurait que des vols non-fumeurs, une nouvelle « mode » à laquelle on ne pouvait se soustraire. Une fois assis dans l'avion, Tu observa un technicien sur l'aile, armé d'un tournevis. De quoi inquiéter un voyageur débutant ! S'il n'avait pas grillé deux blondinettes avant l'embarquement, il aurait sans doute paniqué. Brave cigarette ! Le vol se déroula sans encombre ou presque. Rivé au hublot, Tu essayait de se concentrer sur le paysage qui défilait à toute allure. Cela l'empêchait de matérialiser sa nervosité. Florence lui tenait la main. Elle le sentait tendu, prêt à exploser. Sa soumission au tabac était ridicule. Elle le plaignit et se promit, le jour venu, de crever l'abcès. L'avion se posa à Istanbul d'une manière « virile ». Le chef de cabine déclara ironiquement : « Mesdames, Messieurs, nous venons d'atterrir pour la deuxième fois à Istanbul. » Cela rassura les inquiets. Tu tremblait, semblait absent, incapable de se concentrer sur le bonheur que représentait ce premier voyage en amoureux dans un pays merveilleux. Ses seules pensées pendant qu'ils se dirigeaient vers la sortie de l'appareil consistaient à estimer le nombre de minutes qui le séparaient de sa « délivrance ». Heureusement, le transfert jusqu'à l'aérogare s'effectua en plusieurs autobus. Tu proposa de prendre le suivant en rejoignant un petit groupe d'affamés de nicotine qui tirait avidement sur leurs « sèches ». Celles-ci n'avaient sans doute jamais aussi bien mérité leur nom. Véritables bouées de sauvetage, elles n'étaient pas une récompense, mais *la* vie en 6 cm. Un agent de la sécurité, avec doigté et fermeté, demanda aux « libérés » d'éteindre les feux, la cigarette ayant une affinité particulière pour le kérosène.

Pendant qu'il souffrait dans l'avion, Florence avait relu sa préparation au voyage. Bien organisés, ils purent ainsi à pied ou en dolmus (taxi collectif) voir visages, conduites, paysages, couleurs et odeurs. Par contre, ils ne purent qu'apercevoir 9 000 ans d'Histoire. Préhistoire, Bible, Hittites, Grecs, Romains, Seldjoukides, Ottomans et la Turquie moderne d'Atatürk les assaillaient pour leur plus grand bonheur. L'histoire de la Turquie apparaissait comme un concentré de l'histoire du monde. Ils furent séduits par la Corne d'Or et son ambiance, le port et le pont de Galata, les citernes byzantines, Sainte Sophie, la mosquée bleue et celle de Soliman le Magnifique. Ils furent aussi impressionnés par le grand bazar : l'or brillait partout. Des vendeurs polyglottes vantaient leurs produits artisanaux, de l'orfèvrerie et des tapis sublimes. Ce fut pour le futur étudiant l'occasion de se livrer à ses premiers marchandages.

Ils étaient impressionnés par l'accueil, certes commercial, mais fondamentalement chaleureux de ce peuple tolérant. Il en offrait d'ailleurs la démonstration au travers de la coexistence des mini-jupes et des voiles.

Un des points forts fut la découverte des « yali », ces demeures patriciennes souvent somptueuses situées sur les rives du Bosphore et à quelques dizaines de mètres des bateaux. Le véritable café turc aux saveurs inconnues, le thé et le raki, que Tu aurait volontiers consommé sans modération excessive, furent au nombre des surprises alimentaires. Les richesses de Topkapi : l'or omniprésent, l'histoire, l'architecture, les collections éblouirent deux paires de jeunes yeux. Leurs visites étaient entrecoupées de longues balades à pied ou en bateau, sans objet précis, à la découverte, pour le plaisir.

Au fil des jours, ils s'habituaient à la conduite locale. La lecture des *masallah* peints sur voitures et camions leur confirmait que Dieu protégeait les véhicules. À l'évidence, c'était bien utile. La noria des petits métiers égayait la rue : le porteur d'eau arborait fièrement sa fontaine en cuivre et faisait tinter deux verres pour attirer l'attention. Les marchands de glaces, de potages, de boulettes, de pastèques, les cireurs de chaussures aux boîtes rutilantes, les rôtisseurs, les porteurs en tout genre rivalisaient entre eux pour survivre. Les vendeurs de cigarettes, y compris à la pièce, étaient des plus actifs, avec des prix ridiculement bas. Ils observèrent des heures durant les cafés et leurs terrasses remplis de joueurs de cartes. Même les démunis donnaient aux jeunes touristes une belle leçon de dignité et d'humilité. Avides de découvertes, ils s'initièrent au hammam et aux massages. Florence lui conseilla aussi de tester le narguilé, omniprésent, et dont on lui avait vanté l'intérêt. Tu ne se fit pas prier. Enfin, elle le comprenait, le soutenait ou l'incitait même. L'expérience ne fut pas concluante. Le dispositif n'offrait aucune des sensations habituelles : pas de « shoot » mais un goût très dilué et, circonstance aggravante, très parfumé.

– Rien à voir avec une vraie cigarette ! conclut-il.

– Dommage, car il semble que ce soit beaucoup moins nocif.

Au cours du vol de retour, ils commentèrent le « Notre nation est tout à fait à part » de Yunus Emre. Ils se promirent de revenir dès l'année prochaine pour découvrir cette fois l'Anatolie. Tout comme pour l'aller, Tu aurait volontiers poussé cet avion qui n'avançait pas !

XIII

La veille de la rentrée, Papa déclara à sa famille médusée qu'il allait arrêter de fumer. Il mesurait l'inconfort qui résultait de cette pratique, y compris en terme de santé. Il s'estimait victime d'un processus qui lui avait échappé depuis trop longtemps et le faisait franchement souffrir. Il considérait maintenant que fumer était aussi contraignant qu'un rite obsessionnel et aussi incommode qu'une perversion. Son entreprise, Chim'R, avait décidé de devenir une entreprise sans tabac au 1er janvier 1998, car celui-ci lui coûtait très cher : 2830 €/an/fumeur. La firme veillait au bien-être de son personnel, c'était fondamentalement son intérêt. Le tabac n'était ni une composante naturelle du bien-être, ni un vecteur de compétitivité. Fumer allant devenir de plus en plus contraignant, Papa voulait donc cesser avant de devoir, pour satisfaire un besoin impérieux, rejoindre un « bocal » peuplé de victimes peu satisfaites de leur sort.

– Et pour quand le grand jour ? demanda Maman.

– Les entretiens préalables à l'arrêt commencent demain. Ensuite, il y aura une préparation de cinq semaines. La date d'arrêt a été fixée au jeudi 23 novembre. Hier encore, j'étais sous l'emprise totale. Je ne me sentais en sécurité et détendu qu'après avoir fumé. Maintenant que ma décision est prise, je me sens déjà plus serein. En fait, j'étais depuis longtemps en conflit avec moi-même. J'étais apeuré par les conséquences de mon comportement aussi stupide que dégoûtant. Pourtant, j'étais trop faible pour cesser. J'étais hanté par la culpabilité et honteux d'être un véritable drogué. Souriez-vous encore de mes arrêts fréquents sur l'autoroute et des conflits y afférents ? Et mes visites à la « bibliothèque » ? Avez-vous idée des tortures qu'il m'a fallu endurer pour savoir où et quand je pourrais enfin fumer ? Tardivement sans doute, j'ai pris conscience que j'avais affaire à un maître qui me guidait une conduite conforme à ses intérêts. Pas aux miens. Je me sens piégé. Je suis honteux que mon comportement ait pu directement et indirectement piéger Aimé.

Au fil des semaines, Papa aimait raconter sa tentative comme une aventure extraordinaire, un feu d'artifice de plaisirs. Tout d'abord, il y eut la rencontre avec le tabacologue, le bien nommé M. Bienvenue auquel il ajouta le titre d'« empathologue » car son niveau d'empathie était en soi une source de motivation. Il détailla ensuite son entretien individuel : un ensemble de tests, questions, analyses et informations pour dissiper des méconnaissances, évaluer le mode de vie, les antécédents, le terrain, la nutrition, la micronutrition, les motivations, les idées, le plaisir, les pensées liées au tabac, le niveau d'addiction, l'imprégnation au CO, l'état émotionnel, le stress, les probabilités de réussite et surtout l'envie de vivre une existence sans tabac, celle de véhiculer une nouvelle image.

Papa, papier en main, refaisait la « balance décisionnelle », le document qui l'avait le plus séduit. Il avait successivement indiqué ce que lui apportait le tabac (c'est-à-dire rien), puis ce qu'entraînait ou risquait d'entraîner le fait de fumer, ce qui serait négatif en cessant et, finalement, ce qui serait positif dans le fait d'arrêter. Deux heures avaient été nécessaires pour effectuer un tel bilan. Elles furent déterminantes. À aucun moment, il ne ressentit le risque de confrontation tellement fréquent entre les experts et leurs patients. Le tutoiement, qui s'était instauré tout naturellement, n'y était sans doute pas étranger. Au cours de la séance, et lors de son évocation, Papa prit de plus en plus conscience que sa libération tabagique était une aventure complexe impliquant une remise en cause profonde de soi.

– Finalement, je fumais avec mon cerveau ! conclua-t-il.

Vinrent ensuite les comptes rendus des cinq séances préparatoires sur les motivations et les bénéfices de l'arrêt, le plaisir, la gestion du stress, la prévention de la prise de poids et une séance particulièrement mémorable : la découverte des manipulations physique, psychique et psychologique de l'industrie du tabac. Cet atelier lui donna des sueurs froides. Il sentait la colère l'envahir. Papa devint intarissable sur tous ces mécanismes qui lui permettaient d'anticiper sa prochaine libération. Il la sentait. Il la voulait. Il la voyait. Il reprenait le pouvoir sur la vie. Sur sa vie. Puis ce fut le grand jour : le 23 novembre 1997. Papa reçut un protocole personnalisé non médicamenteux lui permettant d'éliminer le besoin de fumer et ses conséquences. L'examen précis de sa manière de fumer, de ses habitudes, des conduites associées à la cigarette, de ses antécédents permirent l'élaboration en commun d'un vade-mecum qu'il porta tel un viatique. Celui-ci comprenait des stratégies comportementales et cognitives destinées à traiter ses envies. C'est ainsi qu'il apprit à les gérer, en sachant reconnaître les signes d'alerte et les anticiper. Ce faisant, il considérait que toute situation à risque était une situation de renforcement de son choix.

À partir de ce jour, Papa fut étonnamment calme. Il traitait ses envies avec une surprenante facilité, fier d'opter enfin pour une nouvelle hygiène de vie. À l'opposé, certains de ses compagnons de libération tabagique éprouvèrent des difficultés tant physiques qu'émotionnelles, liées à leur moral, à leur image ou même à des carences ou excès nutritionnels. Quant aux adeptes du cannabis, ils méditaient entre autres sur les teneurs en goudron et en CO, chaque joint équivalant à 6-7 cigarettes!

Le suivi allait se poursuivre pendant un an, pour aborder de façon positive les différentes situations à risque. Le ressenti physique et émotionnel, la valorisation des acquis, la prévention des rechutes, l'anticipation de la démotivation, la gestion pratique du stress constituaient essentiellement le menu de neuf ateliers répartis sur l'année. Le groupe constitué de neuf candidats comptait, un an plus tard, sept ex-fumeurs heureux. À cette époque, Papa ne toussait plus depuis longtemps, avait retrouvé du souffle, ne claudiquait plus, allait dormir plus tôt… et avait retrouvé des satisfactions plus intimes. Amateur de vins, il avouait qu'en tant que fumeur il se contentait d'ingurgiter. Maintenant, il avait la satisfaction de pouvoir déguster. Ce nouveau plaisir à lui seul aurait bien mérité l'arrêt!

Face à l'exemple paternel, Tu fut soumis à la question.

– Et toi, relança sa mère, quand vas-tu enfin comprendre que fumer est un acte aussi dangereux que ridicule? Ta dépendance ressemble à un vêtement puant dont tu ne parviendrais pas à te défaire!

– J'ai mis vingt-six ans pour l'admettre, intervint son père. Mon expérience et surtout la facilité avec laquelle je me suis libéré vont t'aider à faire mûrir ta décision, n'est-ce pas? Arrêter n'est pas vraiment un problème. C'est fumer qui en est un. Si je n'ose pas encore dire que je suis guéri, j'affirme que ma convalescence est plus qu'agréable. Sous aucun prétexte, je ne saurais envisager de maltraiter à nouveau mon corps. Sachant maintenant ce que fumer signifie vraiment, voir fumer les autres est un véritable vaccin! De plus, je ne supporte plus le tabagisme passif, dont j'ignorais la toxicité réelle.

Pendant que Papa racontait avec délices sa libération tabagique élevée au rang de seconde naissance, le fiston effectuait sa rentrée universitaire. Les conditions matérielles étaient excellentes: il bénéficiait d'une chambre sur le campus. L'amphithéâtre et les laboratoires n'étaient distants que de 800 mètres. Face à lui, un stade l'invitait à dépenser son trop plein d'énergie et à se maintenir en forme. Le restaurant universitaire offrait des menus équilibrés et variés qui le satisfaisaient pleinement. Zones fumeurs et non-fumeurs se côtoyaient en début de repas pour se confondre une demi-heure plus tard. Tu s'était rapidement fait des amis et amies. Florence le mit en garde : certaines filles pouvaient avoir comme seule préoccupation la « recherche d'une belle-mère ». Comblé, Tu ne risquait rien. Le contenu des cours, par contre, était plus problématique. Physique, chimie, maths, biologie, géographie allaient accompagner la géologie. « Vous apprendrez ce que sont la rigueur et la précision » avait affirmé un professeur optimiste…

Tu se familiarisa chaque jour un peu plus avec l'amphithéâtre, les salles de travaux dirigés, les machines et matériels de laboratoire. L'ambiance était des meilleures : studieuse pendant les cours, relâchée quoique sérieuse dans les laboratoires et franche rigolade au restaurant et dans les divers lieux de rencontre des étudiants. La cigarette ponctuait les cours. Près de la moitié sacrifiait au rite. Certains étaient manifestement accros, d'autres semblaient faire des efforts pour le devenir. Ignorant le tardif plaidoyer paternel en faveur de l'arrêt, Tu continuait à fumer. Depuis la rentrée, il avait retrouvé le paquet ou plutôt les paquets manufacturés. Les roulées maison risquaient de l'assimiler à un prolo et de jeter la suspicion quant à leur composition. Les camés ne pouvaient se satisfaire qu'à l'extérieur des bâtiments, sous un vague abri. Quelques professeurs les accompagnaient. C'était lugubre.

Estimant l'échantillon suffisamment représentatif, Tu se mit à observer cette faune. Il cherchait à comprendre la relation entre la façon de fumer et la personnalité du fumeur. Il observa, par exemple, qu'un individu offrant du feu tout en conservant son briquet allumé à bout de bras semblait ne pas vouloir se rapprocher de l'autre. Un asocial, pensa-t-il.

La fin de l'année 1997 fut studieuse, les examens arrivant à grands pas. Tu restait ambivalent quant à ses études. D'un côté, il souhaitait continuer pour montrer ses capacités à Florence et à ses parents. D'un autre, il trouvait nombre de cours parfaitement inintéressants, sans base concrète. De temps à autre, il envisageait la possibilité d'abréger pour vivre avec Florence, perspective autrement plus attrayante. Si 1997 avait été pour lui une année de changements profonds, le monde aussi avait changé. Une rétrospective télévisée lui rappela la mort de Diana et les sanglots du bon peuple. Le commentateur, paraphrasant Saint Simon à propos de Louis XIV, voulait convaincre que Clinton, fraîchement réélu, était un « assez grand Président ». L'arrivée tonitruante de Tony Blair, la paix en Tchétchénie, la rétrocession de Hong-Kong à la Chine, les Talibans, les massacres en Algérie et les magnifiques images de Mars marquèrent l'année.

Papa ne tarissait pas d'éloges à propos de sa libération tabagique. Il revivait. Sa femme aussi. Sous le sceau du secret, celle-ci avoua à Florence que leurs relations sexuelles et leur relation tout court étaient transformées depuis que la cigarette ne se glissait plus entre eux. Avant, Monsieur n'avait plus beaucoup de goût pour la chose, n'y trouvait plus matière à plaisir car il n'avait plus confiance en lui. Il savait que tout effort signifiait toux et sensations d'étouffement étourdissantes et une panne sexuelle possible. La bagatelle était devenue synonyme de mauvais moment à passer. Vraiment pas gratifiant et même tout à fait frustrant. Maintenant, il avait retrouvé sa respiration. Le reste suivait. Madame aussi. Très complice avec Florence, elle lui avait raconté cet épisode en caressant l'espoir que, sous une forme ou une autre, il puisse être utilisé pour convaincre le fumeur restant.

Sournoisement, s'invita dans sa chambre l'image d'un cow-boy fumant une cigarette dont l'extrémité peu vaillante était orientée vers le bas. Un second dessin montrait des chameaux dans un couloir d'hôpital. L'un d'entre eux transportait sa perfusion. À ces images suggestives, Florence rajouta le son, sous forme d'un nouveau plaidoyer pour l'arrêt :

– As-tu bien intégré tout ce qu'a dit ton père en faveur de l'arrêt et sur le déroulement de sa libération ? Peux-tu m'expliquer pourquoi tu continues encore ? Même Lucky Luke ne fume plus... depuis 1983 ! Même Fidèle Castro ne fume plus !

Elle lui criait son inquiétude en silence. Il ne s'en apercevait pas. Si un quidam quelconque avait osé l'apostropher de la sorte, il en aurait allumé une tout de suite et lui aurait soufflé, très lentement, la fumée en plein visage.

– Je connais tes arguments. Ils sont tous exacts : je pollue, je dépense pour me détruire (enfin, peut-être), je me prive de liberté, etc. Je crois qu'en insistant un peu trop lourdement, tu me donnes l'impression d'être enfermé dans une nasse, dans une prison dont les murs sont si hauts que personne ne parvient à s'en évader. Et parce que l'évasion est impossible, on décide d'y rester.

– Je ne veux pas que mes remarques soient contre-productives. J'aimerais tout de même que tu fasses le bilan forces et faiblesses de ta tabagie. Finalement, pour toi, est-ce que la cigarette est un problème ou une solution ? Si c'est un problème, l'arrêt s'impose. Si c'est une solution, je t'aiderai à trouver une alternative. Tu pourrais aussi chercher différentes aides pour y parvenir. Ton père a réussi. Il est devenu un expert !

– Oui, mais après vingt-six ans de consommation ininterrompue.

– Sans y trouver une excuse, il convient cependant de rappeler qu'à ses débuts, les dangers de tous ordres liés au tabac n'étaient pas encore étalés sur la place publique. Maintenant, on sait par exemple que la cigarette n'enlève pas le stress mais en crée. Pour t'aider à réussir ta première année, pour être moins nerveux, arrête ! Regarde ton père !

– Ma chérie, je vais t'annoncer une bonne nouvelle : bien qu'il me paraisse plus facile de sauter à l'élastique, je vais arrêter.

– Ouf, enfin !

– Je vais arrêter bientôt, mais pas maintenant. J'en ai besoin pour me concentrer, rester éveillé, calmer mon anxiété en période d'examen. Je continue ? De plus, quelques cigarettes me procurent un réel plaisir.

– Je baisse la garde. Pour le moment. Nous en reparlerons fin juin. D'ailleurs, n'avais-tu pas échafaudé un plan pour cesser pendant les vacances ? conclut Florence.

Un rictus fut sa seule réponse. Rêvait-il d'arrêter tout en continuant à fumer ? À titre didactique, il se mit pendant quelques jours à aligner ses mégots pour le plaisir de comparer la coloration des filtres. Il se lassa rapidement, constatant qu'ils étaient tous d'un brun quasi uniforme. Aucun doute, Tu savait bien fumer.

Pour son 19e anniversaire, le 31 mai 1998, toute la famille était réunie. Les parents de Florence étaient également invités. Ceux-ci « vendaient » leur fille, comme si cela eût été nécessaire. Les parents du fumeur ne s'essayaient pas au même exercice, car une hypothèque de taille subsistait pour le mois prochain : les examens. La cigarette s'invita honteusement au repas, sous forme d'une interrogation du père de Florence.

– En arrivant ici, j'ai vu, et toi aussi je suppose, un panneau de la Journée mondiale sans tabac : « Grandir sans tabac. » Quelle chance que cette campagne coïncide avec ton anniversaire !

– Bien sûr, ces campagnes sont utiles, mais elles sont toujours basées sur « l'hygiènement correct ». Où sont les notions de plaisir, de désir dans ces messages ? Cette campagne ne me concerne pas, je ne grandis plus ! osa Tu.

– Quelle belle diversion ! Mais ce n'est pas une réponse…

– Papa, intervint Florence, ce sujet est sensible. Aimé et moi sommes convenus d'en parler après les examens. Je peux (tu m'y autorises ?) dire qu'il a décidé d'arrêter. Reste à décider de la date et des modalités d'accompagnement.

– Bravo ! Nous n'en attendions pas moins de toi ! souffla le « gâche plaisirs ». En dépit des actions multiples de communication de l'industrie du tabac, il est bien certain que l'image du fumeur est de moins en moins valorisante.

– Vous pouvez penser cela, mais dans ma promotion, près d'un étudiant sur deux fume.

– Et combien en sont réellement heureux ?

– Je n'en ai pas la moindre idée, mon observation de la faune ne concerne que la façon de fumer : la notion de partage et de détente, par exemple, évidente au cours des allumages, des inhalations et des grands soupirs accompagnant les rejets.

Papa questionna l'assistance pour savoir qui se souvenait du slogan de l'année 1997. Un silence général s'ensuivit.

– « Tous unis pour un monde sans tabac », reprit-il. Je me souviens d'avoir glosé sur ce slogan insipide, non mobilisateur et pour tout avouer inutile. Pourtant aujourd'hui, je ne fume plus. Non seulement j'en suis heureux, mais surtout j'en suis fier et je milite pour un monde sans tabac. Errare humanum est, perseverare diabolicum, comme dirait ma femme !

Le lendemain, presque un an après le dernier envoi, Maman reçut une lettre qu'elle identifia immédiatement. Tentée un instant de l'ouvrir, elle se ravisa puis hésita à l'envoyer. Elle ne voulait pas donner à l'illuminé(e) le pouvoir de perturber les examens du futur chimiste. Pendant que la lettre patientait, Tu débutait les examens de fin d'année. Ils furent décevants : les professeurs avaient osé poser des questions auxquelles il n'avait pas la réponse, alors qu'il avait tant de bonnes réponses à donner pour d'autres bien meilleures questions ! C'est ainsi que l'optique géométrique demeurant pleine de mystères, il redouta devoir revoir cette drôle de discipline pendant les vacances. Il y eut cependant quelques surprises heureuses. Sa maîtrise des équations différentielles l'étonna, tout comme la chimie des alcanes. À l'inverse, les géomatériaux ne surent pas l'apprivoiser… Bref, il estimait ses chances de succès à 50/50. Prudence d'un côté mais audace de l'autre : en attendant les résultats, il s'inscrivit dans un club de karting pour oublier les pitreries de ses professeurs et se griser de sensations.

Début juillet, le verdict tomba. Il avait réussi en totalité le module de biologie, et en partie celui de chimie. Il devait à un problème trop vicieux de thermodynamique la chance de revoir tout cela pendant l'été. Il en était de même avec des matrices orthogonales auxquelles il n'avait pas adhéré. Quant à la stéréochimie… Le job de vacances prévu pour financer l'escapade anatolienne fut donc annulé. Le jeune couple se contenterait de retrouvailles pendant deux semaines, puis Tu serait « cloîtré » pour tenter un miracle : réussir toutes les branches sauf une et demie, le redoublement étant naturellement exclu. Mais, pour l'intéressé, le ressort semblait bel et bien cassé.

– Ainsi, tu diras comme Alphonse Allais : « J'ai poursuivi mes études sans les rattraper », souffla sa mère.

Ne restait donc qu'une possibilité : travailler, puisque l'armée ne s'intéressait plus à son sort. Les cœurs meurtris des parents se résignèrent à l'abandon des études. À titre provisoire, espéraient-ils. Dans ce contexte d'incertitudes, Florence considéra que le délicat sujet du tabagisme devait être mis en sourdine. À titre de récréation, Maman apporta la lettre anonyme n° 5. Le destinataire l'ouvrit en public, sans appréhension particulière.

TU A ÉTÉ CONDAMNÉ À
À suivre.

– Eh oui, je suis condamné à travailler ou à mourir…de rire !

Personne n'éprouva le besoin de commenter.

XIV

L'initiation de « sa cellule » permit à Benzo d'entamer la seconde étape du processus criminel : la promotion. La cellule initiée était insensible au milieu. Elle refusait les contrôles, ne tenait plus compte du temps, était devenue « éternelle ». En fait, seul son ADN avait été modifié. Extérieurement, rien n'avait changé. Elle ne pouvait être démasquée ! Du vrai travail de pro. Tu continuant à fumer, Benzo et beaucoup d'autres génotoxiques tels les pyridines, les nitrosamines, les aldéhydes, les cétones... continuaient à produire de nouvelles lésions sur les gènes et par conséquent sur les anti-oncogènes. Progressivement se produisirent des accumulations d'anomalies génétiques.

Maintenant, la cellule initiée avait acquis son autonomie de croissance. Elle était devenue cancéreuse, car elle fabriquait elle-même les molécules nécessaires à sa croissance, produisait des molécules perturbatrices pour les cellules saines, était aux abonnés absents lorsqu'un signal d'interdiction était envoyé, avait trouvé le moyen d'échapper à la mort programmée et ne vieillissait plus. N'étant plus sous contrôle, elle se divisait facilement et anarchiquement, en transmettant ses défauts à ses descendantes, alors victimes de mutations. L'importance de la prolifération était par elle-même source de nouvelles lésions dans le patrimoine. Au cours de l'année 1995, la cellule initiée se multiplia : 2, 4, 8 et finalement, après un an, Benzo pouvait revendiquer 16 petites cellules. L'année suivante, il s'agissait de 250 cellules cancéreuses encore en situation précaire. Heureusement que Tu continuait à fumer : il initiait de nouvelles cellules.

Les défenses immunitaires s'étant révélées inefficaces, les cellules cancéreuses se regroupaient en amas en vertu du principe « Qui se ressemble s'assemble ». Au terme de l'année 1997, il y avait 4 000 cellules vigoureuses, 64 000 l'année suivante et un million fin 1998, c'est-à-dire cinq ans après l'initiation de la première cellule. Ce million de cellules pesait 1 mg pour un volume d'un millimètre cube. Il était donc parfaitement indétectable. D'ailleurs, pourquoi aurait-on voulu détecter une tumeur naissante chez un jeune homme de 19 ans ? La cellule initiée en 1994, celles qui le furent ensuite et leurs millions de filles étaient devenues éternelles. Elles ignoraient maintenant vieillissement et mortalité. Une lutte acharnée entre les différentes cellules initiées s'était instaurée. Les plus agressives gagnaient la compétition. Comme la balance entre la croissance des cellules cancéreuses et leur mort offrait un solde largement positif en faveur de la croissance, la tumeur grandissait, imperceptiblement chaque jour. À ce stade, la tumeur était peu menaçante car toutes les cellules étaient regroupées en un seul amas in situ. Aucun autre tissu n'était atteint. La phase de « promotion » était terminée.

Si à ce stade, la tumeur avait pu être décelée et éliminée, Benzo aurait travaillé en vain. Cependant rien n'était joué.

XV

D'août à la fin décembre, Tu retrouva les joies de l'intérim et des petits boulots, le temps de trouver une solution adéquate. Cette année 1998 semblait avoir été bénie des dieux. L'économie mondiale était au beau fixe, à l'exception du sud-est asiatique, de l'Amérique latine et de la Pologne. Le chômage était tombé à 4,5 % aux États-Unis, ce qui aidait les Américains à pardonner les « clintonneries » de leur Président. La bonne santé économique autorisait la création d'emplois, y compris au sein de Chim'R, la multinationale paternelle. Le département « Additifs industriels » recrutait des commerciaux débutants ou confirmés. Rapidement, Tu se retrouva face aux tests, aux entretiens, aux attentes. Quoique fils d'un Directeur, il ne bénéficiait d'aucun favoritisme. Seuls le profil et l'efficience attendue comptaient.

Fin octobre, lors de son entretien d'embauche, le Directeur des Relations humaines lui confirma que l'entreprise était sans tabac. Des facilités étaient offertes aux fumeurs pour assouvir leur contrainte, mais aussi pour cesser. Un intérêt bien compris tant pour le fumeur que pour la compagnie.

– Dans votre cas précis, ajouta-t-il, il n'est ni nécessaire ni même souhaitable que vous vous arrêtiez, car l'un de vos futurs clients apprécie les fumeurs. Vous pouvez néanmoins cesser si vous y tenez.

Un nuage de colère noire dut frapper la tête de la psychologue qui l'avait honteusement mise en garde contre les risques d'exclusion en liaison avec le tabagisme. Tu était donc engagé à compter du 4 janvier 1999 avec un salaire plutôt attrayant et des avantages en nature… dont une voiture. Six mois de formation théorique et sur le terrain devaient précéder sa prise de fonction. Les deux mois disponibles furent plus que suffisants pour obtenir le permis de conduire. Son père lui rappela que le permis de conduire n'était pas un permis de tuer. Cette mise en garde ne lui apparut pas superflue, eu égard à son comportement sur les pistes de karting.

Les amoureux passaient leurs week-ends ensemble. Passionnés d'actualité, ils eurent plaisir à commenter quelques faits marquants de cette année pleine de rebondissements personnels. Des fleuves avaient débordé en Chine, le cyclone Mitch totalisait 20 000 morts. Suharto libérait l'Indonésie de son étreinte. Pinochet, prisonnier des Anglais, avait offert pendant de longs mois un spectacle de prestidigitateur vraiment drôle. Tout comme pour l'économie guillerette, l'actualité faisait aussi des clins d'œil : il en était ainsi du sénateur Dole qui promouvait le Viagra et de Glenn, spationaute à 70 ans. Par contre, la course à l'armement nucléaire entre l'Inde et le Pakistan, le régime des Talibans faisaient douter de l'espèce humaine.

XVI

Pour parachever l'œuvre de Benzo, la tumeur devait acquérir deux nouvelles propriétés : se déplacer et trouver de la nourriture.

En comparaison avec la « bibliothèque », jusqu'à maintenant, seuls le vernis et la peinture avaient été attaqués. Avec le stade de la progression, la tumeur allait gaillardement franchir le plâtre, les briques, les joints et même disposer de la galerie technique.

Le plâtre s'appelait la *membrane basale.* Toute cellule normalement constituée la savait infranchissable. Les « filles » de Benzo allaient cependant y parvenir. Fin 1998, le million de cellules constituant un simple bourgeon localisé sur une bronche secondaire se trouvait à l'étroit. Depuis six mois déjà, certaines cellules étaient parvenues à perdre leur adhérence et à sécréter un enzyme capable de perforer la membrane basale, les cellules des fibres musculaires et même les cellules responsables de la plasticité des organes : les fibroblastes. Ainsi, des cellules initiées se retrouvèrent à l'intérieur de la paroi basale. Le plâtre était traversé. Briques et ciment n'allaient pas tarder. Le cancer était d'ores et déjà invasif.

Pour bien mériter son nom, une cellule, toujours avec l'enzyme miracle, pénétra dans un vaisseau sanguin pour voyager dans le corps et se fixer, toujours par le même procédé, dans le foie. Tu fabriquait maintenant des cellules de poumon dans le foie…

La tumeur connut la faim. Côtoyant un vaisseau sanguin, elle était viable. Un processus diabolique permit à la tumeur de sécréter elle-même les facteurs nécessaires pour dégrader des matrices, obtenir la migration de cellules et reconstituer en permanence de nouveaux capillaires sanguins fournisseurs de nourriture. La tumeur détournait des vaisseaux, en créait de nouveaux et asphyxiait les tissus normaux. Ainsi, l'entièreté de la « bibliothèque » et même les fondations de la maison étaient attaquées. La tumeur pouvait progresser. Mais...

XVII

Gurkha, issu d'une famille népalaise de soldats d'élite ne souffrait pas d'excès de tendresse. « Gurkha, réduisez-moi ces imbéciles au silence! » L'ordre d'Ad Patres venait, en six mots claquants, de condamner deux anciens collaborateurs. Les deux imbéciles en question étaient un médecin et un archiviste intérimaire.

Le premier avait accepté de travailler pour Pro-Mortem et de gagner beaucoup d'argent. Un jour, il s'était permis le luxe d'avoir des remords en proposant la mise en œuvre de programmes visant à réduire la nocivité des cigarettes. Cet objectif n'était pas le souci premier d'Ad Patres et de ses copains, car, pour les avocats, proposer une cigarette moins nocive impliquait que celles sur le marché l'étaient. Donc, naturellement, il avait été viré. Bien que soumis au secret le plus absolu par contrat, le médecin était devenu un bavard impénitent Il se répandait devant micros et caméras, diffusant au compte-gouttes quelques-unes des cachotteries de l'industrie du tabac. Gurkha devait faire le nécessaire pour qu'il ne puisse pas témoigner en justice.

Le second était un minus, un abruti embauché pour classer des papiers à 9 € de l'heure. Pour classer, il devait lire. Ses lectures l'ayant tellement passionné, il prit l'initiative d'effectuer trois classements : informations qui avaient trait aux cancers, révélations liées à la dépendance nicotinique et, enfin, découvertes concernant la publicité pour ados. À l'époque fumeur, le malfaisant se rendit vite compte que son propre fournisseur mentait et conspirait contre ses clients, contre lui-même. L'industrie du tabac perdit ainsi un bon et fidèle client. Après avoir pris des notes, il photocopia plus de 4 000 pages de documents secrets et les conserva chez lui. Une attaque cardiaque, qu'il considéra comme un signe divin, l'incita à les diffuser. Ils sont aujourd'hui sur Internet et Ad Patres est très en colère.

Le « traitement » du premier fut dans un premier temps constitué par une série d'intimidations : des menaces de procès aux menaces physiques sur ses enfants, sa femme. Ensuite, Gurkha fit constituer un dossier « en béton » visant à ternir sa réputation, voire à semer le doute quant à ses facultés mentales. Parallèlement, il fit pression sur les médias pour les dissuader de s'intéresser à lui et à ses bavardages.

Quant au minus, le mal était presque fait. Si une seconde et définitive crise cardiaque ne survenait pas rapidement, d'autres moyens seraient envisagés.

Collègue de Bobard, Gurkha avait pour fonction principale d'imaginer et de proposer des manipulations au niveau des individus, des groupes et des organismes pour que le business de la glorieuse industrie du tabac continue à demeurer la plus belle machine à sous de tous les temps. Avec Intox, il s'occupait aussi de la désinformation et de toutes les magouilles susceptibles d'aider au développement des ventes. Son action s'inscrivait dans la philosophie de Machiavel : obtenir la soumission, absence totale de scrupules, corruption à tous niveaux, mépris de tout individu non rentable, de tous les pouvoirs en place et, évidemment, le sacro-saint « Tout a un prix. Tout est à vendre ». Ad Patres lui-même n'en aurait même pas rajouté.

L'industrie lui avait donné les moyens nécessaires pour sa réussite pleine et entière : 200 bureaux d'avocats tous dévoués à des causes auxquelles ils ne croyaient pas, une agence de relations publiques et de lobbying dotée d'un budget annuel supérieur à 20 millions, des collaborateurs en suffisance et triés sur le volet (120 personnes par exemple, rien que pour les relations publiques). Avec sa philosophie très particulière et un tel déluge de moyens, Gurkha travaillait efficacement. Sur simple demande, il mettait son savoir-faire en œuvre contre tout opposant, petit, moyen ou gros. Il était contre la ségrégation ! Comités de défense, écervelés de tout poil, victimes du tabagisme, journalistes, médecins, politiciens et avocats bénéficièrent de sa sollicitude : des menaces à la corruption, la panoplie était vaste. Régulièrement soumis à un stress indécent, il n'éprouvait cependant pas le besoin de fumer pour autant.

Ainsi, quand l'une des principales chaînes de télévision diffusa un reportage mettant en cause la longue et constante « vérité » sur la nicotine, elle fut assignée en diffamation pour quelques milliards. La chaîne, certaine de gagner sur le fond, hésita et finalement recula devant la longue et coûteuse procédure à entamer. Gurkha fit en sorte que le retrait de la plainte soit présenté comme un démenti aux allégations du reportage. La chaîne apparut alors comme un vilain canard ayant diffusé de fausses informations. La technique présentait deux avantages majeurs : d'une part, d'accusée l'industrie devenait accusatrice, et d'autre part, les autres chaînes qui envisageaient de diffuser également pareille « sottise » crurent bon de s'abstenir. Le résultat de ce montage subtil de désinformation fut claironné dans le monde entier.

Très attentionné envers les médias, Gurkha travaillait pour les « sensibiliser positivement » en échange de la publicité pour les cigarettes ou pour l'un des produits du groupe. C'est ainsi que des articles sur, et donc, contre le tabac se firent rares. Les survivants devinrent plus « objectifs » car anesthésiés par ses soins et ceux de Bobard avant parution. De temps à autre, un rédacteur en chef, qui se croyait malin et libre de surcroît, publiait une interview d'un opposant quelconque. Pour le journal, ce véritable *casus belli* se terminait par la perte immédiate des annonces et, souvent, par une descente aux enfers de l'innocent à l'origine de l'affaire.

Parfois, ses manipulations l'amenaient à jouer au Père Noël. Les activités philanthropiques de Pro-Mortem, qualifiées sans rire d'« actions pour participer à l'amélioration de la qualité de la vie », touchaient nombre de secteurs. *La santé :* l'argent du tabac fut aussi facilement accepté dans un institut de gériatrie que dans un hôpital soignant les victimes du tabac. *Les jeunes,* par un pur hasard, au travers des bibliothèques, carrefours pour l'emploi et concerts. *Les spectacles,* secteur quasi structurellement déficitaire, n'étaient pas regardants sur l'origine des fonds. Fondations de musée, festival de voyages, de jazz, de musique pop furent autant de tribunes « involontaires ». Évidemment, chacun des bénéficiaires devait « être gentil » pour voir sa dotation reconduite.

En liaison avec Bobard, Gurkha chassait dans la recherche scientifique. Il lui fallait trouver des universités, des instituts qui acceptaient d'effectuer des recherches financées par la bienveillante industrie du tabac. Les thèmes concernaient essentiellement la prétendue toxicité des cigarettes, la fable du tabagisme passif ou, pour noyer le poisson, des études sur les produits utilisés en tabaculture. Gurkha et son équipe, bien que chevronnés, devaient lutter pour convaincre. Nombre de leurs correspondants refusaient de les écouter, fût-ce au téléphone.

– Depuis 1961, vous connaissiez au moins 400 composants dans la fumée passive. Vous saviez que 40 substances cancérogènes étaient présentes et vous aviez un constat clair de la relation du tabagisme passif avec les tumeurs. Nous ne collaborons pas avec des meurtriers !

avait hurlé un rachitique du cerveau qui aurait pourtant pu améliorer son ordinaire.

Ceux qui avaient eu une faiblesse découvrirent, un peu tardivement, que leurs résultats avaient été avantageusement « améliorés » pour satisfaire aux campagnes des relations publiques. D'autres, et c'est un comble, n'acceptaient pas que les financements soient liés à la présence des avocats et des cadres de la compagnie. Ils voulaient l'argent, mais rester indépendants. Ces doux rêveurs s'étaient trompés d'adresse. Il s'en trouvait aussi pour refuser d'informer qui de droit avant publication, sous prétexte de non-conformité avec les usages. Gurkha s'asseyait sur les usages. Quelles que soient les difficultés, il finissait toujours par trouver quelques marionnettes pour créer des travaux et conclusions favorables, pour dénaturer des faits, interpréter de façon fallacieuse et induire un syndrome de consensus contre nature. Il put ainsi organiser maints colloques et symposiums dont les participants étaient exclusivement des scientifiques compréhensifs, les « scientifrics ». 2 500 € par jour, sans être le Pérou, égayaient l'ordinaire de quelques chercheurs qui, eux, au moins « avaient réussi à trouver quelque chose ».

Gurkha réprimait de puissantes envies de rire lorsque, sur une tribune relayée dans le monde entier, des fabulateurs affirmaient :

– La corrélation entre bronchite et consommation de légumes est du même ordre que celle liant le tabagisme passif et la bronchite.

Ou encore :

– Le tabagisme passif est moins dangereux que de côtoyer des perruches.

Le tabac n'était décidemment pas le seul à nuire à la santé. Le fric aussi. Toutes les recherches chèrement payées par l'industrie se devaient d'être protégées. Elles furent stockées chez les avocats. Cette astuce permit à de nombreuses reprises de plaider la nullité, les documents incriminés étant protégés par le secret professionnel.

Gurkha avait compris depuis longtemps que l'image de la compagnie devait être défendue par des tiers. Les meilleurs avocats au service de Pro-Mortem parvenaient de temps à autre à convaincre un tribunal de ne pas accorder de dommages aux victimes. Par contre, ils s'avéraient impuissants face aux rugissements de l'opinion publique de mieux en mieux informée sur la réalité tabagique et les mœurs de l'industrie du tabac. La bonne parole devait donc venir d'ailleurs. Elle vint du « bénévolat ». Les volontaires n'étant pas légion, Gurkha eut à cœur d'en créer. Mouvements, coalitions et autres associations furent créés pour convaincre de l'absolue nécessité de laisser fumer qui en avait envie ou croyait en avoir envie. Dans n'importe quel État, en moins de 48 heures, il disposait de protestataires contre les taxes en général, qui, sous l'influence de quelques liasses de billets, se mettaient à protester plus spécifiquement contre celles sur le tabac. Des calicots concoctés par des groupes « ulcérés » égayaient les cités : « Contre l'exclusion des fumeurs », « Pour la tolérance des fumeurs », « Fumeurs, non-fumeurs même combat », « Fumeurs nouveaux parias », « Nous voulons la liberté », « Non aux fascistes de la santé », composaient un petit florilège.

Il se murmurait qu'Ad Patres collectionnait les vidéos de ces « manifestations spontanées ». Les résultats de ces travaux sous-marins émerveillaient Gurkha. Ici, un relèvement de taxes ajourné ou fractionné autorisait l'endoctrinement de quelques dizaines de milliers de nouveaux opprimés. Là, des mesures d'exclusion des fumeurs étaient rapportées… et rapportaient aussi à l'industrie.

Gurkha affectionnait particulièrement un secteur : celui de la restauration. En 1987, un État européen avait eu la délicatesse de proposer une législation antitabac « intelligente », c'est-à-dire conforme aux recommandations et attentes de l'industrie : création de zones non-fumeurs et ventilation. Deux utopies criantes, mais tellement rentables pour Ad Patres et ses copains. Heureusement, rares étaient les utilisateurs qui avaient cherché à évaluer l'efficacité de ces dispositions au demeurant largement ignorées. Les non-fumeurs continueraient donc à « bénéficier » de l'air pollué des fumeurs, qui pourraient encore fumer en paix !

Au travers d'une association professionnelle, Gurkha et consorts créèrent une campagne de « courtoisie », c'est-à-dire un magnifique acte d'allégeance à l'industrie du tabac. Tu était tombé dans le panneau. Pour le secteur de la restauration, fumeurs et non-fumeurs étaient naturellement les bienvenus, même si ces derniers désertaient les lieux. La courtoisie fut reprise dans cette merveilleuse législation, rapidement montrée en exemple dans le monde entier. Gurkha eut les moyens de s'opposer aux restrictions. Il les déploya dans une ville interdisant de fumer dans ses 13 000 bars et restaurants sous prétexte que « Vous n'avez pas le droit d'empoisonner les autres ». La polémique dura des années. Autant de gagnées pour l'industrie ! La « bonne » législation n'empêchait pas les initiatives locales de quelques activistes à la solde du grand manipulateur. Il s'agissait de donner l'illusion que le problème du tabagisme passif était réglé.

Ainsi, les propriétaires de bars, restaurants et autres cabarets avaient la possibilité d'apposer à l'entrée de leur établissement soit un feu rouge pour signifier l'exclusion des fumeurs, soit un feu vert pour accueillir tout le monde. Étrangement, le stock de feux rouges demeura intact… Pourtant, les restaurants sans fumée voyaient leurs recettes augmenter de 20 %.

Toutes les officines œuvrant pour la glorieuse industrie du tabac recevaient généreusement briquets, casquettes, T-shirts, sacs à dos ou échantillons pour elles-mêmes ou pour faire de la publicité – que cette dernière soit interdite ou non ! *Idem* pour les hôtesses des boîtes de nuit, des cafés ou sites touristiques. « C'est Pro-Mortem qui te l'offre » devaient-elles seulement joindre à leur sourire. Le choix des cadeaux était plus étoffé lorsque la remise s'effectuait à l'issue d'une honteuse réunion d'information. Surtout si celle-ci était correctement médiatisée.

Face à un politicien hostile, face à une association de défense des non-fumeurs non manœuvrée, face à une organisation nationale ou onusienne, face à tous ces empêcheurs de bons dividendes, la doctrine de l'industrie était d'une remarquable constance : le fumeur fume par choix personnel, l'industrie se contente de l'approvisionner. Gurkha excellait dans l'art de composer ou de faire semblant. L'exercice consistait à trouver des mesures extrêmement inefficaces, quoique de prime abord crédibles. Par exemple, réussir à reporter des dispositions législatives en proposant des solutions adaptées, du type demander à des détaillants de participer à la lutte contre le tabagisme. Une idée lumineuse !

Toujours dans le grand art, Gurkha apportait le soutien de Pro-Mortem aux initiatives locales visant à limiter les possibilités de fumer. Officiellement, l'industrie les soutenait mais, en secret, elle imaginait toutes sortes de manœuvres les rendant parfaitement inutiles. C'est ainsi que Pro-Mortem communiqua largement son refus de voir fumer dans les ascenseurs. Cette courageuse initiative lui valut des lettres de félicitations. La réglementation prévoyait bien sûr contrôles et sanction. Celles et ceux qui applaudirent n'avaient certainement pas remarqué l'étrange condition nécessaire pour être verbalisé : fumer en présence d'un agent en uniforme !

Gurkha retardait l'émergence de mesures négatives puis, lorsque malgré tout elles étaient mises en vigueur, parvenait à en atténuer la portée, voire à les ridiculiser. Les avertissements sanitaires représentaient un exemple type. Gurkha et ses collègues passèrent maîtres dans l'art d'en détourner le texte et de les rendre illisibles. « Le tabac nuit dangereusement à votre santé » devint « Consommer le tabac peut nuire à votre santé ». Plus qu'une nuance. Certains ricanaient dans la compagnie, car les avertissements écrits en petites lettres dorées étaient pratiquement illisibles.

Un jour, les fascistes de la santé, qualificatif qu'affectionnait Gurkha, décidèrent de changer les règles. Ils voulaient supprimer les marques ou limiter les logos chéris à un espace ridicule de l'ordre d'un centimètre carré. Les cigarettes ressembleraient à leurs médicaments génériques. Recto et verso figureraient des avertissements médicaux et des photos. À l'intérieur, une notice obligatoire au texte imposé donnerait conseils et adresses. La coalition unanime de la profession permit d'étouffer ces horreurs. Mais il fallut néanmoins concéder 30 % de la surface (sur un seul côté) et discuter des années durant de la taille des lettres, de l'épaisseur de l'encadrement et d'un tas de broutilles risquant à terme d'entacher la rentabilité de l'industrie. Sur fond de ciel assombri, une lumière scintillait encore : les fils d'Hippocrate se contentaient de messages exclusivement médicaux, donc à efficacité forcément limitée. Ils en étaient encore et toujours au « sanitairement correct ». Rien sur le comportement, rien, absolument rien sur le psychique et le psychologique, terrain conquis de Pro-Mortem. Toutefois, ces âneries allaient considérablement compliquer une des activités en pleine expansion du secteur : la contrebande.

Pour faire diversion, Gurkha exigea comme contrepartie qu'une photo d'accident mortel soit collée sur toute boisson alcoolisée, sur les pare-brise et les tableaux de bord, que soient mentionnés les risques de carie, d'obésité et de diabète sur les sachets de bonbons ou encore qu'une évocation de marée noire ou de réchauffement climatique décore chaque station service. Pour contrer les nouveaux emballages, Gurkha fit produire des étuis dont le graphisme était en tout point conforme aux paquets d'avant la mutilation légale. Pour certains marchés, il tourna en dérision les avertissements avec des slogans tels que « La fumée protège la viande ».

Parmi les opposants les plus déclarés de Gurkha figurait l'Organisation mondiale de la Santé (OMS). Une véritable petite armée subversive eut pour mission d'élaborer une campagne souterraine hypersophistiquée et très chère, afin de pirater cette agence onusienne aussi coriace que gênante. L'OMS ne voulait plus seulement s'occuper des malades et des morts du tabac, elle ambitionnait maintenant d'en contrôler la consommation. Gurkha acheta des fonctionnaires pour discréditer l'image de l'Organisation (ou, au moins, essayer), déformer les conclusions d'études sur ce sujet et réduire les budgets alloués…

Avec Bobard et Intox, Gurkha intervenait à titre de désinformation, l'une de ses spécialités. Lorsque le tabac était attaqué, un dossier à la gloire de la plante fétiche était présenté en vue de sa réhabilitation au moins partielle auprès du grand public. D'abord, il fallait la montrer. Une variété très fleurie, particulièrement séduisante et jamais employée dans l'industrie, permettait aux contradicteurs de se pâmer devant des inflorescences multiples aux corolles allongées et aux allures de trompette. Une aussi belle fille ne pouvait être foncièrement mauvaise ! Le bref moment de béatitude passé, l'orateur de service expliquait que la plante était de nature à aider l'humanité au travers de manipulations génétiques pour produire, par exemple, de l'interleukine 10, un puissant inflammatoire. Si nécessaire, il signalait l'effet favorable du tabac sur la maladie de Parkinson, en oubliant de préciser que la plupart des fumeurs seraient morts avant d'en être atteints. Gurkha, la discrétion même, veillait cependant à taire cet autre succès : une variété de tabac génétiquement modifiée produisait maintenant 50 % de nicotine en plus et un peu moins de goudron. Il est de ces informations que l'on ne peut partager qu'entre vrais amis, surtout lorsqu'on conteste la nicotinodépendance !

Lorsqu'un débat opposait un membre de l'équipe des manipulateurs à un intégriste de la santé ou à des journalistes, il était courant de mettre en opposition alcool et tabac. Le bon tabac, contrairement au vilain alcool, n'entraînait pas de dégâts neurologiques, ne modifiait pas la personnalité, n'était pas synonyme d'échec professionnel et personnel. Incroyable, mais vrai : certains y croyaient. Ils repartaient heureux de pouvoir fumer.

Se présenter comme victime de discrimination plaisait beaucoup à Gurkha. Évidemment, tous les fumeurs savent que fumer est dangereux. S'ils le font, c'est donc en toute connaissance de cause. Ils n'ont pas (ni leurs héritiers) à demander des dommages et intérêts à l'industrie. Là encore, quelques bons sondages permettaient de manipuler public et jurés. « Votre conclusion sera que 91 % des sondés expriment leur rejet des procédures à notre encontre », dit-il un jour en passant commande à un institut spécialisé. Il en était de même au niveau des taxes. Quoi de plus efficace qu'un sondage pour rappeler aux contribuables que Pro-Mortem est un bienfaiteur d'États hypocrites ! Les chiffres avouent si facilement sous la torture !

Internet se révéla être également un magnifique terrain de manipulation, de façon directe en « bobardisant » l'information et aussi de façon indirecte en détruisant les sites trop hostiles. Ad Patres rappelait souvent que tout cela ne concourrait qu'à un seul but : défendre les positions acquises, protéger les nouveaux marchés et maintenir les milliards de profits annuels.

Gurkha participa à une cellule de réflexion relative aux emballages. Il en vint ainsi à manipuler des États pour introduire un paquet de cinq, merveilleuse porte pour l'initiation à côté de la cigarette à la pièce. De temps à autre, il parvenait à obtenir l'autorisation de donner ces paquets aux écoliers de 9 ans ou moins. « Que ne ferait-on pas pour le Tiers-Monde ? » Il « améliorait » alors la fabrication avec un additif peu prisé des rongeurs, à des doses telles que ses victimes devenaient quasi instantanément accros. Tout enfant qui allumait l'une de ces cigarettes « enrichies » se voyait gratifier immédiatement d'un cadeau pour conforter son « bon choix ». Enfin, pour conditionner les tout-petits, il y avait en chocolat des briquets et des cigarettes emballées dans des paquets fort ressemblants. Tu les vit lors de son premier achat. Déjà, ils n'étaient plus nécessaires pour lui. Gurkha s'enorgueillissait des 5 % de fumeurs résultant de ces sucreries. Cela valait bien de temps à autre quelques saisies de camions qui, de toute façon, ne coûtaient rien à Pro-Mortem.

Il devait aussi intervenir pour obtenir l'autorisation de diffuser le paquet de dix souvent dénommé « paquet enfant ». Celui-ci facilitait la rechute et donc le retour au bercail d'ignares ayant eu l'outrecuidance de vouloir un instant abandonner l'industrie du tabac. Quant au paquet normal, le passer de 20 à 25 ne changeait pas fondamentalement la donne pour les asservis. Ils continuaient à acheter un paquet. Un paquet qui permettait à Pro-Mortem d'enregistrer une progression des ventes proche de 25 %, sans client supplémentaire. Après ce beau coup, le paquet de 30 se serait vite généralisé si l'accroissement des taxes n'avait pas ajourné l'opération dans quelques États. Heureusement que la contrebande régulait tout cela. De mieux en mieux.

Propriétaire d'une petite montagne de titres PM, Gurkha savait que quel que soit le prix de vente au public, son entreprise encaissait et lui aussi. Pro-Mortem et ses confrères n'étaient pas trop inquiets de la diversité des prix observés sur un même marché. Toutes les ventes consolidaient la pénétration des marques et garantissaient les ventes futures.

D'origine orientale, Gurkha savait parler aux religieux, côtoyés il y a si longtemps. Il dut par exemple intervenir auprès d'un mufti qui, dans une fatwa, avait eu l'idée saugrenue de déclarer la cigarette illicite. Pour ce faire, cet illuminé se basait sur le Coran où il était précisé qu'« il incombe à tout musulman de se plier aux dispositions de la charia et d'éviter tout ce qui pourrait nuire à lui-même, à sa santé, à son argent, à sa famille, à sa société ». Imparable de prime abord ! Mais pas pour un Gurkha qui triompha de la fatwa par des moyens inavouables.

Son génie malfaisant s'exprimait régulièrement pour mettre à sa botte des États récalcitrants. En 1990, par exemple, la Thaïlande décida d'idiotes mesures antitabac impliquant *ipso facto* l'exclusion de Pro-Mortem de ce marché encore sous le monopole d'État. Les ordres d'Ad Patres étaient formels et se résumaient en un verbe : entrer. La contrebande organisée par l'industrie du tabac y devint rapidement florissante, mais le marché ne s'ouvrait toujours pas. Au nom des règles du commerce international, avec des pressions politiques du meilleur niveau, la Thaïlande finit par l'ouvrir à Pro-Mortem et ses copains. Pour cela, Gurkha utilisa les arcanes du droit international qui permettaient de taxer à l'importation les produits thaïlandais pour le montant supposé de la perte commerciale. Le marché fut donc ouvert, mais à des conditions « odieuses » : publicité totalement interdite, taxes élevées, contrôle de la distribution, interdiction des distributeurs automatiques et… communication de la liste exhaustive des additifs. Les Thaïlandais osaient produire des cigarettes avec seulement 16 additifs. À l'époque, l'industrie en employait plus de 600. Il s'ensuivit une bataille homérique. Les ambassades, les politiques refusèrent alors de collaborer avec l'industrie du tabac. Officiellement. L'Organisation mondiale du Commerce dut admettre que la santé primait sur le commerce. C'était vraiment une première ! Via son bureau unique pour la prévention du tabagisme, la Thaïlande devint un exemple d'efficacité qui, « heureusement », fit peu d'émules !

L'industrie pharmaceutique à son tour menaçait le statut de dealer en chef de Pro-Mortem. Il fallait manipuler et vite. Il y avait manifestement conflit d'intérêts, sauf à considérer que la rentabilité de l'industrie du tabac favorisait les perspectives médicamenteuses. Cette nouvelle nicotine pharmaceutique déplaisait foncièrement à Ad Patres, et cela d'autant plus que certains utilisateurs parvenaient à se débarrasser de la nicotine. De la vraie. De la sienne. La « fausse » nicotine enrichissait l'industrie pharmaceutique et les officines. Gurkha n'eut aucun mal à trouver qu'un grand chimiste producteur de saletés pour tabaculteurs était également impliqué dans la production de substituts nicotiniques. Il en trouva un autre qui fournissait naïvement des additifs pour le contrôle de l'hygrométrie du tabac. Lors de leur première réunion, Gurkha obtint l'arrêt immédiat de toute forme de promotion de ces substituts scélérats. Pour rendre la communication des laboratoires moins efficace, il exigea et obtint le renvoi d'un candidat à l'arrêt chez le médecin. Ses services lui avaient clairement indiqué qu'en introduisant un échelon supplémentaire, qui plus est souvent peu intéressé par ce problème comportemental, il allait limiter la diffusion.

Pro-Mortem conserva les chimistes le temps de vérifier le changement de stratégie commerciale puis les quitta. L'un d'eux osa même encourager fermement ses employés à abandonner la vraie nicotine au profit de la leur. Un vrai crime de « lèse Pro-Mortem », aggravé par une étude maison démontrant qu'un fumeur dépense au cours de sa vie 60 000 € supplémentaires en soins de santé, soit à peine moins que les montants consacrés au tabac. Apprenant que ce chimiste finançait largement des groupes antitabac, Gurkha revint à la charge : en échange de l'arrêt immédiat de toute forme de financement et de la limitation de la promotion de sa nicotine de pacotille, Pro-Mortem acceptait de redevenir client. « Entre crapules, il y a toujours moyen de s'entendre », fut la conclusion d'Ad Patres.

La dernière activité de Gurkha consistait à coordonner et contrôler les opérations spéciales du groupe. Au nombre de celles-ci figurait l'élimination physique d'irresponsables et autres gêneurs.

XVIII

Le lundi 4 janvier 1999, Tu intégra l'entreprise Chim'R. D'entrée, il fut précisé que sur les six jeunes recrutés, cinq seulement seraient définitivement engagés au terme de la formation. Sympathique Damoclès ! Celle-ci, échelonnée sur six mois, alliait théorie et accompagnement en clientèle avec des commerciaux chevronnés : une semaine de cours en alternance avec une semaine de terrain. Toutes les nouvelles recrues étaient jeunes. Tu était le benjamin, l'ancêtre avait 26 ans. Des six recrues, trois fumaient. Ils se retrouvaient dans un malodorant « bocal » ventilé appelé fumoir, à heures fixes.

La glorieuse compagnie, très orientée vers les résultats, accordait cependant une attention égale à sa recherche-développement et à ses ressources humaines. Trois directeurs vinrent successivement présenter la société, ses activités et le programme de formation. L'enthousiasme naturel du premier orateur aurait réussi à convaincre tout suspicieux que travailler pour cette société relevait du privilège. Mieux encore : le département des additifs était l'un de ceux qui offraient le plus de perspectives, y compris au niveau international. Tout nouvel entrant pouvait espérer remplacer un jour le boss américain.

Le chimiste de service, en charge de la recherche et du développement, était moins guilleret. Son enseignement était rigoureux, précis, pratique. Tu retrouva de vieilles connaissances. Il fut plus surpris de trouver dans la gamme des produits alimentaires courants et des produits naturels. « Nature et chimie feraient-elles bon ménage ? » se demanda t-il. La gamme était composée de 1400 produits. Les candidats devaient les connaître à la perfection et savoir comment leurs clients les utilisaient. Idéalement.

Le dernier intervenant, directeur des ventes, était un ex-vendeur qui, selon sa propre expression, était capable de « vendre des bretelles à un éléphant ». À 34 ans, sa carrière était éblouissante. Il aimait transmettre sa fougue et son expérience aux jeunes. Le programme portait essentiellement sur les techniques de vente, d'influence, d'argumentation, d'expression orale et de gestuelle dans le contexte d'une relation industrielle. Une autre ambiance qu'à l'Université : moins relaxe et essentiellement pratique. Tu était ravi de commencer sa carrière sous de si bons auspices.

La première semaine du « chimiste » fut consacrée aux plantes utilisées dans l'industrie du tabac : anis, basilic, bergamote, cumin, carotte, citronnelle, coco, blé, fenouil, géranium rose, hysope, jasmin, lavande, citron, citron vert, livèche, mandarine, myrrhe, néroli, noix de muscade, chêne, orange, origan, iris, palme, patchouli, sauge, bois de santal, serpentaire, menthe verte, menthe poivrée, poivre, petit grain, pin, bois de rose, thym, valériane, vétiver, pour ne citer que les plus usuelles. Pour chacune de ces plantes, Tu devrait connaître outre la botanique, les provenances, quelles parties étaient utilisées et pourquoi, les méthodes d'extraction, les propriétés physiques des essences, des hydrolats, des teintures-mères, les produits de synthèse en substitution, etc. Aussi volumineux que passionnant. Pour chacun des produits, il existait une liste des utilisations connues. Certains clients, au nom du « secret professionnel », refusaient d'indiquer pourquoi et comment ils utilisaient ces additifs. L'industrie du tabac suisse fut citée en exemple pour autoriser des additifs jusqu'à 25 % du poids des cigarettes.

La seconde semaine consacrée à l'accompagnement fut aussi un ravissement. Le coach, âgé de 27 ans, était un disciple heureux du directeur des ventes, les dents encore un peu plus acérées. Chose bizarre : il ne fumait pas. Tour à tour, ils visitèrent des industries pharmaceutiques, alimentaires et une usine de cigarettes. Dans chaque cas, Tu assimilait l'approche technique, commerciale et humaine. Il se sentait pousser des ailes. Il était fait pour ce job ou alors, c'était ce job qui était fait pour lui !

À la fin du mois de janvier, les longues journées passées à s'apitoyer sur le sort des acétylpyridines, des ammoniums, des benzaldéhydes, des benzyls, des butyls, des cinnamyls, des 40 ethyls, des isoamyls ou des 56 différents méthyls le rapprochèrent de la saturation. La digestion de ce festin fut grandement facilitée par l'étude des conduites favorables à la communication, au travers de jeux de rôles aussi drôles que formateurs.

Ultérieurement, et en prenant toujours l'industrie du tabac comme exemple, le chimiste étudia des produits aux noms plus familiers : ammoniaque, jus de pomme, d'abricot, café et caféine, carbonate de calcium, chicorée, chocolat, cacao, cognac, miel, menthol, rhum, whisky, sucre, thé, prune, urée, levures, vinaigre, etc. Tous ces produits banals recelaient des vertus insoupçonnées. Les connaître permettrait de convaincre de nouveaux clients ou de satisfaire des industriels très au fait de leur emploi, mais d'un naturel cachottier. Tu prit ainsi connaissance de quelques pratiques connues de l'industrie du tabac, sans doute l'industrie la plus évoluée en matière de manipulations. Pour adoucir, celle-ci achetait des sucres, du miel, de la réglisse, du menthol, de l'eugénol… L'équation cigarettes = friandises s'obtenait également grâce à l'adjonction de cacao, voire de chocolat, aux sucres. Pour faciliter l'inhalation profonde et une accoutumance rapide, cacao et réglisse étaient au nombre des complices, bien que cette dernière, une fois brûlée, donnait des dérivés cancérigènes. Pour augmenter l'effet de la nicotine, le lévulinate de nicotine permettait d'augmenter la liaison aux récepteurs, etc.

Le 31 mai 1999, Tu eut droit pour son anniversaire à l'affiche « C'est décidé, j'arrête ».

« Toi peut-être, mais moi certainement pas ! » grommela-t-il, vraiment pas convaincu par la pertinence du message.

Fin juin, il avait une connaissance correcte des 600 additifs les plus usuels. Ultérieurement, encore 800 devraient être assimilés ! Heureusement, il n'avait nul besoin de para alfa alfa-trimethylbenzyl pour faire la fête ou de 5, 6, 7, 8-Tetrahydroquinoxaline pour séduire Florence. Pourtant, ces deux-là, un arôme de fumée, un 1-Octanol, une sans doute inoffensive maltodextrine ou de merveilleuses senteurs végétales lui promettaient un avenir serein. Le directeur des ventes le lui avait affirmé, séduit par son aisance, sa méthode et sa capacité à conclure un entretien à son avantage.

Le jeudi 1er juillet 1999, Tu se jeta donc à l'eau, plus exactement, il alla sur les routes au volant de sa rutilante voiture de fonction. Jusqu'à la fin de l'année, il ne devait pas prospecter. Seuls les clients acquis furent l'objet de ses attentions.

Quatre jours plus tard, il reçut à nouveau une enveloppe stupide. Bien qu'il réprouvât cette pratique, il ouvrit sans ménagement excessif et lut :

TU A ÉTÉ CONDAMNÉ À MORT
À suivre.

La « nouveauté » était évidemment désagréable. Lors du précédent envoi, il y avait plus d'un an, il avait lui-même parlé de « mourir de rire ». Irrité par le procédé un tantinet longuet et plus ou moins inconsciemment inquiet, Tu montra le courrier à ses parents. Maman exigea de rencontrer l'inspecteur Chamel sans délai. Papa suggéra de réfléchir au sens profond du message, si tant est qu'il y en eût un. L'auteur était-il un fou, un maniaque, un morbide, un plaisantin ?

– Tu as été condamné à mort ! Évidemment, nous le sommes tous, nous ne sommes qu'en sursis. Et alors ? conclut le père.

Ensemble, ils décidèrent de ne rien faire, de ne pas importuner Florence avec si peu, pour ne pas entrer dans le jeu du trublion.

Récemment embauché, Tu ne bénéficiait pas de vacances. À l'opposé, Florence était libre, pour deux mois. Ils en profitèrent pour se retrouver et annoncer leur projet de mariage prévu le 17 juin 2000. Elle aurait alors 24 ans et lui 21. Tous deux bien partis, elle dans l'enseignement, et lui dans une « bonne boîte ». Florence, à l'origine de la décision, était comblée, au point de ne plus parler de tabac. Elle semblait s'en accommoder. Un jour, comme son père… il en aurait bien marre de vivre avec des chaînes. Elle se fit la remarque qu'il était peut-être plus facile de se séparer de son conjoint que de la cigarette et en fut confuse. En tout cas, si le mariage n'était plus une prison, la clope en était bien une.

Fin juillet, Florence détailla à son futur époux son plan pour le grand jour. Tout paraissait si bien étudié qu'il l'approuva sans l'ombre d'une hésitation. Leur mariage serait placé sous le signe de l'originalité. Elle voulait une très grande cérémonie. Une véritable autocélébration narcissique. Eux deux seraient les acteurs de cette représentation exceptionnelle et unique. La sélection des invités, leur tenue, la mise en scène des diverses parties de la journée furent examinées de manière pointilleuse. Pour franchir cette étape, ils exhiberaient à tous leur bonheur. Ils avaient particulièrement besoin d'inscrire la journée dans l'éternité. Côté vestimentaire, Florence réservait la surprise de sa robe. Par contre, Tu, en smoking, apparaîtrait déguisé en pingouin !

Fin août, les deux familles souscrirent à ce plan. Restait un détail : leur domicile, puisqu'ils étaient distants de 120 kilomètres. « Cas de force majeure, regroupement familial. Point final », décida Florence. De ce fait, elle entama sans plus attendre les démarches nécessaires.

Tu gagnait chaque jour en assurance. Il était fier d'avoir obtenu la fourniture de trois produits pour l'usine de cigarettes : du cacao, de la réglisse et du sucre. Ces produits difficilement assimilables à de la très haute technologie confortaient néanmoins sa position chez Chim'R : il était d'ores et déjà crédible en clientèle. Sa seule frustration provenait de l'ignorance de l'usage de tels produits dans les cigarettes. Il savait que certaines pouvaient contenir jusqu'à plus de 25 % de leur poids en additifs. Sa commande ne représentant que 3 %, il lui restait quelques perspectives… À lui, les substances sapides et aromatisantes, les agents humectants, les produits de blanchiment des cendres, les accélérateurs de combustion, les agents conservateurs, les adhésifs, les liants. En tout 1400 « secrets de fabrication ».

Depuis qu'il travaillait seul, il avait à nouveau pris conscience de l'indispensable présence de la cigarette. En attendant un retardataire ou un acheteur déstabilisant, il avait une amie. Une seule. Il pouvait en user et même en abuser, jamais elle ne se plaindrait. Elle était aussi sa confidente. Lorsqu'il était soumis à une pulsion agressive, c'est elle qui lui épargnait le déshonneur. Jamais elle ne se rebellait. Les rituels qui accompagnaient son usage ponctuaient ses journées et parfois ses nuits aussi. En présence d'autres asservis, Tu se surprit à fumer avec un art prononcé. Comme Clint Eastwood, lui avait-on un jour reproché. Pourtant, pour lui, ce n'était pas du cinéma. Puisque son employeur l'incitait à poursuivre son tabagisme… il obéissait. Cela lui était d'autant plus facile que son usine de cigarettes le gavait littéralement de ses produits. Il fumait « ses » additifs. Gratuitement. Sucre, cacao et réglisse le confortaient dans son refus de voir en la cigarette un produit vraiment dangereux. Une cigarette n'était-elle pas finalement qu'une sucette améliorée ?

Au cours de l'année, Tu avait dû se familiariser avec l'euro. La prospérité américaine frôlant l'indécence, il était exigé des filiales européennes des performances en rapport. Souvent en voiture, il écoutait la radio. Parce que bien informé, il se posait des questions. Pourquoi, par exemple, une bombe était-elle qualifiée d'intelligente quand elle frappait Belgrade et d'idiote ou de criminelle quand elle atteignait Grozny ? Alors que l'Inde annonçait sans emphase excessive son milliardième citoyen, l'islam apparaissait au cœur de nombreux conflits, y compris dans les banlieues. Cette année 1999 avait vu l'équilibriste Hussein et le monarque absolu Hassan s'en aller. Tu était attristé par le dégommage d'Helmut Kohl, car il lui apparaissait comme l'un des grands hommes de cette fin de siècle. Sans lui, le Mur serait-il tombé ?

Pour le réveillon de Noël, les tourtereaux informèrent leurs parents réunis de la mutation de Florence à seulement 16 km de Chim'R. En conséquence, ils avaient décidé d'acquérir un logement pour le 1er juin. Les taux d'intérêt particulièrement bas et leurs situations stables faisaient des futurs mariés des clients idéaux pour les banques. Un prêt leur fut « octroyé », selon le terme charmant en usage.

Le réveillon de la Saint Sylvestre pour fêter l'an 2000 se déroula avec quelques amis au restaurant.

– Ça ne te dérange pas si je ne fume pas ? interrogea malicieusement l'une des convives.

– Moi, j'ai pris une bonne résolution : j'ai décidé d'arrêter de fumer, poursuivit un autre.

– Mais tu n'as jamais fumé, rétorqua Tu.

– Justement, je prends une résolution que je suis certain de pouvoir tenir !

Tu comprit qu'une consommation particulièrement modérée s'imposait ce soir-là. Irrité, il reprit, juste après l'avoir allumée, une cigarette à l'envers et se brûla. À part Florence, aucune compassion ne parvint de l'assemblée. Les non-fumeurs étaient vraiment des égoïstes, alors que lui donnait sa fumée aux autres. Sans compter !

La nouvelle année, le nouveau siècle, le nouveau millénaire s'annonçaient sous les meilleurs auspices : amour, mariage, travail, maison et bien évidemment santé. Les mois précédant leur installation furent ponctués de toutes les bonnes farces que connaissent les candidats à la propriété.

L'usine lui offrant des paquets de 25, il se surprit à ne plus en fumer quotidiennement 40, mais bien 50. Il trouvait de lui-même que ce niveau de consommation n'était plus raisonnable. Il avait le sentiment que son lien avec le tabac ressemblait à une liaison extraconjugale ! Déjà, il passait plus de temps avec elles qu'avec Elle. Trois heures quotidiennes ne relevaient pas de l'exception, mais cela lui paraissait indispensable. Comment aurait-il pu, par exemple, prendre un rendez-vous sans avoir auparavant honoré de sa présence le fumoir ? Comment aurait-il meublé tous ses temps morts, des embarras de la circulation aux attentes en clientèle ? Comment aurait-il pu se concentrer pour préparer ses rapports ? Comment aurait-il pu mieux se récompenser après un succès ou se consoler après un échec ? Indispensable au réveil et après les repas, la cigarette l'était aussi tout au long de la journée. La question de savoir comment faisaient les non-fumeurs ne le hantait pas vraiment. Conscient de l'emprise de la cigarette sur lui, il oscillait entre deux sentiments : être « protégé » d'une part, et la sensation du caractère profondément stupide de son addiction, d'autre part.

Il n'avait même plus de prétexte financier ou fiscal pour arrêter : les blondinettes lui étaient offertes. Par coquetterie sans doute, il calcula ce qu'avait dépensé son père : 70 000 €, soit environ la moitié de l'emprunt qu'il venait d'effectuer. S'il fumait aussi longtemps que lui, il grillerait 27 km de cibiches ! Consterné par un tel résultat, il parvint néanmoins à en rire. Il espérait secrètement que Florence n'ait pas l'idée saugrenue d'effectuer ces mêmes calculs. Le lendemain, il se réveilla en sursaut. De son rêve agité, il ne retenait qu'une chose : il ne fumait plus. Ce rêve, couplé aux demandes réitérées de Florence et les informations rejetées sur les dangers supposés du tabac, le mettait dans une situation d'inconfort et d'insatisfaction. Qui lui avait dit que fumer, c'était se soigner avec des plantes ? D'ailleurs, il espérait bien vendre à l'usine de cigarettes un des cinquante extraits de plantes disponibles chez Chim'R. Et puis, si c'était si mauvais que cela, l'État aurait depuis longtemps interdit ce commerce. Chaque fumeur qu'il rencontrait était comme une preuve vivante que fumer était agréable. Sinon, pourquoi le ferait-il ? Et il y avait aussi ces lettres stupides… « Chaque chose en son temps », comme disait l'Ecclésiaste. Aujourd'hui, il fumait ; demain, serait un autre jour ! Il n'interrompit ces cogitations qu'en rentrant le soir à la maison. Il avait ainsi inconsciemment démontré son habileté à ne pas voir la vie réelle, à ne pas rationaliser ses erreurs et, surtout, à ne pas en faire la somme.

Florence revint sur le sujet une fois avant le mariage, avec un argument déjà entendu : « La cigarette, tu dois la comparer à un pistolet dont le barillet contiendrait trois balles, soit une chance sur deux d'y rester. » Les « Et je n'ai pas envie de te perdre » et « Qu'as-tu à prouver en fumant ? » le touchèrent plus profondément, au point de s'abstenir pendant… une heure.

Pour son 21e anniversaire, il dut affronter la dernière trouvaille pour la Journée mondiale sans tabac : « Le tabac tue, ne soyez pas dupe. »

– On commence à le savoir ! hurla-t-il en roulant.

Il poursuivit :

– Et vous croyez que m'effrayer suffira pour me faire arrêter ?

Son irritation était sans doute liée au nouveau succès qu'il venait de remporter chez son client cigarettier : en une fois, il venait d'emporter la commande d'ammoniaque, de glycyrrhizine, d'acide acétique et de 2-Ethyl-(3, 5, 6)-methoxypyrazine. La vente de ces quatre produits lui permettait d'ores et déjà d'atteindre ses objectifs annuels.

Les amoureux préparèrent amoureusement leurs noces. Le 17 juin 2000 à 9 h 30 pour l'état civil et à 10 h 40 pour l'église, ils étaient mariés, et bien mariés. Ils exhibaient leur bonheur. Le marié avait tout de même été tenté à plusieurs reprises d'exiger une accélération des cérémonies pour pouvoir fumer…

XIX

Ad Patres, dans le salon du deuxième pont du yacht, rêvait, en se remémorant une récente conférence avec ses investisseurs. Il leur avait rappelé quelques faits et chiffres-clés, de nature à tempérer leurs exigences, et mesurer le chemin parcouru. Pro-Mortem, malgré sa puissance, n'était pas, et de loin, le premier producteur mondial. Le titre revenait à la Chine qui produisait deux fois plus. Le total de la production mondiale était estimé à 5 600 milliards de cigarettes par an, soit moins de 3 par jour et par habitant. Une misère et par conséquent un formidable potentiel de croissance pour peu que les opposants de tout poil soient muselés.

La décennie 90 avait vu le démantèlement des monopoles nationaux du tabac. Ad Patres y avait consacré une formidable énergie. Ainsi, des multitudes souvent affamées purent enfin accéder aux valeurs occidentales… même le ventre creux. Il aimait donner l'exemple du Tchékistan où, publicité aidant, on ne dit plus « Donne-moi une cigarette », mais « Donne-moi une Amérika ». Pro-Mortem était attendu. Au nom de quoi ne serait-il pas venu, n'aurait-il pas vu ni vaincu ? Il en fut ainsi dans l'ancienne Europe communiste, en Afrique et dans l'Extrême-Orient. Pendant que des éminences péroraient sur la mondialisation, Pro-Mortem la faisait et en profitait. Quel que soit l'État, l'approche était similaire : Ad Patres promettait de moderniser les usines locales et de conserver l'emploi. En contrepartie, il obtenait des « aides » à l'investissement ou des défiscalisations. Pro-Mortem apparaissait comme un sauveur, quelquefois sans même corrompre. Les usines furent effectivement aménagées, surtout pour pouvoir produire les marques PM aux dépens des marques nationales. Le taux de pénétration recherché atteint, les usines fermaient et les productions étaient dirigées vers des pays très « compréhensifs ». Les producteurs de tabac locaux disparaissaient progressivement sauf dans l'Union européenne qui continuait à assurer 90 % du revenu des tabaculteurs pour un montant cent fois supérieur à celui consacré à la prévention.

Le marché des cigarettes se caractérisant par un nombre particulièrement restreint d'acteurs, Ad Patres ne revendiquait que six « copains », dont la haute moralité égalait la sienne. Depuis 1953, s'était formé un club, un cartel, une sorte de syndicat destiné à défendre l'industrie contre tous les débiles voulant contrecarrer un milliard cent millions de fumeurs. Grâce au club, encore renforcé en 1977, l'industrie parlait le même langage. Chaque patron avait sa « spécialité » et s'exprimait au nom du club, officieusement bien sûr. Vis-à-vis du public, l'industrie du tabac réaffirmait avec constance que fumer est un choix personnel et qu'elle se contentait de fournir les produits demandés. La fable court toujours.

Les autorités sanitaires des États ou des institutions supranationales contrariaient de temps à autre le bon business. Bobard, Intox et Gurkha apportèrent toujours les réponses circonstancielles : entretien de la controverse, négation de la causalité tabac-maladie, corruptions en tout genre et même organisation de la prévention, c'est-à-dire introduction du renard dans le poulailler. Le club avait édicté un code de bonne conduite : il était formellement interdit de s'attaquer mutuellement sur la toxicité comparée des produits, d'ailleurs très voisine. Il était également proscrit d'assimiler en public la nicotine à une drogue, cette évidence étant qualifiée d'ineptie. L'industrie du tabac avait une remarquable communauté de cibles : les jeunes, les femmes et les minorités. Cela supposait une coordination des politiques marketing, de la publicité et des actions judiciaires, menées avec gourmandise.

Vis-à-vis des États, l'industrie ajustait sa politique en regard des taxes, déterminait les niveaux de contrebande optimaux et la bonne utilisation des paradis fiscaux pour le blanchiment d'activités extralégales. Parmi ces opérations, figurait le lobbying dont une partie des activités finançait certains partis politiques. Cette façade respectable permettait d'afficher une attitude responsable d'industriels fabriquant un produit légal qu'aucun gouvernement ne voulait encore interdire. Le développement des activités commerciales sur Internet était aussi examiné au sein du club. Il s'agissait principalement de freiner les augmentations inconsidérées des taxes, mais aussi d'assurer une parfaite désinformation.

L'industrie du tabac avait ses opposants : d'anciens fumeurs presque encore bien portants ou mourants, des médecins, des associations en tous genres, des organisations étatiques ou onusiennes. Tous étaient traités avec la même attention malveillante.

La dernière activité du club concernait les médias, manipulés de façon éhontée. L'entente cordiale n'empêchait pas quelques cachotteries. Ainsi, en 1973, Ad Patres ne crut pas devoir donner d'information sur l'adjonction d'ammoniaque et le « miracle » des ventes qui s'ensuivit. Ses copains cherchèrent… et trouvèrent l'explication. Un autre de ses collègues était lui aussi resté très discret sur ses manipulations génétiques : elles lui permettaient d'améliorer la vitesse d'absorption de la nicotine.

Les sept « départements » du club permettaient de présenter, face à une ribambelle d'opposants impécuniéeux etdésunis, une remarquable unité. Ainsi étaient défendus les revenus et le pouvoir d'une industrie menacée par un déluge d'informations alarmistes. Ce n'était pas un luxe, car l'Organisation mondiale de la Santé accusait le secteur de tuer prématurément 4,9 millions de fumeurs chaque année, un toutes les six secondes et demie, programmant 10 millions par an à terme et un milliard au cours du siècle. Ces reproches fâchaient Ad Patres. Au lieu de se réjouir de voir disparaître prématurément bientôt 15 % d'une humanité pléthorique, l'industrie devait affronter des menaces, des jugements et même des condamnations. La planète était surpeuplée, mais qui d'autre mieux que l'industrie du tabac se chargeait de la « régulation » démographique ? Les *fast-foods* faisaient de leur mieux, mais n'étaient pas tout à fait compétitifs.

La « régulation » concernait dans les pays occidentaux, chaque année, dix fois plus de victimes que le sida, les accidents de la route, la vache folle et la dioxine réunis. Quant à l'Afrique surpeuplée, sida et tabac même combat : éclaircir les rangs ! Excellents clients, les pays africains étaient de ceux qui permettaient l'expansion : les dirigeants étaient souvent accommodants, la douane à l'état de projet ou de souvenir. Ad Patres se serait bien vu attribuer un prix Nobel pour son action purificatrice de l'espèce humaine. Au lieu de cela, il s'était vu traiter d'agent international de mort. Ses copains aussi. Il s'en amusait, l'injure provenant d'États hypocrites vivant à crédit sur le dos des fumeurs. Évidemment, ceux-ci feignaient d'ignorer les garanties offertes par l'industrie du tabac, principalement les milliards d'économies annuelles pour non-paiement des retraites. Quant aux âmes sensibles qui parlaient de souffrances, d'appauvrissement, de détresse des familles, il suffisait de leur rappeler qu'une médaille a deux faces : on ne peut pas à la fois se réjouir de voir disparaître prématurément une partie de la population des maladies causées par le tabac et se plaindre des conséquences de ces mêmes maladies. L'industrie du tabac ne pouvait pas être poursuivie pour intention de nuire : elle nuisait. Elle ne rêvait pas de raccourcir la vie.

Elle la raccourcissait. Le temps de lire une ligne et c'était une personne supplémentaire qu'elle éliminait, et qu'il fallait remplacer.

La « rêverie » d'Ad Patres fut interrompue par un marin armé d'un téléphone cellulaire. Dubois, un journaliste économique d'investigation, féroce, demandait une interview. Puisque disponible, rendez-vous fut pris pour le lendemain à 11 heures. Pro-Mortem sachant recevoir, une vedette de la compagnie irait le chercher sur la côte. Accepter cette heure-là signifiait pour Ad Patres l'acceptation du déjeuner et déjà un début de compromission. Dubois n'avait donc pas d'*a priori* hostile. Il fut accueilli par le service de sécurité puis par le capitaine et son équipage au grand complet, avant d'être présenté au maître des lieux. Guy Dubois, la quarantaine anciennement sportive, était hélas un ex-fumeur convaincu. Son allure, sa poignée de main, son regard carnassier témoignaient d'une évidente volonté de se battre. Ad Patres aimait ce genre d'adversaire. Cela le changeait des béni-oui-oui qui peuplaient son entourage. En son for intérieur, il ne supportait pas que l'on puisse accepter tout et n'importe quoi. Il méprisait l'allégeance. C'est sans doute pour cela qu'il méprisait tant les fumeurs.

Dubois était bien conscient du caractère exceptionnel de son accueil. Aucun journaliste n'avait encore eu les honneurs du bateau, un yacht exceptionnel de 75 m. Il rencontrait professionnellement des patrons de tous acabits sans trac particulier. Celui-là, par contre, l'impressionnait au point de sentir son sang se glacer ! Après les banalités d'usage vite expédiées, il expliqua sans bredouiller qu'en raison des récentes évolutions boursières, son journal lui avait confié la rédaction d'un grand dossier sur la nébuleuse de l'industrie du tabac et de ses actionnaires essentiels. Les petits porteurs manifestaient de plus en plus ouvertement quelques inquiétudes. Ad Patres vit dans ce préambule un moyen gratuit pour rassurer les marchés et une opportunité pour glisser quelques grosses contrevérités.

– Je vous écoute…

– Quelles sont, Monsieur Ad Patres, les composantes de votre succès planétaire ?

– Je vous en citerai cinq : l'antériorité, notre marketing, la publicité et la promotion, la composition chimique et, enfin, le démantèlement des monopoles. D'abord l'antériorité. Pro-Mortem a été créée il y a plus d'un siècle et demi. Plus d'un siècle et demi d'efforts, de recherches, d'amélioration continue de la qualité et du goût pour satisfaire nos clients, toujours plus nombreux. Ensuite, notre marketing. Il est puissant et reconnu comme le plus performant dans notre industrie. Je ne vous apprendrai rien en vous rappelant que contrairement aux produits de grande consommation, le marketing du tabac est en réalité un investissement à long terme. Il consiste à donner un coup de pouce à la pression du groupe qui amène naturellement à fumer. Nos actions de marketing ne visent pas à vendre à proprement parler, mais seulement à influencer la perception sociale et culturelle de nos produits. Faut-il rappeler qu'en dehors de la Chine, une cigarette sur six dans le monde est une Pro-Mortem, et que la tranche des 15-24 ans nous réserve 50 % du marché. C'est un cas étudié dans les meilleures universités. Certains ont même écrit que, pour nous, un nouveau-né sur deux était une machine à sous ! La publicité et la promotion représentent le troisième axe. L'industrie y consacre plus de 11 milliards par an. Divers règlements scélérats nous limitent l'accès à la publicité. Nous nous y opposons par des actions de promotion. Je suis heureux et fier de vous dire qu'à budget constant, les résultats sont les mêmes. L'absence de publicité ne nous aide pas, mais n'est pas un authentique drame industriel et financier. Nous utilisons les ressorts classiques de la séduction, le courage, l'aventure, le plaisir, les sports (dont la F1), l'exotisme, la nature. Nos emblèmes sont séduisants, matures, modernes, occidentaux. Ils inculquent la recherche du plaisir immédiat et rejettent massivement le devoir d'abstinence qu'essaient vainement d'introduire aînés et militants antitabac frustrés de ne pas savoir savourer une bonne cigarette. La composition chimique est la quatrième raison de notre succès. Tout le monde connaît le goût Pro-Mortem. Pour ce faire, nous utilisons quelques-uns des 600 additifs que les législations nous autorisent. Parmi ceux-ci, il y a beaucoup de produits naturels ou de consommation courante. Vous n'avez pas devant vous un disciple de Machiavel. Tous ces additifs nous permettent sans cesse d'améliorer la présentation, le goût et de nous adapter à nos nouveaux marchés. L'ammoniaque est l'un de ces facteurs de goût, d'ailleurs présent naturellement dans la plante…

– Qu'on accuse de modifier les teneurs en nicotine, interrompit Dubois.

– Balivernes. Comme je viens de vous le dire, les feuilles de tabac contiennent naturellement de l'ammoniaque. Nous en ajoutons pour améliorer le goût. La quantité de nicotine délivrée n'en est pas affectée. D'ailleurs, toutes nos productions sont contrôlées par des laboratoires indépendants ou officiels, selon toute une série de normes ISO : 3308, 3400, 4837, 7210, 8454, 10 315, 10 362-1, 10 362-2 d'application universelle. Je profite de votre question pour récuser les allégations mensongères au sujet de l'acide cyanhydrique, du mercure et de l'acétone notamment. Il s'agit là de désinformation. Vos lecteurs doivent le savoir. Pour poursuivre votre information, sachez que nous sélectionnons avec une précaution inouïe nos variétés, contrôlons les tabaculteurs, les méthodes de séchage et tous les stades de la fabrication. Le fumeur n'est pas conscient que sa cigarette est en réalité une petite usine chimique mijotée rien que pour lui.

– Et le démantèlement des monopoles ?

– C'est le cinquième élément constitutif de notre succès. Tous les peuples qui ont récemment accédé à la liberté veulent découvrir notre univers, nos espaces, nos valeurs. Et nous en sommes ravis. La libéralisation du commerce a radicalement changé la donne au cours de la décennie 90. La quasi-totalité des marchés est maintenant accessible alors que, dix ans plus tôt, la moitié relevait de monopoles d'État souvent inefficaces pour accroître la consommation. Après nos investissements, restructurations et modernisations, ils sont souvent aujourd'hui, des vitrines nationales. Je vous donne un seul exemple : la Turquie. Leur ex-monopole ne détient plus que 60 % du marché, malgré une particularité *a priori* gênante : un plant spécifique de tabac. De 1990 à 2000, nous avons accru le nombre des fumeurs de 50 %. Pour remercier l'État de ses prévenances et pour faire oublier l'exode rural des tabaculteurs, nous avons financé un chantier archéologique...

– Quels sont vos chiffres-clés ?

– En dix ans, nos ventes domestiques sont restées stables, mais elles ont doublé au niveau international. Les profits ont suivi, passant de 0,8 à 5 milliards annuels. Nous allons dépasser les 7 milliards de profits annuels, ce qui nous place au quatrième rang mondial en terme de rentabilité. Nous œuvrons pour que de nombreux pays rejoignent ou dépassent, par exemple, la consommation annuelle polonaise : 3 620 cigarettes/habitant ! L'honnêteté me conduit à reconnaître quelques déceptions : la Finlande ne compte plus que 25 % de fumeurs dans la tranche des 18-25ans. Quant au Canada, il va falloir se satisfaire de 15 %.

– Estimez-vous que vos profits, pour glorieux qu'ils soient encore, vont perdurer ?

– Oui, et même amplifier. Il suffit de savoir que sur le milliard cent millions de fumeurs actuels, un tiers seulement a plus de 15 ans. C'est une situation inédite qui offre, vous en conviendrez, des perspectives incroyables !

– Quelle est la part des pays en voie de développement dans cette population de fumeurs ?

– De l'ordre de 800 millions, soit, si vous préférez, 73 %.

– Mais 73 % de profits provenant de pays peu ou pas solvables, c'est un risque énorme ?

– Eh non ! Cher Monsieur Dubois, car quel que soit le circuit de distribution, toutes nos livraisons sont financièrement sécurisées et génératrices de marges toujours plus que convenables. Notre risque pour distributeur défaillant est nul. Quant aux fumeurs, même vraiment impécunieux, ils se débrouillent toujours pour trouver la somme d'un ou deux paquets par jour. Et dans ces pays, ils peuvent les acheter à tous les coins de rue à la pièce. Nous aidons d'ailleurs les petits vendeurs qui, sans nous, seraient contraints à la mendicité.

– Dans les années 50, le tabac était la norme, puisque 70 % de la population de l'époque fumait. Aujourd'hui, la norme serait plutôt de ne plus fumer !

– Faux, archifaux. Vous êtes victime des campagnes de dénigrement et de désinformation. Vous savez que nous choyons les jeunes, puisque rares sont les fumeurs qui commencent à l'âge adulte. Ces jeunes n'entendent pas les consignes d'abstention, car d'une part, elles sont transmises dans une langue qui n'est pas la leur, et d'autre part, elles ne correspondent pas à leurs attentes. Des études nous montrent que l'âge de la première consommation ne cesse de baisser. Elle serait de 11,4 ans maintenant, âge auquel la prévention est de toute façon inopérante. Vous savez également que plus le jeune fume tôt, plus il a de chances de nous rester fidèle. Et ce n'est pas tout ! Les filles, elles aussi, nous donnent beaucoup de satisfactions. En huit ans, nous sommes passés de 8 à 30 % de fumeuses. Quel est le business qui pourrait rêver de telles progressions ? Nous avons compris, avant les médicastres, que les filles étaient plus anxieuses que les garçons. Nous avons adapté la communication en conséquence et le résultat est là : plus de 200 millions de filles fument dans le monde. Chez Pro-Mortem, nous savons comment satisfaire les envies d'indépendance des ados. Nos études sont d'une telle précision que les distingués professeurs et autres psy en seraient jaloux ! Pour nous, égalité des sexes = ventes supplémentaires = profits supplémentaires.

– Vous leur avez aussi permis de rester minces.

– Effectivement. Souvenez-vous du slogan « Mieux vaut prendre une… qu'un bonbon ». Toutes nos chères fumeuses savent combien nous contribuons à la perfection de leur silhouette.

– Au prix de leur santé ?

– Ne mélangez pas tout, si vous désirez continuer. Vous m'indiquiez donc l'inquiétude de vos lecteurs. Ils doivent savoir que les motifs d'optimisme sont légion, et je vais vous en indiquer quelques-uns. Dans les ex-pays de l'Est, Eldorado en tout début d'exploration, le marché comporte 65 % de fumeurs. Les anciens monopoles, même s'ils travaillaient mal, ont tout de même réussi cela. Il est vrai que des prix ridiculement bas, des niveaux scolaires faibles, un pessimisme ambiant et une absence de perspective ont aidé à la performance. Vous concevez, je l'espère, que ces pays sont des immenses réservoirs à profits pour nous. Si j'ajoute que seulement 5 % des femmes fument, vous finirez par me trouver vraiment timoré. En Argentine, 40 % des 13-18 ans fument. Qu'en dites-vous ? En Asie, nous progressons de plus de 13 % par an ! Même aux États-Unis, la proportion des lycéens fumeurs est passée de 28 à 36 % en seulement six ans, et cela, malgré quelques bâtons dans les roues.

– C'est-à-dire les réglementations de plus en plus contraignantes, l'interdiction ou la limitation de la publicité, des procès, etc.

– En dépit ou à cause. Jugez-en plutôt. Les États font ce qu'ils veulent. Nous aussi. Un exemple ? Prise isolément, l'interdiction de vente aux 15-18 ans est pour nous une véritable aubaine. La transgression de l'interdit est une motivation essentielle de l'initiation. Confirmer cet interdit de principe par un interdit de vente multiplie nos chances d'obtenir l'essai de la première, car le jeune doit maintenant braver ses parents et braver l'État. De la jouissance à l'état pur pour l'ado ! Pour nous aussi. Quant à la publicité, sa suppression ne nous inquiète pas. Nous avons de l'imagination. Dois-je vous rappeler que le plus acharné antitabac a été un certain Hitler avec des campagnes menées dès 1933 ? Le résultat de six années de campagnes musclées a été un quasi-doublement du nombre de fumeurs. D'ailleurs, les États sont schizophrènes : ils veulent à la fois accroître leurs revenus du tabac (82 % au Danemark) et diminuer les effets à terme supposés sur la santé publique. Certains ont réussi la prouesse de diminuer le nombre de fumeurs tout en doublant leurs revenus du tabac. Heureusement, il est des chefs de gouvernements intelligents qui ne veulent pas attenter à la liberté du fumeur. Thatcher et Kohl étaient de ceux-là. La première nous était tellement favorable que nous nous sommes assurés ses services. Pas gratuits certes, car un million de dollars sur trois ans est une somme, mais c'était vraiment un bon investissement. Quant au second, il fut un moment surnommé « Kohlboro », je n'ai jamais compris pourquoi. Vous savez, porter un jugement sur un style de vie est pour nous une forme d'intolérance.

– Est-ce pour cela que votre lobby bruxellois a envahi le bureau de Jacques Delors, alors Président de la Commission, l'a menacé physiquement et a ensuite mené campagne contre sa personne et les institutions européennes ?

– Disons qu'il avait franchement exagéré. Nous représentons un poids économique considérable et des emplois, ne l'oubliez pas.

– Les emplois ? Vous délocalisez, vous automatisez !

– Quel industriel s'en prive ? Il est vrai que des usines qui produisent 14 000 cigarettes à la minute ou plus, dans des pays compréhensifs, permettent de fermer des usines obsolètes implantées dans des pays tatillons. Mais je reviens à l'Union européenne, puisque vous l'évoquiez à l'instant. Savez-vous qu'elle consacre 976 millions d'euros de subventions à la culture du tabac et 1,3 million à la prévention du tabagisme ? J'avoue savourer cette incohérence. Nous faisons beaucoup plus pour la prévention que l'Union ! Quand on se veut moralisateur, mieux vaut être soi-même irréprochable. Pour ce qui nous concerne, nous nous contentons d'exploiter les failles que contiennent les diverses législations. Nous n'écrivons ni les lois, ni les règlements. Nous les contournons. C'est tout.

– Et vous ne les inspirez pas, parfois ?

– Nous informons les décideurs sur toutes les facettes du sujet.

– Et les prochaines interdictions des « light » ?

– Tempête dans un verre d'eau, car nos chimistes ont depuis longtemps préparé des solutions de rechange, une cigarette appauvrie en nitrosamines, par exemple. Notre seul but : répondre à la demande, satisfaire la clientèle. Tout industriel responsable et performant anticipe ce genre de problèmes.

– Pourquoi n'avez-vous pas déjà lancé cette cigarette sur le marché ?

– Qui nous la demande ?

– Que répondez-vous quand on vous traite de « Marmomo », marchand mondial de mort ? Quand on accuse l'industrie du tabac de tuer prématurément 4,9 millions de ses clients par an dans le monde et sans doute un milliard au cours de ce siècle ?

– Vous êtes journaliste économique ou l'un de ces abrutis payés par les laboratoires pharmaceutiques pour vendre de la nicotine à notre place ?

– Soit, mais nos lecteurs, vos actionnaires s'interrogent sur tout ce qui se dit ouvertement aujourd'hui, sur le tabagisme passif, par exemple. On ne fume plus dans les avions, de plus en plus rarement dans les trains, et de moins en moins dans les entreprises. Cela représente autant de cigarettes non fumées et donc des menaces sur vos résultats à terme.

– Foutaises que tout cela. Votre remarque concerne quelques pays, dans lesquels la consommation peine à remonter en dehors des jeunes. Mais l'immense majorité des pays ne se pose pas ces questions de riches. Incidence nulle. Pigé ? Et même sous vos latitudes, sachez que le fumeur rattrape généralement celles dont il a été privé. Nos clients sont bien dressés. Je vais aller plus loin que votre question. Quelques irresponsables ont imaginé de verbaliser tout fumeur prenant un peu de plaisir en public. Avec quels effectifs ? En installant des radars anti-fumée, peut-être ? C'est un effet d'annonce. Sans lendemain. À propos du tabagisme passif, je l'ai déjà dit et je le répète : sur la base de travaux scientifiques irréfutables que nous avons réalisés, le tabagisme passif n'est pas plus dangereux que de manger un biscuit ou de boire un verre de lait. Ceux qui utilisent cet « argument » devraient être poursuivis pour apartheid vis-à-vis des fumeurs. C'est scandaleux et honteux !

– Mais…

– Continuez et vous rentrez à la nage…

– Vos actionnaires peuvent donc encore croire à l'industrie du tabac, en son avenir, et vous faire confiance ?

– Vous avez tout compris ! J'ajoute en plus un joker : Internet. Les fumeurs, las de payer des taxes exorbitantes, achètent de plus en plus sur Internet, à moitié prix. Autrefois, on a vu des ramasseurs de mégots fabriquer des cigarettes en ajoutant de la barbe de maïs, des feuilles de pommes de terre et de multiples autres herbes sèches. Aujourd'hui, il y a Internet. C'est un fait, c'est idéal pour les jeunes, car ils trouvent aussi en achetant par ce canal direct une bonne information. Quant à nous, cela conforte notre pénétration et nos marges.

– Vous pourriez ne pas livrer ces entreprises qui contournent les lois nationales ?

– Le refus de vendre est puni sévèrement par la loi. Vous ne l'ignorez pas !

– Et la protection des mineurs ?

– Demandez à qui de droit, je n'ai aucune compétence pour cela.

– Et les taxes qui sont volées aux États ?

– Qui vole en taxant à 82 % ? Trop d'impôts tue l'impôt. Nous le répétons aux gouvernements, mais Internet le leur démontre pratiquement. Vous pouvez tout acheter en ligne. Pourquoi serions-nous exclus ? Presque 20 % de nos ventes se font dès maintenant via Internet.

– Il semble que des logiciels existent pour bloquer l'accès aux sites de vente de cigarettes ou de propagande du tabac.

– Exact. Premièrement, cette information est méconnue. Deuxièmement, je connais peu de parents qui vont s'équiper pour cela. Troisièmement, je n'envisage pas de sponsoriser de telles initiatives en opposition avec notre éthique : la liberté de fumer. Puisque vous parliez des investisseurs, vous savez que nos actionnaires de référence sont la première compagnie mondiale d'assurances et des banques. Ils ont eu la sagesse d'investir également chez nos confrères. Cela indique leur confiance aveugle en notre industrie. Les petits vieux peuvent ainsi, même indirectement, profiter de nos performances.

– Du moins, ceux qui n'ont pas fumé, puisque pour les autres…

– Nos actionnaires approuvent à 95 % nos propositions de refuser toute insertion sur les dangers supposés du tabagisme, y compris passif, car nous avons nos études. Pour rappel, en vingt ans, la consommation mondiale a baissé de 42 % et nos profits ont explosé. Cela s'appelle du savoir-faire. Je compte sur vous pour le faire savoir.

– Et les procès ?

– Qui s'y frotte s'y pique ! Particuliers comme institutions. Demandez à l'Union européenne. Elle a dépensé les deniers publics (plus de 200 millions) afin de nous poursuivre pour trafic international. Nous, Pro-Mortem et mes copains, étions accusés d'avoir soustrait 4,2 milliards par an. L'Union a été déboutée. Point final.

– Disons point virgule ! Car le juge s'est déclaré incompétent pour un conflit fiscal. La plainte va évoluer vers un problème de blanchiment.

– Pro-Mortem n'est pas une lessiveuse. Le prochain procès le démontrera.

– Et les procès en provenance des fumeurs ?

– À cette loterie, rares sont les gagnants et j'y vois quatre raisons essentielles : la première est que nous n'avons jamais contraint un individu à fumer, nous ne sommes donc pas responsables de son choix. La seconde est que les montants réclamés sont d'un ridicule absolu : 28 milliards par exemple pour une fumeuse de 64 ans ! La troisième raison, encore plus fondamentale, est que la fumée n'est pas dangereuse en soi. C'est l'équipement enzymatique de certains fumeurs qui peut poser problème. Pas la fumée. Si vous voulez en savoir plus, je vous ferai ouvrir les portes de notre centre de recherches spécialisé sur la question. Considérez cette faveur comme vraiment exceptionnelle. La dernière raison est qu'en Europe, les procès collectifs ne sont pas de mise, à l'inverse de ce qui se pratique aux États-Unis, par exemple.

– Et pourtant, vous avez été sanctionné pour mauvaise foi délibérée.

– Je reconnais avoir, dans le passé, souffert d'amnésie, l'âge sans doute. Depuis le 14 avril 1994, date de ma comparution avec mes copains devant une commission parlementaire, ma mémoire s'est sensiblement améliorée.

– Vous avez failli être arrêté en séance !

– Erreur ! Nos conseils nous avaient prévenus. En disant : « Je ne crois pas que la nicotine soit addictive », nous étions protégés. En démocratie, on n'emprisonne pas pour une croyance, cher Monsieur Dubois.

– C'est ainsi que 33 millions de pages ont été rendues publiques.

– Plus cinq en Grande-Bretagne. Cela vous donne de quoi lire. En attendant, je vous invite à partager mon ordinaire.

– Puis-je encore abuser de quelques minutes ?

– Vous m'êtes sympathique. C'est si rare chez les commentateurs.

– On vous accuse encore de favoriser la déforestation en utilisant du bois pour sécher les feuilles de tabac.

– Nous veillons au reboisement, de telle sorte que notre prélèvement ait une incidence nulle sur l'écosystème.

– Le tabac précéderait le haschich, l'alcool, l'ecstasy…

– Et pourquoi pas aussi l'entrée au couvent ? Je n'en sais rien, et cela ne me concerne pas. Pour nos clients, la vie a un sens. Ils sont maîtres de leur destin.

– Vous seriez également responsable de la pollution : les déchets ramassés sur la plage de Barcelone sont constitués pour 60 % par des mégots et des étuis de cigarette.

– Il est vrai que l'Espagne est une excellente cliente.

– Une dernière, si vous le permettez : craignez-vous le terrorisme ?

– Par rapport à ma personne ou envers la compagnie ?

– Les deux.

– Avant de monter à bord, vous avez vu à quoi ressemblait un service de sécurité efficace. Quant à nos produits, la seule tentative de chantage dont nous avons été victimes n'a été décrite que dans un roman : un malade en phase terminale tentait de nous faire chanter en menaçant d'introduire dans les cigarettes et de façon aléatoire une dose mortelle de cyanure. Nous avons acheté le stock du livre et veillé à ce qu'il ne soit plus réédité. À table, Monsieur le bourreau !

Ad Patres accompagna Guy Dubois vers la salle à manger. Au fronton était gravé : « Il n'est rien d'égal au tabac, c'est la passion des honnêtes gens. »

– À mon tour de vous soumettre à la question. De qui est cette vérité ?

– Sans doute, un fumeur. Donc ni vous, ni moi.

– Molière, cher Monsieur, dans Don Juan.

Le journaliste paraissait à Ad Patres comme parfaitement au courant des activités du groupe. Il connaissait sans doute la plupart des réponses à ses questions. Dubois jouissait d'une excellente réputation professionnelle. Son journal était une référence économique. Que voulait-il exactement ?

– Vous et moi veillons à notre santé, n'est-ce pas, nous mangerons donc léger.

Sans même un claquement de doigts, le chef se présenta et déclama le menu : couronne d'agneau de Pauillac, farcie et rôtie, accompagnée de papillotes et de ses salades de saison. Comme dessert, un sorbet au citron et au romarin.

– Avec l'agneau, je préfère le Château Margaux. J'apprécie particulièrement un 1982. Vous l'apprécierez, j'en suis sûr.

Ad Patres se mit à disserter sur l'encépagement en cabernet sauvignon et sur les mérites comparés des trois principaux cépages du Médoc. Dubois eut droit à un descriptif des raisins, du sol, du sous-sol, du drainage et de la pluviométrie médocaine. Vint ensuite un véritable questionnaire sur ses aptitudes à la dégustation. Dubois marqua des points en tenant le pied du verre d'une main experte, en inclinant, en observant les couleurs et en commentant largeur et « nuance » du bord, en sentant furtivement, en faisant tourner le vin, en s'extasiant sur les « larmes », en humant à plusieurs reprises, en inhalant brièvement puis longuement, les yeux fermés. Dubois semblait sur une autre planète : découvrir ce Margaux 82 en pleine mer, en compagnie d'un des patrons les plus performants de la planète, élu Patron de l'année… Devenus presque complices, ils tombèrent d'accord sur les senteurs de bois de cèdre, des notes boisées subtiles qu'ils détaillèrent et quelques fleurs. Surréaliste ! Dubois ne posait plus de question sur le tabac. Le grand cru semblait l'avoir anesthésié.

– Vous envisagez d'acheter un château ?

– Non, Pro-Mortem n'investit que dans des produits de masse pour lesquels nous avons un authentique savoir-faire. Un château, c'est une danseuse. Peut-être un jour, à titre privé… Mon actionnaire principal en possède plusieurs. J'en choisis un tous les ans pour un bref séjour. C'est pour moi, une source de ravissement. Vivre dans les châteaux, c'est appartenir à un club élitaire, cela me repose de la multitude fumante et bouffante !

Café, mignardises et un Cognac XO terminèrent ce repas tout en finesse.

– Bien entendu, vous me soumettrez une épreuve de votre article avant parution. J'aime effectuer quelques aménagements, apporter des précisions, surprendre…

– Ce ne sont pas nos habitudes.

– Mais ce sont les miennes, et vous le saviez avant de me contacter.

– Je vous enverrai un texte.

– Le texte, Monsieur Dubois.

Ad Patres prit congé, fort civilement, mais dans son for intérieur pas fâché de retrouver son horizon. Il attendit le rapport des services de Gurkha, une précaution pour tous ceux qui, par un moyen quelconque, tentaient de le contacter. De surcroît, l'entretien et le déjeuner avaient été filmés. L'article parvint trois jours plus tard, par Internet. Le titre fut la première surprise : « La vérité nuit gravement à la santé de Pro-Mortem. J'accuse. »

Dubois, l'épicurien, se métamorphosait en Dubois-Zola. Il reprenait l'essentiel des déclarations, mais en corrigeait les « erreurs », les oublis et autres galéjades. Il complétait par des informations authentifiées que ni Ad Patres, ni un autre membre du cartel n'auraient accepté de communiquer. Industrie du crime organisé, du blanchiment, de l'évasion fiscale, du pillage économique du Tiers-Monde (l'Afrique devenue un cendrier), de la corruption, de la pollution étaient quelques qualificatifs prompts à rassurer les actionnaires! La suite évoquait la non-responsabilité pénale, les attaques spécifiques sur les jeunes et les femmes, les violations des droits de l'Homme, de l'environnement, les suppressions d'emplois, les mensonges quant au nombre des additifs, à leur légalité, à leur fonction, à leur innocuité. Négation des dangers, désinformation, hypocrisie complétaient la prose incendiaire. Le tabac, qualifié de « tueur à crédit », précédait la conclusion : « Je fume aujourd'hui... je meurs demain, appauvri et après bien des souffrances. » Ad Patres lui-même était affublé des qualificatifs de *serial killer,* de bourreau à plein temps, de harceleur.

À la lecture de cet article, tout actionnaire responsable aurait dû immédiatement renoncer aux dividendes et chercher à influencer les agissements de la compagnie en vue d'une moralisation à grande échelle. Puis, pour ne pas l'avoir réalisé plus tôt, aurait dû se faire hara-kiri. Mais Ad Patres connaissait la sagesse de ses investisseurs! Par contre, il n'allait pas recevoir de félicitations du cartel. Il relut le texte. Pas un mot de ce qui était écrit n'était faux. Il était certes possible d'ergoter sur les chiffres de décès, sur la toxicité, mais l'expérience avait montré que c'était une fausse bonne idée. Circonstance aggravante, le journal était insensible aux pressions du secteur. Ad Patres prit donc la décision de ne pas réagir, montrant ainsi le mépris qu'il avait pour cet envoyé spécial, amateur de Margaux. Par contre, il exigea un approfondissement des recherches sur Dubois. À titre de précaution ou pour une petite vengeance.

XX

Quinze jours après le retour de leur voyage de noces, Florence hésitait. Un mois plus tard, elle annonçait à un mari ébahi et comblé qu'il allait bientôt être papa. L'événement étant attendu pour le 20 mars, l'aménagement de la maison pouvait s'envisager sans précipitation. Florence en profita pour rappeler à son mari que la fumée n'était pas compatible avec l'environnement d'un enfant et qu'en son temps, il avait promis d'arrêter. Avec cette motivation supplémentaire, il lui revenait de conclure. Pour égayer son renoncement, Florence lui tendit une fable de La Fontaine, réaménagée par un organisme de prévention :

La cigale et la fourmi
La cigale ayant fumé tout l'été
Se trouva fort dépourvue quand le manque fut venu.
Pas un seul petit morceau de clope ou de mégot.
Elle alla crier nicotine chez la fourmi sa voisine
La priant de lui prêter quelques tiges pour subsister jusqu'à la saison nouvelle.
Je te paierai lui dit-elle avant l'heure, foi d'animal, intérêt et principal.

La fourmi n'est pas fumeuse. Ce n'est pas là un défaut.
Que faisais-tu aux temps chauds ? dit-elle à cette emprunteuse.
Nuit et jour, à tout venant, je fumais, ne t'en déplaise.
Tu fumais ! J'en suis fort aise. Eh bien, tousse maintenant !

Tu apprécia la délicatesse. Il réexpliqua néanmoins à quel point la cigarette faisait partie de sa vie. Elle était sa maîtresse. Il affirma que fumer était (presque) obligatoire au bon exercice de son métier, que c'était une habitude... Très calmement, elle écouta la défense de l'accusé et réfuta point par point l'argumentation. Il avait promis. Il n'avait plus qu'à s'exécuter. Elle rappela fermement que son père avait mis vingt-six ans pour comprendre. Vingt-six ans de dépendance, de souffrances personnelles et conjugales. Autant d'années de privation de liberté, d'argent gaspillé, de mauvais exemple, d'hypothèque sur sa santé et celle de sa famille. Les temps avaient changé. Bénéficiant maintenant de suffisamment d'informations et de l'exemple réussi de son père, il se devait d'arrêter. De suite.

– Me promettre pour un peu plus tard ne me convient plus, dit-elle avec une forte conviction. Devine qui a dit : « Cherche la part qui te revient dans le désordre dont tu te plains. »

Elle poursuivit :

– C'est Freud ! Ton entreprise t'offre concrètement la possibilité de t'arrêter, avec un suivi d'un an. Ton père t'a expliqué combien il a trouvé ces conditions optimales et à quel point il se félicite tous les jours de sa décision. Tu le vois : il revit. Alors qu'attends-tu ? J'entends bien que Bébé ne voit ni ne sente jamais son père fumer. Ce matin, en cherchant dans l'annuaire professionnel, j'ai trouvé une association de rubriques que tu ne manqueras pas d'apprécier : « fumée, fumeurs, fumisterie, funérailles, funérarium » !

– D'accord, je vais sérieusement envisager...

– Montre-moi au moins que tu tiens compte de ma supplique, car c'en est une. Tu peux prendre des légères, elles doivent être moins nocives puisque « légères », ou changer de marque avec moins de nicotine, ou n'en fumer que la moitié. Je veux t'aider à effectuer le premier pas dans la bonne direction. Pour lui, pour toi, pour moi, pour nous.

Connaissant maintenant l'usage de l'ammoniaque qu'il vendait, Tu ne crut pas opportun de s'appesantir sur le caractère « léger » de ses blondinettes. Pour acheter la paix, il conclut :

– Je m'engage, à partir d'aujourd'hui, à me limiter à un paquet.

– Parce que tu en fumais davantage ?

– Souvent, oui. Je vais d'ailleurs ne fumer que les deux tiers de chaque cigarette. Tu devras m'aider si je suis un peu nerveux...

– Je peux compter sur toi ?

– Tu peux. À partir de maintenant, je te parlerai régulièrement de mes progrès ou de mes échecs.

– Comment peut-on échouer lorsqu'on est motivé ?

– C'est plus compliqué que cela. Comme je te l'ai dit, la nicotine est ma maîtresse. J'ai peur d'une séparation trop brutale.

Fin septembre, l'échographie révélait l'arrivée prochaine d'une fille. Au jeu des prénoms, c'est Aurore qu'ils choisirent.

Le 12 octobre 2000 et pour la première fois, la paix du ménage fut menacée par une simple lettre. Reconnaissant enveloppe et écriture, Florence l'ouvrit et lut :

TU A ÉTÉ CONDAMNÉ À MORT PAR
À suivre.

Elle avait presque oublié l'existence de ce torchon. La dernière édition remontait à trois ans. Se souvenant du précédent texte, elle s'aperçut qu'elle avait « manqué » deux épisodes. Lorsque Tu entra, il fut soumis à la question.

– J'en ai parlé à mes parents. Que veux-tu faire contre l'imbécillité ? Nous avons décidé de ne pas t'alarmer avec ces idioties.

– Tu as sans doute remarqué que je suis capable de me former une opinion toute seule !

– Puisqu'une suite est annoncée, attendons la suite. À moins que tu ne veuilles jouer aux devinettes ?

– Morbides, tes devinettes. Non merci.

Sans rapport apparent, Florence l'interrogea longuement sur ses progrès en matière de consommation. Elle le crut sur parole. Lorsqu'ils étaient ensemble, elle constatait que le programme était bien respecté. Elle constatait aussi que son humeur en était affectée.

Les futures grand-mères insistèrent pour que le couple s'offrît une semaine à Venise avant la naissance. Ils trouvèrent la Sérénissime sous un ciel gris, avec de la pluie, mais aussi avec des couchers de soleil sur la lagune dont la beauté ne pouvait que susciter tendresse et vocations artistiques. Les touristes étant clairsemés, ils purent savourer sans compter les richesses de la ville. Ils jouèrent aux amoureux du *Titanic* sur un bateau vénitien, communément appelé *vaporetto*. Pour ce qui est des sentiments, car le naufrage n'était pas en vue…

La fin de l'année arriva vite. Tu allait bénéficier d'un changement de coefficient et par conséquent d'une augmentation de salaire. Des cinq embauchés, il fut le seul distingué. En l'annonçant à Florence, il était sur son petit nuage… de fumée. Pour lui, l'an 2000 avait été un cru exceptionnel, comme pour le Bordelais.

Après le gag de l'élection américaine presque jouée à pile ou face, le monde découvrait avec effroi que les Serbes avaient été arrosés avec des bombes intelligentes, quoique truffées d'uranium. Cette horreur n'était pas la seule : Angola et Libéria avaient connu exactions et pillages. La sécheresse et les inondations se rappelaient au bon souvenir des climatologues. Quant à la dinde, pas encore folle, on l'espérait cette année pas trop enrichie en dioxine… Chaque année donnant lieu à un bilan des événements passés, Tu proposa à son épouse d'effectuer également un bilan de leurs relations sentimentales et affectives. À l'image de ce que Chim'R lui demandait, ils devraient ensemble réaliser un « budget affectif » et effectuer des mesures d'écart par rapport aux objectifs. Florence, surprise, acquiesça. Parler restait sans aucun doute le meilleur moyen de se comprendre.

Aurore ne se fit attendre qu'une journée. Ce 21 mars 2001, le plus beau bébé du monde mesurait 52 cm et pesait 3,4 kg. Ses nuits étant agitées, celles de ses parents l'étaient aussi. Tu avait des difficultés à récupérer. La cigarette l'aidait à rester éveillé.

Une formation aux États-Unis, prévue pour février 2002, allait lui permettre d'accélérer sa progression dans l'entreprise. Chim'R croyait en lui. Il croyait en elle. Son client cigarettier l'avait encore gâté en lui confiant la fourniture de 5 isobutyl, de 1 isobutyaldéhyde, de para-methoxybenzaldéhyde (le bon vieux formol), de guaïacol, de pyridine et de 5,7-dihydro-2-methylthieno(3-4-D) pyrimidine. Son meilleur client avec 43 % de son chiffre d'affaires représentait à la fois une opportunité formidable et un risque élevé. Alors qu'il établissait son plan de prospection pour diluer ce risque, un couperet lui tomba sur la tête : en dépit des promesses faites lors du rachat de l'usine, le groupe cigarettier envisageait de délocaliser l'usine dans un pays où la main-d'œuvre était moins chère et la réglementation plus souple.

Tu fut pris d'une toux rebelle, sans doute consécutive à l'annonce de cette douche froide. Il fut surpris de la prescription du médecin : un sirop à base de guaïacol, un irritant et anti-toux qu'il vendait justement à l'usine.

XXI

Alma Mater désignait indifféremment une république (ordinaire, populaire, démocratique ou bananière) ou encore un royaume. Souvent critiquée, elle n'en était pas moins très sollicitée. Pour soutirer quelque avantage personnel, pour obtenir des crédits, pour exiger une loi. Au fil du temps, elle était vraiment devenue la mère protectrice, une seconde maman.

Autrefois, à sa tête, on trouvait des hommes ayant guerroyé. Revenus au civil, ils continuaient à commander, et les citoyens obéissaient. Les temps avaient changé. La population était devenue adepte du consensus mou. Il suffisait maintenant que chacun pris individuellement soit satisfait de l'instant. La somme des égoïsmes faisait fonction de destin collectif. Les conséquences de ces accès de nombrilisme étaient visibles : au lieu d'orienter la vie publique vers de grands desseins, les éphémères gouvernements se contentaient d'accompagner les *desiderata* du moment, exprimés par moult sondages et des élections trop rapprochées pour effectuer des réformes de fond. Alma Mater n'exprimait plus de volonté, elle se satisfaisait d'une écoute. Ainsi, on avait obtenu une dilution du pouvoir et de l'autorité. Ses décisions, quand elles étaient appliquées, avaient un impact à peine symbolique. Elle n'osait pas, plus, dire non.

Son pouvoir devint, au cours du siècle écoulé, de plus en plus subordonné aux puissances financières et aux groupes de pression divers. La démocratie virait à la « fricratie »! Heureusement, en dehors du tabac, aucun ennemi extérieur ne la menaçait. Autrefois, devant un péril aussi grand, l'ensemble de la population (ou presque) se serait soulevée. Face au « Tabac Gate », quelques officines de lutte peu coordonnées faisaient seulement autorité autour d'elles, sans moyens réels, sans véritables objectifs. Une des premières difficultés provenait de la légalité du tabac, qu'Alma Mater n'envisageait pas d'interdire. De plus, quelques tabaculteurs en vivaient, leurs revenus étant constitués en quasi-totalité par des aides européennes, à hauteur de 7 400 € par hectare. La culture étant cautionnée, pourquoi en interdire l'usage? Alma Mater constatait que la situation d'aujourd'hui résultait de l'inaction des élus précédents, qui avaient tous « laissé le dossier suivre son cours », selon l'expression consacrée.

Elle avait une cousine, surnommée « Oms », très active dans la lutte contre le tabagisme. Oms la pressait d'agir. Alma Mater n'aimait ni les contraintes, ni les ordres. Désirant se forger une opinion personnelle, elle désigna un sage qui, quelques années plus tard, lui remit un rapport. Merveille de technocratie, celui-ci rappelait que le tabac tue (pas vraiment un scoop!) et que la pandémie risquait d'envoyer *ad patres* un milliard de fumeurs au cours du siècle. Le rapport indiquait aussi que le problème était commun à toute l'humanité. Alma Mater n'était pas plus nulle que les autres! L'expert soulignait néanmoins de surprenants points positifs du tabagisme. Sachant manier l'humour, il précisait d'abord, qu'il s'agissait d'un « impôt pour tousse », le seul impôt susceptible d'être payé par des enfants de 11 ans ou moins. Un rappel du niveau des taxes, 76 %, marquait l'enjeu. Selon lui, toute action devait être bien réfléchie. Il imaginait déjà des fumeurs portant des pancartes « Détrousseurs de contribuables » et des non-fumeurs exhibant des calicots « Empoisonneurs de contribuables ». Suivaient des décomptes d'apothicaire pour, finalement, admettre qu'il ignorait les coûts liés à l'usage. Selon ses évaluations, ceux-ci représenteraient de 7 à 15 % du budget de la santé. À 7 %, les taxes perçues aujourd'hui pouvaient peut-être couvrir les frais de demain. À 15 %, elles couvraient à peine les dépenses d'aujourd'hui, mais certainement pas les dépenses de demain.

Cela signifiait en clair que le train de vie d'Alma Mater était vraisemblablement financé à court terme par les fumeurs. Stupéfiant ! L'expert notait qu'un budget de prévention correspondant à un dix millième des taxes perçues ne saurait être qu'une « fumisterie ». Le sage indiquait des risques collatéraux pour les ministres en place, à l'image de ce qui s'était déjà passé dans un pays voisin. Eu égard au caractère symbolique des budgets de prévention, un ministre de la santé avait été prévenu du risque de se voir assigner en justice pour « non-assistance à personne en danger ». Ce ministre estima se protéger en quadruplant immédiatement les montants consacrés à la prévention.

– L'hypothèque en était-elle levée pour autant ? demandait le rédacteur.

Un nuage noir chargé de colère survola Alma Mater. On n'était donc jamais tranquille ! Le rapport poursuivait en indiquant combien la lutte contre le tabagisme était indispensable pour améliorer l'emploi. Cela devenait de plus en plus étrange. Il précisait que le nombre des tabaculteurs ne risquait pas de chuter, parce que la consommation mondiale continuait à grimper et que leurs revenus étaient assurés par des subventions. Leur disparition ne pouvait être que le fait de l'industrie du tabac trouvant des productions encore moins chères dans une région africaine vouée, par exemple, à une prochaine désertification. Alma Mater était exclue du processus de décision. Par contre, chaque fumeur cessant sa servitude se voyait immédiatement gratifié d'un treizième, quatorzième ou quinzième mois, en moyenne supérieur à 1 500 €, ceci pour un simple paquet par jour, acheté en un lieu où les tentations associées (café, sucreries, boissons) pouvaient doubler ou plus ce montant. Il était clairement démontré que ce pactole était principalement dépensé en loisirs, activité génératrice d'emplois. Dans l'Union, l'expert estimait qu'une réduction de 40 % de la consommation générerait plus de 500 000 emplois. Cet argument intéressa Alma Mater, perpétuellement en quête d'astuces pour voir s'infléchir la courbe têtue du chômage. « Chaque euro détourné par le tabac détruit peut-être ton emploi ! » fut sa proposition de slogan.

Au chapitre des recommandations, figurait un imposant réquisitoire contre la contrebande utilisée comme moyen de pression contre l'élévation des taxes et la prévention, et pour accroître des parts de marché ou la rentabilité. Les finances publiques européennes seraient ainsi amputées de quelques milliards annuels. Alma Mater dut calculer elle-même sa quote-part dérobée. Revenant sur les côtés positifs du tabagisme (on croit rêver !), elle fut abasourdie de découvrir copie d'un rapport payé par l'industrie du tabac pour l'un de ses collègues. En faisant disparaître les fumeurs prématurément (de 7 à 14 ans), soins de santé et retraites seraient économisés, contribuant ainsi aux grands équilibres, actuellement plutôt mal en point. Alma Mater, intéressée et furieuse à la fois, se demanda pourquoi ses collègues et elle-même n'étaient pas plus efficaces car, au total, personne, sauf l'industrie du tabac et les trafiquants de tous ordres associés, n'avait intérêt à faire perdurer un tel carnage. Elle poursuivit la lecture. Il était mentionné que l'Union comportait quelques vilains canards acquis à l'industrie pour des raisons inavouables mais tout de même avouées : le financement des partis politiques. Chez eux, la publicité continuait à être étalée au grand jour sous prétexte que le tabac était en vente libre. Le sage mentionnait qu'il existait partout une coalition médias-industrie du tabac honteuse, coalition qu'il fallait démanteler.

Comme tous les rapports, celui-ci se terminait par une série de recommandations : « **Mesures à prendre immédiatement** » :

- *Suppression de toute forme de publicité directe et indirecte.* Plus d'enseignes, de vêtements, de rallyes, de F1 aux couleurs du tabac, de parrainage de mode, de concours, de remises de prix, de chaussures, d'accessoires, de faces de téléphone portable et autres gadgets.
- *Diminuer le nombre des points de vente,* également avec une compensation financière.
- *Instaurer un prix minimum,* interdire tout emballage de moins de vingt cigarettes.
- *Refuser toute collusion* avec l'industrie en terme de prévention et de financements, y compris politiques.
- *Évaluer les différents types d'aide non pharmaceutiques,* sans exclusive.
- *Démythifier l'image de la cigarette* par une campagne de grande envergure, avec des moyens au moins égaux à ceux d'en face : si le jeune fumeur est présenté comme le prototype du jeune en échec scolaire, frustré, triste, solitaire, à tendance suicidaire, devant un plat fade, dont les baisers ne sont pas appréciés et sur qui les crèmes de beauté sont sans effet, les images mensongères d'indépendance, de liberté, de grands espaces disparaîtront en fumée, au profit d'un jeune vivant sainement et désirant se comporter d'une façon qui soit acceptable pour les autres. Il faut s'attaquer à la signification culturelle et économique de la cigarette. Plus au seul cancer du poumon. Ce faisant, la cigarette signifierait : moins de liberté, moins de séduction, moins d'argent, moins de vie tout simplement.

- *Utiliser les témoignages de célébrités de tous âges,* libérées du tabac.
- *Instituer une minute de silence le 31 mai,* jour de la Journée mondiale sans tabac, en mémoire des disparus du tabac de l'année écoulée.
- *N'inciter les détaillants à participer à la prévention* que dans un cadre légal strict et avec une juste compensation financière.
- *Augmenter les prix de vente* pour décourager l'achat et dégager des ressources fiscales supplémentaires selon l'équation : +10 % sur le prix = -4 % de ventes et donc près de +6 % de recettes.
- *Inciter les tabaculteurs à la reconversion.*
- *Effectuer une étude d'incidence et une étude toxicologique* sur l'introduction d'une couleur fluo dans le papier de cigarette : quelle serait la réponse des fumeurs au niveau de leur consommation devenue un peu plus ridicule ?
- *Faciliter la libération tabagique par information* du public, des entreprises ainsi que du personnel de santé.
- *Mettre en place un numéro vert* de première écoute et d'orientation des fumeurs.
- *Exonérer de TVA les paramédicaux* assujettis et dûment formés, s'agissant d'actes visant à la libération tabagique – taxation et prévention étant ici contradictoires.
- *Mettre en place un remboursement partiel* de leurs honoraires.
- *Contraindre le personnel politique,* administratif, les enseignants, les médecins, les soignants à ne plus fumer en public, avec astreinte.
- *Faire respecter et renforcer les réglementations de protection* du tabagisme passif dans les lieux publics, les écoles, les entreprises.
- *Communiquer aux entreprises la notion d'« impôt tabac »,* c'est-à-dire l'ensemble des coûts supportés par l'entreprise, liés à l'usage du tabac : de 1600 à 5600 €/an/fumeur.

- *Montrer la lutte contre le tabac en entreprise* à la fois comme source d'amélioration de la compétitivité et comme prévention de la pénurie de main-d'œuvre qualifiée, prévue pour 2010.
- *Guider les entreprises* pour les transformer tout d'abord en EST (Entreprises sans tabac), puis progressivement, en ESF (Entreprises sans fumeurs).
- *Inclure dans chaque paquet une réglette de comparaison* pour mesurer la coloration des filtres et inciter à la réduction tabagique.
- *Effectuer une traque sans merci de la contrebande:* du dealer local aux vrais commanditaires.

« **Mesures à prendre avec l'Union européenne** »:

- *Imposer des avertissements sanitaires* sur les deux faces du paquet: une face avec du texte, l'autre avec des photos (tumeurs, mort subite, amputation, rides, solitude, ennui, mal-être...). Ne réserver à la marque qu'un espace limité à 1 cm^2 noir et blanc, de telle sorte que tous les paquets deviennent semblables, sans couleur. La marque perdand ainsi tout attrait ne ferait plus un signe de reconnaissance.
- *Adapter les avertissements:* joindre aux textes sur la santé des messages purement comportementaux, visant à accroître l'autonomie du fumeur par rapport à sa drogue.
- *Réglementer la composition de toutes les formes de tabac.* Sur le paquet et sur une notice devraient figurer les teneurs réelles en nicotine et goudron. Il faudrait aussi informer sur les teneurs en CO avec leur signification et leurs conséquences; sur le nombre de carcinogènes et de mutagènes, en particulier les NNN et les NNK, le nombre d'additifs contenus, le nombre total des composants; sur les substances présentes connues du grand public comme notoirement dangereuses et sur d'autres nettement moins connues comme le formol,

les nitrosamines, le benzopyrène, l'acide cyanhydrique, le chrome, le nickel, le polonium 210 radioactif. La présence de tabac transgénique devrait aussi être indiquée. *Idem* pour les substances psychoactives destinées à modifier le comportement des fumeurs. Ainsi, le paquet devient un instrument d'information et de lutte contre la propagande adverse.

- *Contraindre l'industrie du tabac à payer* les frais inhérents aux 23 types de pathologies connues, directement causées par le tabac.
- *Interdire toute forme de cigarette prétendument allégée,* car être tué par deux balles ou trois ne représente pas un réel réconfort.
- *Exiger la publication intégrale de tous les additifs* utilisés et à l'étude. Contrôler les productions in situ, refuser toute clause de confidentialité s'agissant de santé publique.
- *Supprimer progressivement tous les additifs* dont la toxicité intrinsèque, associée ou sous pyrolyse, n'aura pas été clairement démontrée.
- *Mettre à l'étude une nouvelle norme* permettant de mesurer les teneurs exactes en nicotine et en goudron.
- *Pousser l'Union à harmoniser les législations et les prix* (vers le plus haut), avec un écart maximal de 5 % entre États.
- *Mettre en place un système de traçabilité* efficace sur chaque paquet.

« **Chantier à démarrer immédiatement avec l'OMC** » :

- *Proposer à l'Organisation mondiale du Commerce,* en accord avec l'Union européenne, des mesures visant à contrôler et à restreindre l'offre des produits du tabac. S'agissant de santé publique, la protection des populations doit primer sur la recherche du profit à tout prix.

  Pour ce faire, créer un office public, indépendant des gouvernements qui se succèdent et du tabagisme qui dure. Il n'aurait en aucun cas un objet fiscal. En d'autres termes, ce ne serait pas une « pompe à fisc ». Et cela serait écrit dans ses textes fondateurs. Sa vocation serait clairement suicidaire : disparaître en même temps que le tabac. Ses fonctions principales seraient :

- être l'unique acheteur des produits du tabac aux cigarettiers ;
- distribuer de façon exclusive les produits du tabac aux points de vente ;
- éliminer toute trace de promotion du tabac ;
- éviter toute forme de sabotage de la prévention ;
- contraindre les industriels à fabriquer des produits moins dangereux ;
- contribuer à la reconversion des points de vente ;
- relayer les actions de prévention.

• Étudier avec l'OMC la possibilité de racheter l'activité cigarettière des compagnies.

Alma Mater, face à une telle avalanche de propositions, se devait d'agir. Elle décida de rencontrer la cousine Oms. Celle-ci était une solide nordique plutôt orientée vers le concret. Face aux indécisions, aux hésitations et à l'hypocrisie d'Alma Mater, elle représentait le père rigoureux et déterminé. Un comble ! Il y avait de la Thatcher chez cette cousine, le cœur en plus, la compromission avec les cigarettiers en moins. Elle parcourut les recommandations du rapport en les approuvant. Elle s'amusa de la suggestion de rendre tous les papiers à cigarette fluo. Toute initiative permettant de dénormaliser l'usage était la bienvenue. Sans cautionner l'attentisme, l'inaction d'Alma Mater, elle reconnut que l'efficacité de la lutte contre l'industrie supposait une coopération européenne et mondiale.

Oms rêvait d'une planète sans tabac. Elle souligna combien ces marchands mondiaux de mort étaient organisés et soudés.

Face à eux, 215 pays bricolaient chacun de leur côté des mesures disparates dont l'impact était au mieux faible, mais plus souvent négatif. Oms considérait qu'il lui revenait l'honneur de conduire une politique de lutte cohérente, à appliquer sans sourciller. Elle mitonnait une convention-cadre pour la lutte antitabac dont l'objectif était clair : reconsidérer la liberté de consommation d'un produit responsable de la première cause de décès évitable et des souffrances y afférentes, voire criminaliser la possession et l'usage du tabac. Oms proposait une réponse collective aux agissements des cigarettiers.

– Lorsque tu vas en Grande-Bretagne, tu roules à gauche ! Tu changes d'habitude. Le fumeur aussi. Un ex-fumeur est un nouveau conducteur… de sa vie. Toujours à propos de la voiture, tu as réussi à imposer le port de la ceinture de sécurité. Les résultats sont connus. Là encore, tu as réussi à faire changer comportements et habitudes. Pour le tabac, si tu en as la volonté, tu réussiras aussi à changer les habitudes.

– Que puis-je, que dois-je faire ? demanda Alma Mater.

– Tu peux, en attendant la signature et la ratification de la Convention, mettre en œuvre une partie des suggestions du sage : augmenter de 20 ou 30 % et à plusieurs reprises les prix est une décision qui produira un effet de dissuasion remarquable, particulièrement chez les jeunes. J'attire ton attention sur les magouilles dont nos adversaires sont capables : ils n'hésiteront peut-être pas à attaquer des camions de livraison ou cambrioler des débitants pour créer la panique et tenter de faire reporter ta décision ou en diminuer l'impact. Ils peuvent créer ou encourager l'apparition de suremballages pour annihiler les avertissements sanitaires ou les ridiculiser. Ils peuvent annuler les hausses en puisant sur leurs marges, diminuer le nombre de cigarettes pour abaisser le prix du paquet. Tu peux tout redouter de cette industrie. Absolument tout. Te voilà prévenue. Un détail : tu as intérêt à bien communiquer sur le pourquoi de ces hausses (la santé et non pas le besoin de taxes)… sinon, tu perdras les prochaines élections ! Tu peux traquer la contrebande, veiller à l'absence totale de publicité directe, chasser la publicité indirecte, faire respecter les interdictions de fumer existantes, protéger les non-fumeurs dans les entreprises et dans tous les lieux publics, empêcher les ventes à la pièce, interdire les Grands Prix de F1 sponsorisés par l'industrie du tabac, porter à la connaissance du public, et pas seulement des fumeurs, les agissements des cigarettiers. Plus généralement, tu dois informer honnêtement sur cette grande cause et proposer des accompagnements vers l'arrêt. Tu peux aussi interdire les distributeurs automatiques et le sponsoring sportif ou culturel. Si tu veux innover, tu peux par exemple imposer aux chaînes de télévision et aux distributeurs de films la dissimulation des cigarettes à l'écran. Du courage que diable! Si des distributeurs font de la résistance, appelle au boycott. Ils céderont. Je te donne un slogan non sanitaire: « Enrichissez-vous, cessez de fumer! » Fais-en bon usage! Tu dois aussi rendre efficace ta lutte, orchestrée jusqu'à maintenant par des associations, forums, groupes, sociétés de recherche, comités, centres, alliances, coalitions, réseaux, ligues, fédérations, fondations, offices et même, car c'est le plus drôle, par des unions contre le tabagisme. C'est justement d'union dont tu as besoin. Tu as aujourd'hui un éparpillement de « sans moyens » face à une industrie soudée et richissime. Tu vas donc, avec tact, créer un organisme national pour fédérer tout ce qui existe déjà, avec des moyens et des objectifs redéfinis. La Thaïlande est à cet égard un exemple de réussite. Ainsi, ces salauds n'auront qu'un interlocuteur. Confier la distribution à cet organisme, c'est-à-dire enlever à l'industrie toute possibilité d'action sur l'offre, est une excellente idée de ton sage. Tu as besoin pour ce faire d'un vrai patron.

– Toubib *or not* toubib?

– Je considère qu'il te faut dénicher un authentique capitaine d'industrie pour dynamiser tout cela et faire fi des querelles de chapelle ou de personnes dont la prévention souffre. Pour agir sérieusement, tu dois multiplier par 100 ton « effort » actuel. 1 % des recettes fiscales est un minimum pour casser l'image du tabac.

– Et ça peut marcher ?

– En Californie, par exemple, il y a déjà 70 0000 fumeurs en moins. Chaque dollar investi en prévention leur en a économisé trois en soins médicaux et a créé, en plus, des emplois. Le Canada va allégrement atteindre le seuil des 15 % de fumeurs. Une année de vie gagnée pour un fumeur te coûte 30 €. Pour un diabétique, cette même année revient à 15 000 € !

– Mais pour être efficace, tout le monde doit appliquer la même chose en Europe, et même dans le monde !

– Excellente excuse pour ne rien faire. En affrontant les cigarettiers aujourd'hui, tu ne seras certes pas la première, mais pas la dernière non plus. L'Union et les organisations onusiennes accompagneront tes efforts, mais ne les remplaceront jamais.

– Quelle est, à ton avis, la mesure simple et peu onéreuse qui puisse permettre d'enclencher une campagne efficace ?

– Convaincre chaque médecin généraliste, chaque paramédical, et même chaque école, de s'équiper d'un analyseur de CO, non sans leur avoir appris au préalable l'intérêt pratique de la mesure pour le fumeur.

– Je risque un affrontement pénible avec l'industrie du tabac, car elle exige la présence de zones fumeurs dans les lieux publics, la reconnaissance du droit de fumer…

– Laisse-la exiger et contente-toi de faire appliquer les lois qui ne sont pas trop idiotes et de changer celles qui le sont. Les non-fumeurs ont le droit de respirer un air pur. Quant au fumeur, son droit « s'arrête dès lors que sa fumée risque de pénétrer dans un organisme qui ne l'a pas expressément demandé ». Dans ces conditions, on peut estimer que fumer est pratiquement illégal. Les fumeurs, comme les non-fumeurs d'ailleurs, ont droit à la sécurité. Leurs droits concernent la réduction de la nocivité du tabac, une information exhaustive sur les dangers (pas seulement médicaux) de son usage, une protection contre la désinformation orchestrée par l'industrie, le droit de choisir de continuer ou d'arrêter, le droit de pouvoir être entendu, le droit à des dédommagements pour les torts subis et le droit de vivre dans un environnement sain. J'aimerais que tu cesses d'envisager, ne serait-ce que l'ombre d'une once de sympathie, pour cette industrie. Tu sais que le Tribunal pénal international considère onze cas précis relevant des crimes contre l'humanité, dont la torture, l'extermination et « les autres actes inhumains à caractère similaire causant intentionnellement une grande souffrance, de sérieuses atteintes du corps, de la santé physique ou mentale ». L'industrie du tabac relève de ce chef d'accusation. J'agis pour que ses responsables soient traduits devant cette Cour. Je compte sur ton appui. Ils y retrouveront Milosevic, qu'ils considéreront certainement comme un simple amateur.

La cousine Oms partie, Alma Mater, en bonne mère protectrice, décida d'agir. Elle convoqua le ministre des Finances, fumeur de surcroît. Elle croyait savoir qu'il venait de financer quelques générosités sociales par un accroissement de la fiscalité sur le tabac. D'autres ministres puisaient aussi dans ces taxes : celui de l'Intérieur y avait trouvé de quoi lutter contre le terrorisme. Toujours du court terme ! Il était plus facile de taxer que de remettre en cause l'emploi des finances publiques par une optimisation des moyens existants. Le Grand Argentier, en guise de réponse, brandit une citation d'un de ses maîtres à penser, Talleyrand : « *Je promets de bannir ce vice affreux le jour où l'on m'indiquera une seule vertu capable de faire entrer chaque année plus de millions dans les caisses de l'État.* » Il précisa qu'il ne s'agissait plus de millions, mais de milliards. Chaque année.

XXII

Comme cadeau pour son 22ᵉ anniversaire, Aurore gratifia son père de gracieux sourires. Il « fondait » devant cette enfant et devant sa mère. Ne passant plus nécessairement devant l'affiche de la Journée mondiale sans tabac, c'est son père qui l'informa du contenu de la campagne 2001 : « La fumée secondaire tue. Purifions l'air. »

– C'est ce que nous avons fait dans l'entreprise et à la maison, rajouta l'ancien fumeur maintenant converti à la propagande antitabac.

Tu se demanda combien de lecteurs du message savaient ce qu'était la « fumée secondaire ». Il se sentit peu concerné, la plupart des non-fumeurs lui ayant imposé depuis longtemps d'aller polluer ailleurs. Chez Chim'R, plus personne ne fumait en dehors du « bocal », un fumoir malodorant, mal chauffé, situé au sous-sol, muni d'une extraction d'air « bleui ».

La campagne antitabac était mal vécue chez son meilleur client. « À force de calomnies, les fumeurs se sentent attaqués, traqués. Ils ne peuvent plus exercer leur libre choix de fumer. » osait-il encore. Tu voyait également se poindre le risque d'apartheid anti-fumeurs. La consommation allait certainement baisser, accroissant de ce fait la probabilité de délocalisation.

Florence retrouva sa classe en juin. Aurore fut équitablement partagée entre les deux grands-mères. Les vacances de juillet furent adaptées à la nouvelle situation. Un gîte rural distant d'à peine une centaine de kilomètres leur permit de renouer avec la nature. Au cours du mois d'août, ils entreprirent des transformations destinées à améliorer leur cadre de vie. Pour ce faire, ils durent encore se confronter au banquier, qui « octroya » de nouveau.

Le 9 septembre, le stage américain était confirmé. Tu partirait en février 2002 pour un mois. L'intéressé poussa un « Ouf! » de soulagement. Cela signifiait que son employeur, quelle que soit la décision de son meilleur client, le confirmait dans son emploi. Il lui restait à familiariser ses oreilles avec le doux accent texan! Deux jours plus tard, les tours du World Trade Center de New York s'effondraient et son projet avec. L'événement, suivi par des milliards de personnes, se conclut par l'équivalent de 0,05 % ou 5 heures de l'hécatombe annuelle liée au tabac. Cela mérita néanmoins une minute de silence. Il régnait un vent de panique, et pas seulement sur les marchés financiers. Chez Chim'R, les voyages aériens transatlantiques furent supprimés. Seuls les vols à l'intérieur de l'Europe demeurèrent autorisés après justification. Tu ne ressentit pas exagérément l'onde de choc sur ses ventes. Celles de son client bien-aimé semblaient même progresser comme réponse à l'anxiété des fumeurs. C'est dans ce contexte un peu particulier qu'arriva la « traditionnelle » lettre anonyme. Tu l'ouvrit, lut, haussa les épaules et la tendit à Florence:

TU A ÉTÉ CONDAMNÉ À MORT PAR LA
À suivre.

– Voilà cinq ans que ça dure. Bonne nouvelle: je parie que la prochaine sera la dernière.

– Mais enfin, qu'as-tu fait à partir de 96, ou avant, qui puisse te condamner à mort?

– Rien de particulier. Ce torchon aurait pu t'être adressé. Toi aussi tu es condamnée. Nous le sommes tous, n'est-ce pas ?

– Oui mais cela se précise : « par la... »

– Attendons la suite, toussa Tu.

– Cela n'empêche pas de réfléchir, conclut une Florence qui ajouta de façon surprenante : en fumant encore, tu me fais penser aux passagers des avions utilisés pour les attentats qui, jusqu'à l'impact, auraient cru assister au tournage d'un film catastrophes !

Le mois suivant fut celui de la première édition du bilan sentimental. Après un excellent repas au restaurant, les époux échangèrent leurs listes de satisfactions et de griefs, avec les mesures correctives proposées et les dates d'application. Considérant leur « association » comme en parfait état, ils décidèrent de commun accord de la prolonger pour un an. Un point noir était néanmoins de nature à assombrir le quotidien du fumeur : il devait s'engager à réduire sa consommation à cinq cigarettes quotidiennes, avant son 23e anniversaire. Nonobstant les difficultés à respecter (plus ou moins) ses engagements précédents, il signa. Il mesurait déjà les difficultés rencontrées pour échapper un peu aux griffes de Nicotine et aux idioties de Leurres. Il était conscient que sa signature relevait de la malhonnêteté caractérisée. Cela le troublait. Il se prit à rêver : par un coup de baguette magique, une bonne fée lui redonnait les affreuses sensations de ses débuts. La fée ne vint pas. Il eut une fois de plus confirmation d'avoir été abusé par la fausse sécurité que donnaient les premières nausées et envies de vomir. Non, il ne pouvait pas arrêter. Les promesses de Philippe et Maurice n'étaient qu'un tissu de mensonges. Le paquet de cigarettes n'était en réalité qu'un paquet de mensonges.

Ils quittèrent le restaurant, Tu toujours partagé entre ses rêves et ses ressentiments pour avoir été berné, bluffé, dupé, possédé... C'est à peine s'il entendit sa femme apostropher un automobiliste ayant crapuleusement vidé son cendrier en pleine rue, lors d'un arrêt aux feux.

Tu continuait à tousser. Il avait cessé de prendre le sirop du bon docteur, puisque ses cigarettes contenaient le même anti-toux ! Depuis son mariage, il avait abandonné les sports et activités à risques. L'an dernier, il faisait encore un jogging hebdomadaire de plus d'une heure. Cette année, il se contentait de marcher, car son souffle lui paraissait nettement plus court.

– Ça passera, concluait-il.

XXIII

Quatre jours après le « dossier » de Dubois, Ad Patres se retrouvait face à ses six copains, au Q.G. de la compagnie en Suisse. Le thème des retrouvailles portait sur « L'harmonisation de nos politiques défensives ». En d'autres termes : la lutte contre les opposants, quels qu'ils soient. Le sujet était d'une telle importance que les principaux cabinets d'avocats des compagnies accompagnaient les bureaux de lobbying.

Les lobbyistes de l'industrie du tabac étaient dotés d'une puissance financière au moins égale à celle dont disposait ceux défendant Israël ou l'industrie de l'armement. Ils intervenaient à trois niveaux : d'abord, ils défendaient la liberté de fumer gravement compromise par des activistes antitabac, des entreprises et quelques États. Ensuite, ils arrosaient des partis politiques. Enfin, ils neutralisaient les initiatives antitabac. D'aucuns auraient pu voir en ces lobbyistes un moyen quasi incestueux de créer et d'entretenir des relations entre l'industrie et le monde politique, le monde des affaires, les organisations privées ou publiques locales et les organismes onusiens. Les bureaux de lobbying n'hésitaient pas à recruter des personnalités disposant d'un carnet d'adresses en or. Un ancien ministre britannique des Finances puis de la Santé, fumeur et buveur impénitent, n'hésita pas ainsi à valoriser ses compétences.

L'industrie, pour toute puissante qu'elle soit, devait composer avec les États, les régions, les villes et les organisations onusiennes. Les lobbyistes démontraient aux politiciens de tous bords leur intérêt à collaborer. Ainsi ils restaient en place ou, en cas de revers électoral, ils pouvaient se recaser et s'enrichir. La seule conviction qu'ils devaient affirmer et démontrer était leur bonne disposition à l'égard de l'industrie. Celle-ci affirmait qu'elle finançait la démocratie en payant les campagnes électorales, en mettant en avant des personnalités politiques, des hauts fonctionnaires et même des sans-grade. Souvent, ces derniers étaient bien utiles pour supprimer des études, paralyser des enquêtes en cours, rendre des textes inopérants ou inapplicables, différer, modifier, annuler des dispositions législatives. Leurs patrons assuraient ainsi l'allégement, voire l'amnistie, des sanctions prises à l'encontre d'un des membres du cartel ou la mutation de tout demeuré opposé aux volontés de l'industrie. Quelquefois, les politiques avaient besoin d'une aide supplémentaire pour justifier leurs décisions. Bobard et Gurkha fournissaient alors de magnifiques études bidonnées du meilleur effet. Ainsi, au fil de la collaboration, la collusion entre l'industrie, les pouvoirs politiques, économiques et les médias s'affinait. Ad Patres avait émis l'idée de créer un indice de vulnérabilité à la corruption des décideurs. Ses copains avaient refusé face au risque d'un nombre trop important d'*ex æquo*!

Une attention toute particulière fut accordée aux associations de promotion de la santé osant attaquer l'industrie quand celle-ci violait sans vergogne les lois en vigueur. Gurkha fut chargé de vérifier leur légalité et l'origine de leurs fonds. Une enquête approfondie serait effectuée sur chacun des dirigeants actifs pour détecter les moyens de pression possibles. Financièrement toujours fragiles, il fut décidé du principe de les user au travers de procédures judiciaires. Ridiculisés, ces organismes devraient rapidement regretter d'avoir voulu nuire à l'industrie du tabac.

Au chapitre du « mécénat », le cartel confirma une action selon trois axes. Le premier concernait les établissements de soins choisis en fonction de leur attitude par rapport au tabac. Les lauréats devaient comprendre un nombre significatif de fumeurs parmi les médecins et les soignants. Quelques dons bien ciblés permettraient d'« entretenir leur flamme » et, à défaut d'en faire des alliés inconditionnels, au moins d'obtenir leur neutralité bienveillante. Le second axe privilégiait les endroits où se trouvaient les jeunes en âge scolaire et les enfants : l'enseignement, les spectacles, les expositions, la pratique des sports. Le dernier axe visait les médias avec un budget conséquent pour inviter journalistes, auteurs et autres célébrités à des conférences sur des thèmes permettant une manipulation de l'opinion. « Le plaisir est-il en danger ? » fut le premier sujet choisi. Il s'avéra peu après qu'avec un petit budget, des invités prestigieux répandaient une bonne nouvelle : mieux valait parler du plaisir que de la santé !

Gurkha se vit également confier une agréable mission : l'intimidation d'anciens collaborateurs. En effet, d'anciens cadres, porte-drapeaux de l'industrie, sombraient régulièrement dans le militantisme antitabac le plus primaire, sans même être malades. Le cartel ordonna de réduire au silence ces malfaisants. Par tous les moyens. Il ne voulait plus entendre parler de « mépris de la vérité », de « responsabilité dans les souffrances et la mort des fumeurs », de « manipulations comptables », d'« évasion fiscale, de paradis fiscaux et sociétés écran », de « détournements de crédits publics », de « délits d'initié », d'« impunité », de « violation des droits du travail », d'« atteinte à l'environnement », « de détournement du PNB, de bienfaiteur des pompes funèbres » ou de « vendeur de cancer à moitié prix sur Internet ».

Deux semaines plus tard, le même aréopage se retrouvait autour d'un autre thème « cher » à l'industrie du tabac : la contrebande comme élément essentiel de sa stratégie de conquête. De commun accord, le niveau de contrebande pour le prochain exercice fut fixé à 350 milliards de cigarettes. Il paraissait aux dirigeants peu souhaitable de dépasser le seuil de 30 % des ventes dans certains États. Déjà, les « efforts » de l'industrie pour la contrebande avaient plus que doublé au cours des sept dernières années. Ce faisant, les recettes fiscales des États récalcitrants s'étaient effondrées, rendant les gouvernements plus aptes à un dialogue constructif en matière de barrières douanières ou de niveau de taxation. Pour l'industrie, ces cigarettes vendues à bas prix, puisque sans taxes, permettaient de pénétrer de nouveaux marchés. Ad Patres rappela le cas de l'Espagne qui, contrebande aidant, avait vu ses ventes augmenter de 37 % sans publicité ! Le cartel décida de freiner les ardeurs de l'importateur andorran ayant réussi à faire fumer 65 cigarettes par jour et par habitant d'une marque inconnue dans la principauté. Ce zèle avait attiré l'attention des gabelous.

Les avocats, qualifiés de temps à autre d'auxiliaires de la pègre, furent priés de revoir les contrats avec les « importateurs spéciaux » que d'aucuns osaient qualifier de trafiquants. Ils durent opacifier encore les relations pour permettre aux dirigeants de bien dormir. Les containers de 10 millions de cigarettes devraient dorénavant transiter par plusieurs entrepôts et au moins deux pays avant d'atteindre leur véritable destination.

Un cabinet reçut l'ordre de préparer une formation à destination des « importateurs spéciaux ». Il s'agissait de leur apprendre comment se comporter en cas d'arrestation, afin d'éviter le renouvellement de situations fâcheuses pour les vénérables compagnies.

Il fut décidé de maintenir de bonnes relations commerciales avec les agents en cours de procès ou ayant perdu celui-ci si et seulement si leur solvabilité financière demeurait intacte.

Le cartel passa bien vite de la contrebande au blanchiment d'argent avec un problème crucial qui opposait l'un des leurs à l'Union européenne. Celle-ci s'avérait chaque jour un peu plus coriace. L'acte d'accusation de 200 pages pour bien documenté qu'il fût ne permit pas au juge de condamner la compagnie. Il était juridiquement incompétent pour faire appliquer une loi fiscale en dehors de son pays. Ce redresseur de torts conseilla l'Union de reformuler sa plainte en « Atteinte aux droits publics », conséquence du blanchiment lié à la contrebande. Ce qu'elle fit. L'Union ne comptait plus que cinq États « compréhensifs » à l'égard du tabac. L'industrie cigarettière était, pour l'instant et par un artifice juridique, lavée des accusations d'avoir encouragé, dirigé, contrôlé et facilité la contrebande.

Ce qui suivait était pire encore : blanchiment de capitaux provenant de la drogue, des armes et même de la traite des êtres humains. L'Union, dans son énorme dossier, détaillait comment l'industrie du tabac récoltait l'argent des mafias et d'un fils de Saddam Hussein ! Les processus de blanchiment étaient brillamment décrits : les comptes suisses, chypriotes et panaméens, les ports utilisés (Valencia, Panama, Anvers, ports chypriotes et turcs), les identifications des conteneurs... Des repentis italiens avaient expliqué comment la mafia lavait le fruit de ses coupables activités avec des cigarettes complaisamment fournies. Quelle époque !

L'Union estimait que l'industrie du tabac appauvrissait son économie lorsque les profits n'allaient pas dans la bonne caisse, c'est-à-dire la sienne. 95 milliards était une somme qui méritait bataille ! Plus fort encore, l'Union constatant que les agissements dénoncés la contraignaient à lutter contre des activités criminelles liées au tabac réclamait le remboursement des dépenses ainsi occasionnées. Tout l'arsenal juridique de l'anticorruption était prêt pour lutter contre le cartel. Déjà plus de 300 perquisitions avaient eu lieu en Europe et en Suisse. Parmi les 150 inculpés, certains allaient sans doute bavarder… Heureusement, la justice était bien inorganisée : pas moins de dix-huit mois étaient nécessaires pour satisfaire une demande d'entraide judiciaire entre une capitale européenne et le siège de Pro-Mortem en Suisse…

XXIV

Pour son 23e anniversaire, le jeune couple et Aurore furent invités chez les parents du fumeur. « Le sport sans tabac », proclamait la pancarte pour la Journée mondiale sans tabac. Des opposants à cette campagne avaient abandonné paquets vides et mégots au pied de la pancarte. Certains passants affirmaient qu'il s'agissait là d'une œuvre d'art contemporain. Papa fit un couplet à la gloire de la libération tabagique en général et de la sienne en particulier. Toutes ses informations étaient distillées dans un sens positif. Il s'assurait d'avoir été bien compris et recherchait le soutien de l'assistance.

– Quel vendeur ! sourit Tu.

Pour la première fois, le fumeur vit arriver les vacances avec un réel plaisir. Il était épuisé. D'un côté, la plupart de ses clients hésitaient, postposaient ou annulaient leurs décisions. Un quasi-miracle lui avait pourtant permis d'atteindre ses objectifs annuels à 84 % en six mois. Qu'en serait-il pour le prochain semestre ? D'un autre côté, une toux aussi pénible que fidèle l'épuisait physiquement. Il savait que sa toux matinale était signée Pro-Mortem et que son souffle court du soir était la conséquence de sa consommation quotidienne. Aurore étant maintenant en mesure de voyager, la jeune famille partit s'oxygéner sur le littoral atlantique, plus précisément sur la Côte sauvage, déjà appréciée. Tu retrouva les magnifiques plages dorées, ombragées par les majestueux pins odorants. Pour ne pas bronzer idiot, ils découvrirent, entre autres, le zoo de la Palmyre et le Médoc. La jeune famille « nageait dans le bonheur ».

Tu mesura sa chance en observant un mendiant vider consciencieusement les cendriers des terrasses pour, ensuite, se confectionner des cigarettes très exclusives. Tu se fit une joie de lui offrir le reste de son paquet.

– Si ce n'est pas bon pour toi, ce n'est pas bon pour lui ! observa Florence, néanmoins satisfaite d'en voir enfin disparaître quelques-unes.

La rentrée d'août 2002 permit au supervendeur de découvrir de nouveaux collègues. Son « refroidissement » ou sa « bronchite » lui provoquait des toux gênantes. Il lui était même arrivé de perdre une cigarette en toussant… aussitôt remplacée. Moins de la moitié de ses collègues ne fumaient pas encore. Tu ne les plaignait plus, même s'il pensait toujours que les pauses cigarettes étaient l'occasion de rencontrer d'autres personnes intéressantes de l'entreprise et d'aborder d'autres sujets que l'art et la manière de fournir des copolymères d'acétate de polyvinyle à l'industrie du tabac…

– Qu'est-ce qui t'arrive ? s'inquiéta l'un d'eux.

– J'ai une bronchite extrêmement fidèle, peut-être même un début d'asthme.

– Et tu consultes ?

– J'ai consulté. Le sirop n'a servi à rien. C'est venu tout seul, ça repartira tout seul !

En septembre, toujours essoufflé, il observa à plusieurs reprises dans ses crachats des stries de sang. Il n'y porta pas d'attention excessive.

Le 6 octobre, Florence l'invitait au restaurant. Mystérieusement. Le bilan conjugal n'était pourtant pas de saison…

– Si je t'annonce une grande nouvelle pour ton prochain anniversaire, est-ce que tu cesses de fumer de suite ?

– Je ne céderai pas au chantage, mais dis toujours…

– Tu dois d'abord promettre.

– Je vais peut-être te surprendre, mais je pense sérieusement que mon tabagisme relève plus du passé que de l'avenir. J'en suis de moins en moins satisfait. J'ai réduit mes consommations et pourtant je ne me sens pas en forme. Cette toux m'ennuie, me handicape presque. Que je tousse le matin avec la première me semble normal, compte tenu des irritants que je vends. Mais que je tousse maintenant toute la journée m'ennuie. Cela me rappelle les semaines qui ont précédé la libération tabagique de mon père. Peut-être suis-je en train de devenir asthmatique ? Depuis les vacances, j'ai perdu 4 kg. Je suis toujours essoufflé. Bien que tout ceci ne soit sans doute pas dû exclusivement à la cigarette, j'ai décidé d'arrêter. Comme il n'y a pas pour l'instant de programme d'aide à l'arrêt chez Chim'R, je vais faire une tentative en solitaire, mais avec l'aide de M. Bienvenue, le tabacologue paternel. Papa dit qu'il est « guéri », alors pourquoi pas moi ?

– Bravo, s'écria Florence, tu ne pouvais pas me faire de plus beau cadeau. À moi de continuer sur ce registre positif. Pour tes 24 ans, que se passera-t-il ?

– Nous aurons démasqué l'auteur des lettres anonymes.

– Tiens, je l'avais oublié celui-là. Non, ce n'est pas cela.

– Nous partons en voyage, nous déménageons, nous gagnons au loto ?

– Non, nous serons quatre.

Tu se leva en un éclair pour aller embrasser Florence sur la banquette d'en face. Deux verres d'eau gazeuse ponctuèrent l'événement d'une façon très « pétillante ».

Le 7 octobre, le tabacologue eut un long entretien téléphonique avec le déçu du tabagisme. Il expliqua son programme individuel et lui posa de multiples questions. Ils convinrent ensuite d'un rendez-vous en urgence pour le sur lendemain. M. Bienvenue, la trentaine très avancée et le tutoiement instinctif, lui inspira immédiatement confiance. Après reprise des informations données par téléphone, il lui tendit des tests, s'assura de ses motivations, le questionna sur son histoire et comportement tabagiques, le plaisir de fumer, l'interrogea sur ses antécédents, son stress, lui fit ouvrir la bouche, examina ses yeux, sa première côte, sa statique, le pesa, mesura sa tension artérielle, son pouls, la teneur en monoxyde de carbone (CO) de l'air expiré et le guida vers la découverte des bienfaits objectifs de l'arrêt.

– Avec ce taux de CO (38 ppm), ta voiture serait refusée au contrôle technique, et un médecin du travail refuserait que tu bosses dans une telle ambiance !

Il appliqua un protocole personnalisé de libération immédiate du besoin de fumer en expliquant sa nature et les conséquences sur son organisme. À peine guidé, Tu découvrit ensuite comment gérer les envies qui n'allaient pas manquer de se manifester et adapter son comportement. Le praticien lui remit un dossier d'accompagnement à lire et à entendre. Porteur d'un document de prise en charge tabagique, Tu devait consulter son médecin traitant au plus vite pour régler cette vilaine toux. Le déjà presque ancien fumeur était extraordinairement calme.

Le vendredi 18 octobre, Tu « patientait » chez son médecin. D'ordinaire expéditif, celui-ci lui consacra vingt minutes. Il le félicita d'abord pour son heureux et globalement agréable arrêt tabagique et l'encouragea à poursuivre. La toux persistante, la présence intermittente de sang dans les crachats, une gêne respiratoire certaine avec début de sifflement, un essoufflement rapide, une voix enrouée, des douleurs à l'épaule et un léger amaigrissement étaient des symptômes peu courants chez un gaillard de

23 ans qui, de plus, se plaignait de douleurs thoraciques. Le médecin lui palpa la base du cou, rechercha les côtes douloureuses, des traces de tuméfaction de la paroi thoracique et comprima la veine cave supérieure.

– Êtes-vous ou avez-vous été en contact avec de l'amiante, de l'arsenic, de la silice, du béryllium, des dérivés de chrome, de nickel ou des goudrons, du radon, des éthers, des hydrocarbures polycycliques?

– Pas à ma connaissance, sauf peut-être pendant les travaux dirigés au labo ou chez mes clients.

– Bien! En dehors de ces problèmes pulmonaires, avez-vous constaté autre chose?

Tu réfléchit un instant et, puisqu'il y était invité, se jeta à l'eau.

– Je ressens une nette altération de ma libido. Parfois, je trouve que ma femme a bien du mérite. Mais rassurez-vous, ça marche! Nous attendons le second…

– Rien de bien grave. Pour ce qui est du dysfonctionnement érectile, arrêter de fumer va vous aider à régler ce problème. Aucune médication n'est nécessaire. Le tabagisme détériore un système complexe qui comprend le système nerveux central, les hormones, le système cardiovasculaire, etc. Vous souffrez d'un blocage des artères et donc d'une inhibition de la circulation sanguine. Pour votre problème respiratoire, je vais vous prendre immédiatement contact avec un spécialiste à l'hôpital. Il est inutile d'attendre, n'est-ce pas?

Sans attendre son accord, il décrocha son téléphone et quelques instants plus tard rendez-vous était pris le lundi suivant à 8 heures, la seule heure encore disponible. Il devait être à jeun. Tu restait muet, vissé à la chaise, un tantinet abasourdi par son début d'impuissance et la perspective d'aller à l'hôpital, ne fût-ce que pour des examens. Il finit par se lever, remercia le médecin pour sa vigoureuse prise en charge et prit congé. En rentrant, il servit à Florence une version très aseptisée de la consultation pour ne pas l'inquiéter plus que de raison. Il préféra insister sur sa libération tabagique, pas encore certaine, mais en très bonne voie.

XXV

Le lundi 21 octobre, à jeun et à 8 heures du matin, plus ou moins conscient, Tu se présentait à l'hôpital. Le service de pneumologie était situé dans une aile ultramoderne du bâtiment. Il s'amusa un instant en constatant que les infirmières ne présentaient pas le même caractère de jeunesse! « Au moins, ont-elles de l'expérience! » pensa-t-il.

Un dépliant présentait le service : pneumologues, oncologues, chirurgiens, anesthésistes lui paraissaient des professions connues. Il apprit que l'anatomopathologiste examinait les cellules provenant des biopsies, déterminait la nature et les caractéristiques des maladies. Radiologue, infirmières, kinésithérapeute paraissaient à leur place, à l'opposé d'intrigantes psychologues et assistantes sociales. Après quelques formalités administratives, il fut reçu chaleureusement par un pneumologue, le Dr Labannière. Tu trouva sympathique et rassurant le fait de voir ce médecin en costume, sans blouse blanche. Ce dernier entreprit un interrogatoire et une écoute des plus approfondis et finalement demanda :

– Qu'en pensez-vous ?

Tu n'en pensait rien. Le médecin reprit :

– Voyons, si c'était une infection, vous auriez de la température. La toux, ce n'est tout de même pas la tuberculose. Cancer ? C'est une hypothèse possible. Pour y voir plus clair, une batterie d'examens est absolument nécessaire. On ne traîne pas, il y a urgence. Vous allez subir une bronchoscopie, un scanner pulmonaire et, pour obtenir un bilan général adéquat, un scanner du cerveau et du foie. Nous nous revoyons mercredi à 14 h 10 pour examiner ensemble les résultats et les commenter.

Mi-anesthésié par la prise en charge musclée, mi-groggy par le mot *cancer,* Tu bredouilla :

– Vous pouvez me donner des médicaments pour m'aider ?

– Pour aider quoi ?

– Pour me donner des forces, contre la toux, que sais-je ?

– Justement, tant que nous ne connaissons pas la maladie, aucune médication ne se justifie. Quant aux antitussifs, ils constipent. Il n'est pas nécessaire de rajouter un problème.

Un regard franc, une vigoureuse poignée de main et le sourire plein d'empathie du Dr Labannière lui permirent d'affronter la suite. Après la prise de sang et les prélèvements de crachats, une infirmière lui introduisit un endoscope par une narine pour sa bronchoscopie. Cette manœuvre était plus gênante que douloureuse. En entrant dans le scanner, il ne put s'empêcher de penser à la mort et son costume en bois.

Le mercredi 23 octobre à 14 h 10 précises, le Dr Labannière, l'air grave, revêtu d'une blouse blanche, le recevait dans son bureau. Tu sentit que le moment était solennel.

– Nous avons ici les résultats et je vais vous les commenter. L'examen cytologique est positif. L'examen thoracique au scanner ainsi que la fibroscopie sont positifs. Le scanner du foie aussi.

– Donc, tout va bien ? osa Tu, timidement.

– Je ne dirai pas cela : vous avez un cancer du poumon.

– Mais voyons, docteur, c'est impossible, vous vous êtes trompé de dossier !

– Hélas, non.

Le médecin prit immédiatement une maquette sur son bureau et se mit à décrire calmement les informations recueillies par le scanner. Il montra les trois lobes du poumon droit, les deux lobes du gauche et l'emplacement du cœur. Il détailla ensuite les bronches et montra la localisation de la tumeur sur la bronche principale ainsi que son volume. Tu entendit ensuite parler du médiastin comme d'une sorte de galerie technique, une région entre les poumons qui comprend outre le cœur, les bronches, des artères et veines essentielles, la trachée, l'œsophage et des ganglions. Ces derniers étaient aussi douteux. Le Dr Labannière expliqua ensuite que le scanner abdominal avait révélé deux suspicions de métastases dans le foie.

– Heureusement, les surrénales sont intactes, rajouta-t-il au titre d'une note optimiste.

Depuis qu'il avait entendu le mot *cancer,* Tu était révolté. Une révolte intérieure. Au fur et à mesure de l'exposé, il avait senti ses forces l'abandonner. Il était hébété, anesthésié, presque amnésique. Calme et résolu, le médecin voulait qu'il comprenne parfaitement la situation. Pour ce faire, il reprit certaines parties à plusieurs reprises jusqu'à ce que les réponses du malade démontrent sa compréhension.

– Je suis tracassé. Pour poursuivre nos investigations, nous avons besoin d'un prélèvement de moelle. Vous allez subir une biopsie au niveau de la crête iliaque. C'est sous anesthésie générale, évidemment. Je dois vous prévenir que le réveil sera douloureux, mais c'est indispensable.

Le médecin s'assura que l'opération pouvait être conduite dans la journée.

– Bonne nouvelle! On vous garde. Voici le programme: aujourd'hui, prélèvement de moelle; demain, vous récupérez et vendredi matin à 10 h 40, rendez-vous ici pour les résultats et vous rentrerez chez vous. Voulez-vous que j'appelle votre femme, vos parents?

– Non merci, j'ai beaucoup apprécié la clarté de votre exposé. Je vous remercie de m'avoir dit la vérité. Je vous remercie aussi pour la qualité de votre prise en charge. Quant à ma femme, et puisque des examens complémentaires peuvent encore influer sur le diagnostic, je préfère ne pas trop l'inquiéter pour l'instant. Je vais simplement lui signaler mon hospitalisation pour examens complémentaires. Il faut la ménager, elle est enceinte.

– Je comprends. Pour ce qui est de votre activité, je vous dresse un certificat d'arrêt du travail pour deux semaines.

Tu prit congé et se raccrocha à la dernière phrase : deux semaines d'arrêt seulement. Ce n'était donc pas si grave ! Quelques minutes plus tard, il sombrait pourtant dans un état de détresse psychologique profonde. Des réflexions désordonnées lui vinrent à l'esprit.

– J'ai 23 ans. Un cancer du poumon, c'est pour les vieux d'au moins 50 ans. Je n'ai donc qu'une forme bénigne de cancer et les prochains examens le démontreront. Je suis néanmoins malade. Est-ce qu'il s'agit d'une punition divine, d'une conséquence des lettres anonymes, d'une malédiction signée Pro-Mortem ? Est-ce que la cigarette en est vraiment la cause ? Pourquoi moi ? Pourquoi maintenant ? Qu'est-ce qui m'attend ? Et Florence, et Aurore, et bébé ? Et mes parents ? Laetitia, Benoît ? C'est profondément injuste ! Je ne l'admets pas.

Le premier moment de révolte fut suivi d'une vigoureuse volte-face.

– Je peux guérir, je veux guérir. Je vais interroger le Dr Labannière sur mes chances de guérison, sur l'état de la science. Je suis prêt à affronter la maladie et les douleurs. D'ailleurs, souffre-t-on encore d'un cancer ?

Tu appela successivement sa femme puis ses parents, et Chim'R pour leur annoncer sa brève hospitalisation pour examens. Pressé de questions, il finit par lâcher l'horrible « suspicion de cancer » pour aussitôt la mettre en doute. Libre en cet après-midi de mercredi, Florence confia Aurore à sa mère et accourut immédiatement à l'hôpital avec Maman. Papa les rejoignit. La mère était effondrée. Elle redoutait, elle « sentait » qu'une bonne partie du malheur du monde était contenue dans les usines à tuer que sont les cigarettes, et que ce malheur pourrait bien atteindre son fils plus rapidement que redouté. Le père essayait de rester positif en tentant ainsi de se rassurer lui-même sur son tabagisme passé. Il essaya de convaincre que les examens complémentaires prouvaient seulement l'existence d'un problème potentiel. Pour lui, il n'y avait pas de raison de s'alarmer maintenant. En dépit de cette approche, tous ressentaient les mêmes fortes émotions : un mélange de colère, de tristesse et de peur. Ils décidèrent que Florence verrait le malade la première. Les parents suivraient, si possible. Ils s'engagèrent à ne pas pleurer et à ne pas émettre de sourires aussi forcés que faux. D'ores et déjà, ils s'engageaient dans un réel soutien.

– « Il vaut mieux allumer une seule et minuscule chandelle que maudire l'obscurité. » C'est un proverbe chinois, dit le père en attendant.

Florence retrouva un mari apparemment serein, ne semblant pas particulièrement affecté par la nouvelle. Ils s'écrasèrent littéralement l'un contre l'autre. Après de longues minutes de silence, il commenta le résumé de la situation.

– Peut-être pourrions-nous inviter tes parents à entrer ?

– Bien sûr, il n'y a pas de cachotteries.

Florence surprit son beau-père en conversation avec une blouse blanche. Les parents entrèrent, soulagés de voir leur fils souriant, emprisonnant la main de sa femme dans la sienne. Tu résuma l'annonce du Dr Labannière et insista sur sa sortie du vendredi.

– Si tu le désires, Florence peut rester avec toi dès maintenant, c'est arrangé. Nous nous occuperons d'Aurore. Pour ton travail, je m'occupe des papiers, tu n'as pas à t'inquiéter. À toi, à nous de pouvoir sortir d'ici la tête haute. Tout le monde sait que les malades qui adoptent une attitude positive de combat s'en sortent mieux. Je connais, nous connaissons ta combativité et ta pratique de la pensée positive. Tu sais également que l'environnement hospitalier est ici d'une qualité exceptionnelle. J'ai un peu parlé avec l'équipe qui va te suivre. Ce n'est pas un suivi dont il s'agit, c'est une MOBILISATION ! conclut le père lyrique.

Le vendredi à 10 h 40, le Dr Labannière, en costume, le recevait. Seul.

– J'ai une bonne nouvelle : votre examen du cerveau est bien normal. Par contre, j'ai du souci pour le reste de l'exploration. Est-ce que vous voulez que je vous raconte tout ? Y compris les choses extrêmement douloureuses ?

– Oui, tout, absolument tout. D'ailleurs, je suis certain que ce n'est pas si grave.

Le docteur prit une collection d'images qu'il éclaira et entreprit de les lui détailler selon son intérêt :

– Vous voyez ici une masse charnue qui ronge une partie de la bronche principale et affecte le poumon droit. C'est ce qui vous provoque la toux. Les ganglions malades se trouvent ici, de part et d'autre de la trachée. Les images de la fibroscopie ne laissent aucun doute : il s'agit bien d'un cancer.

Le mot lâché, le médecin se tut une très longue minute environ, puis reprit :

– Qu'est-ce que cela signifie pour vous ?

La gorge serrée, Tu parvint à articuler :

– Vous êtes sûr, absolument sûr de cela ? Un cancer du poumon à 23 ans, c'est impossible !

– Hélas, oui. Après votre prélèvement de moelle, nous avons effectué une ponction avec une aiguille au travers de la paroi du thorax, d'où votre petite incision sur le côté. Nous avons prélevé et analysé les tissus pour déterminer le type de cancer. Il s'agit d'une tumeur épithéliale du type carcinome à petites cellules, une forme spéciale que nous appelons « en grains d'avoine » et dont l'origine chez vous est clairement le tabac. Voulez-vous me répéter ce que je viens de vous dire ? Quel type de cancer ?

Tu répondit très bien, y compris sur la cause.

– J'ai d'autres informations à vous donner. Après le scanner, nous avons effectué des prélèvements dans le foie et les surrénales. Nous n'avons pas trouvé de métastases. Savez-vous ce que sont ces métastases ?

Tu n'était pas en état de réfléchir. Le docteur reprit :

– Les métastases sont des fragments de tumeur qui, via le sang, s'arrêtent en un lieu favorable. Une métastase est donc de la même famille que la tumeur de départ. Tel que je viens de vous le décrire, votre cancer n'est pas opérable. Il doit être traité par chimiothérapie. Votre type de cancer a une croissance très rapide, ce qui, de prime abord, pourrait apparaître comme un défaut majeur. Il s'agit aussi d'une chance, car il est très sensible à la chimiothérapie. Je continue à vous expliquer le traitement ou désirez-vous remettre cela à plus tard ?

– Non, non, poursuivez, s'il vous plaît, murmura Tu.

– Que savez-vous de la chimio ?

– Qu'elle provoque la chute des cheveux, est difficile à supporter et qu'elle ne sert à rien.

– Cher Monsieur, ce service de pneumologie, ce n'est pas Auschwitz tout de même ! La chimiothérapie agit sur les cellules en cours de division. Les cellules cancéreuses se divisent très rapidement, particulièrement les vôtres. Mais il se trouve que d'autres cellules normales dont la durée de vie est courte se divisent aussi rapidement. C'est pourquoi par attaque des cellules des bulbes, vous perdrez vos cheveux ; par destruction des globules sanguins, vous risquerez fatigue et anémie ; et l'atteinte des cellules buccales et digestives pourra vous provoquer aphtes et diarrhées. Lundi matin à 8 heures, vous subirez vos premières injections intraveineuses à l'hôpital, ce qui signifie que vous rentrerez chez vous vers 14 heures. Le lendemain, ce sera la même chose et mercredi, nous ne vous garderons qu'une heure. Ce sera votre premier cycle. Je le mettrai au point avec un collègue oncologue qui prendra le relais et vous suivra attentivement. Trois à quatre semaines plus tard, il fera l'examen de la tolérance au traitement, évaluera les résultats et effectuera les adaptations nécessaires. Le Dr Lacroix est un excellent oncologue. Vous êtes dans les meilleures mains possibles. Cher Monsieur, je suis sincèrement navré de constater que le tabac atteint une population de plus en plus jeune. Tout l'hôpital connaît maintenant votre histoire. Ici, vous serez encore mieux traité que le VIP le plus célèbre. Nous ne pouvons, hélas, pas offrir ce « luxe » à tous vos semblables. Je vous assure que nous ferons l'impossible pour vous éviter de rejoindre les statistiques de Pro-Mortem et consorts. Vous connaissez mon bureau. Il vous est ouvert. Votre généraliste recevra demain un rapport. Nous serons en contact avec lui aussi souvent que nécessaire.

Le lundi 28 novembre 2002 à 8 heures, Tu tournait une nouvelle page de son destin. Le Dr Lacroix, devenu oncologue depuis que son titre de cancérologue était apparu désuet aux yeux de la Faculté, était âgé d'à peine 40 ans. Il vint s'asseoir à côté du jeune cancéreux, posa la main sur son avant-bras, reprit et compléta ce que le Dr Labannière lui avait appris le vendredi précédent. Il expliqua, comme pour s'en excuser, qu'en quatorze ans d'études universitaires, il n'avait bénéficié d'aucune formation à la communication avec ses patients. C'est pourtant avec ses regards, ses sourires, ses silences, ses mots qu'il essayait de transformer son nouveau malade en un allié combatif. Tu apprit qu'il était le plus jeune cancéreux du poumon connu en Europe, et peut-être au monde, victime de l'industrie du tabac. En 2001, le cancer du poumon d'une dame de 30 ans avait été signalé, il existait aussi un cas avéré d'une personne de 27 ans. Sous l'emprise de la peur, Tu n'éprouva aucune envie de connaître leur destin. Le médecin poursuivit :

– Les enfants respirent plus vite que les adultes. Proportionnellement, ils aspirent plus d'air que leurs aînés. De plus, leur organisme est en formation et les cigarettiers augmentent artificiellement la pénétration de la fumée. Il paraît que vous connaissez bien le sujet... Vous allez commencer votre premier cycle de chimio. Elle vous redonnera une vie plus confortable. Elle empêchera une dissémination supplémentaire, ralentira la croissance des tumeurs et espérons-le, vous guérira. Nous nous reverrons fréquemment, chaque fois que nécessaire et chaque fois que vous le désirerez. Vous savez à quel point l'hôpital a décidé de se mobiliser pour vous. Je suis donc un peu le général en chef qui va codiriger la bataille avec vous et la gagner. Avant de subir les injections de chimio, je vais vous présenter Madame Bouton, une remarquable psychologue hospitalière, spécialisée en oncologie. Elle va aussi vous aider. Vous savez que les produits qui vous seront injectés ont pour but d'éliminer toutes les cellules cancéreuses, quelle que soit leur localisation, un peu comme un herbicide sélectif qui attaquerait toutes les cellules à multiplication rapide : les cancéreuses d'abord, mais aussi, hélas, les globules sanguins, les cellules du tube digestif et les cheveux, comme je vous l'ai déjà expliqué. Vous perdrez vos cheveux et tous vos poils, mais ils repousseront trois mois après l'arrêt du traitement. Votre formule sanguine sera régulièrement contrôlée. Nous ferons le nécessaire pour que globules blancs et globules rouges soient en quantités suffisantes. Si nécessaire, vous bénéficierez de piqûres d'EPO, comme les coureurs ! Des nausées et des vomissements peuvent se produire. Vos observations nous permettront d'adapter le traitement pour limiter le plus possible les effets désagréables. Ne vous effrayez pas si vous constatez une irritation de la bouche et de la gorge, ou des aphtes ou même une langue noire. Nous avons des solutions. Vous devez surveiller votre digestion. Constipation ou diarrhée seront traitées. Contactez-nous immédiatement en cas de fièvre. Évitez tout contact avec des personnes contagieuses et faites-vous vacciner contre la grippe.

– Vous m'avez coupé l'appétit, parvint à articuler le malade.

– Je comprends. Il est pourtant essentiel de conserver votre poids. Mangez tout ce que vous aimez, mais surtout des fruits, des yaourts et des glaces. Buvez de préférence des boissons gazeuses pour aider votre digestion. Si des aliments vous paraissent amers, sucrez-les. Vous pouvez boire un verre de vin à chaque repas si vous le désirez. Il est préférable d'éviter les trop fortes odeurs.

Tu dut répéter l'essentiel du discours et, l'estomac noué, parvint à demander :

– Quels seront les bénéfices concrets de ce traitement ?

– Dans un à deux mois, vous serez normalement moins fatigué. Votre toux, votre essoufflement et vos douleurs vont s'estomper.

– Et si ce n'est pas « normalement » ?

– Si vous présentez une résistance au traitement ? Nous modifierons les doses, la composition, et réduirons le délai entre les cycles, par exemple. La médecine n'est pas une science exacte, mais procède au cas par cas. Elle fait de son mieux.

– Quand pourrais-je travailler ?

– C'est une question importante pour vous, n'est-ce pas ? C'est bien normal lorsqu'on a un début de carrière aussi prometteur. Nous en reparlerons dans un mois, en fonction des résultats. D'ici là, vous êtes en congé. Vous pouvez néanmoins contacter votre entreprise pour envisager une nouvelle affectation sur la base d'un mi-temps sédentaire, par exemple. Il se peut en effet que nous vous demandions de ne plus conduire. Je suppose que vous n'êtes pas trop pressé de retourner dans l'usine de cigarettes !

– La chimio se fait toujours à l'hôpital ?

– Non. Même si notre accueil est très « hospitalier », je présume que vous préférez nous éviter. Nous vous placerons dès demain, sous la peau, avec une anesthésie locale, une chambre de perfusion. Celle-ci sera reliée à une grosse veine. Les perfusions vous seront ainsi données très facilement, par une simple piqûre au travers de la peau et non plus des veines. Ceci à l'hôpital. Si nous optons ensemble pour un traitement à domicile, c'est une infirmière qui se chargera alors de l'administration des cures. Bien sûr, vous pouvez venir à l'hôpital pour y recevoir en quelques heures votre traitement et rentrer chez vous. Je dois vous voir régulièrement.

– La chimio s'étale sur combien de temps?

– La réponse est difficile à donner *a priori.* Disons six mois, mais ce sera selon l'efficacité du traitement.

– Vous ne m'avez pas encore parlé de la douleur.

– La chimio ne cause aucune douleur. Avez-vous d'autres questions?

– Non, pas pour l'instant. J'ai peur.

– Madame Bouton va vous aider à faire face à vos peurs et toutes vos émotions. Quant à moi, je vais vous abandonner douze jours, le temps de participer à un congrès aux États-Unis. Il est possible que je revienne avec de nouveaux produits, de nouveaux progrès, de nouveaux espoirs.

Le Dr Lacroix prit congé après lui avoir présenté la psychologue. Celle-ci l'invita à s'asseoir. Ils étaient face à face, chacun dans un petit fauteuil en osier. Au bord des larmes, Tu murmura:

– J'ai peur de la maladie. J'ai peur des examens à venir. De la chimio. J'ai peur de l'hôpital. J'ai peur de mourir. Ma femme, Aurore, bébé, mes parents…

– Voulez-vous que je les rencontre?

– Je préfère m'en occuper moi-même.

– Excellent! Voilà une première preuve de combativité.

– C'est tout de même idiot, un cancer du poumon à 23 ans, et qui plus est provoqué par la cigarette. Je savais depuis l'âge de 9 ans que c'était dangereux. C'est de ma faute.

– En vous culpabilisant, vous allez provoquer une avalanche de pensées négatives, des doutes, des inquiétudes, des angoisses. Vous alimenterez vos peurs. Vous avez appris, pratiqué et mesuré l'importance des pensées positives. C'est essentiel. Je vous engage à effectuer un bilan positif de votre vie: votre femme, votre famille, vos réalisations professionnelles… Le bilan effectué, concentrez-vous sur la seule réalité tangible : l'instant présent qu'il ne faut jamais gâcher par l'inquiétude du lendemain. Vous aimez lire, m'a-t-on dit. Lisez. Lisez beaucoup. Vous trouverez dans la lecture matière à un meilleur contrôle de votre mental, de quoi concrétiser et valoriser les aspects positifs de la vie. Bien sûr, recherchez une attitude positive par rapport à la maladie et à toute l'équipe médicale. Vous avez vu et verrez encore beaucoup d'autres spécialistes. Maintenez l'attitude que vous avez eue avec le Dr Lacroix, même si tous ne pourront pas toujours être aussi attentionnés que lui, car ici tout le monde est surchargé. Vous savez que pour l'hôpital, vous êtes devenu une sorte de porte-drapeau de la lutte contre le tabac. L'impossible sera tenté pour vous. Dans votre malheur, j'oserai dire que vous avez de la chance. N'hésitez pas à demander toute l'information que vous jugerez nécessaire. N'hésitez pas à devenir un peu oncologue vous-même ! Cela vous permettra de mieux comprendre les traitements, de mieux les accepter, et vous maintiendrez ainsi vos pensées positives. Je vous parle sur un ton un peu directif. Je pourrais être votre mère… Je suis avec vous pour vous écouter et vous aider à surmonter la maladie sur le plan psychologique, pour vous aider à mieux supporter les effets secondaires de la chimio. Toute l'équipe médicale, les médicaments, votre entourage sont vos partenaires. Ils sont unis pour vous aider à combattre et vaincre l'ennemi. Remerciez-les mentalement. Je vous demande aussi de noter au fur et à mesure vos peurs, vos inquiétudes, vos angoisses, vos questions médicales, psychologiques ou existentielles. Cela contribuera au maintien de votre combativité.

Ils engagèrent ensuite un dialogue alternant questions, réponses et silences, jusqu'à l'arrivée de l'infirmière chargée de la chimio. Juste avant de partir, il s'autorisa un appel à Florence, juste pour lui dire que dans cinq heures, il la serrerait dans ses bras. Ainsi bousculé, il n'eut pas le temps de se retrouver avec lui-même. L'infirmière l'installa et tenta de l'intéresser à la composition du « cocktail » qui lui était réservé : platine, vépéside, cyclophosphamide, anthracycline, alcaloïde de pervenche et peut-être encore quelques autres gâteries. Pas réellement de quoi exciter les papilles ! Elle lui demanda si l'exposé du médecin était bien clair et s'il avait des questions. Tout lui paraissait désespérément clair et limpide, il donna son accord pour l'injection. Celle-ci se fit en intraveineuse, mais avec promesse d'installation de la chambre à perfusion dès le lendemain. Ainsi ses veines ne seraient pas transformées en passoire.

Quelques minutes plus tard, Tu se sentit totalement abattu. Il souffrait de nausées et vomit. Bien que prévenu, la violence de la réaction le surprit. Il fut heureux de n'avoir pas imposé à Florence le spectacle qu'il offrait et que ses voisins offraient également : des faciès et des corps meurtris débitant des commentaires anxiogènes du style : « On est tous foutus mon gars ! » Il fut aussi malheureux de ne pas partager ces moments pénibles avec elle, car il était certain que sa seule présence doperait ses probabilités de guérison. L'infirmière lui proposa un casque réfrigéré à 4° C, un dispositif censé éviter la chute des cheveux. La mode étant aux crânes rasés, il rejeta l'offre !

Au cours de la séance de chimio et dès qu'il s'en sentit capable, Tu poursuivit la conception de son plan de bataille psychologique. Naturellement, il allait combattre… et gagner. Il allait pouvoir compter sur sa famille, bien sûr, et sur ses copains, même perdus de vue. Il respecterait scrupuleusement toutes les prescriptions. Il se libérerait émotionnellement avec la psychologue pour protéger sa femme enceinte. Il était heureux de constater que ni Florence ni ses parents ne voulaient lui jouer la comédie ou le surprotéger. Au même titre que les soignants, ils étaient ses partenaires. Ils allaient l'aider à se battre et à espérer face à l'incertitude. Pour lui, aujourd'hui, cancer ne signifiait ni mort certaine, ni souffrances insupportables. Il était bien conscient que sa vie de couple était d'ores et déjà altérée et sa carrière entre parenthèses. Il aimait, il pouvait, il savait relever les défis. Il décida de relever celui-ci. Refusant par principe d'imaginer l'issue fatale, il lui arrivait cependant de l'envisager pendant quelques fractions de seconde, puis retrouvait une phase de déni rassurant. Il se promit de suivre dès le lendemain les conseils de Madame Bouton et de faire un bilan de sa jeune vie. Il en mesurerait ainsi toute la valeur.

La psychologue entra. Elle clôturait un défilé de soignants dont les préoccupations étaient exclusivement techniques. Après quelques paroles rassurantes, elle entreprit d'écouter ses peurs et ses réponses au danger qui le menaçait. Il se confia avec une incroyable facilité. Progressivement, sa gorge se desserra, sa boule à l'estomac sembla s'alléger. Madame Bouton démythifia par ses questions l'environnement dans lequel il baignait aujourd'hui, ses souffrances, les dilemmes médicaux à venir, les erreurs comportementales toujours possibles des soignants surchargés, les non-dits, les craintes, etc. Elle l'interrogea ensuite sur ses peurs, qui apparurent pour l'essentiel le fruit de son imagination, particulièrement sollicitée en ces circonstances. Avoir peur n'allait certainement pas éliminer la cause de celle-ci, mais au contraire alimenter une machine à perdre. Il se rendit compte que la maîtriser contribuerait à maîtriser son mental et, par conséquent, à conserver un moral de gagnant, comme chez Chim'R avec ses succès commerciaux. Certain de gagner avant de partir, il allait gagner à l'arrivée... Madame Bouton le quitta en lui citant Montaigne et en lui faisant mémoriser la citation : *« L'homme est malmené non pas tant par les événements que par ce qu'il pense des événements. »* Elle lui remit un exemplaire des *Essais*.

Une ambulance livra à Florence un mari très affaibli, mais très heureux de bénéficier à nouveau de la chaleur de son foyer. Il raconta sa journée et insista sur sa rencontre avec la psychologue. Ils décidèrent de bannir entre eux toute forme de mensonge, de demi-vérité ou d'omission. Après avoir brièvement joué avec Aurore, le malade entreprit la lecture des *Essais*. Florence fut à la fois surprise et heureuse, car il préférait habituellement l'actualité immédiate aux grands auteurs.

Le lendemain, il repartait à l'hôpital. Un chirurgien lui posa une chambre de perfusion sous l'une des clavicules. Le Pr Leblanc, en remplacement du Dr Lacroix, l'examina, l'interrogea brièvement sur son ressenti, le réconforta encore plus brièvement et parla technique avec ses élèves et l'infirmière. Tu ne comprenait rien au vocabulaire ésotérique, sorte de latin médical, dont il était l'objet. Cela le changeait de l'approche si humaine des Drs Lacroix et Labannière. Protégé par sa confiance en l'équipe médicale et par l'encadrement de Madame Bouton, il ne s'inquiéta pas plus que nécessaire. L'injection, sans être un pur moment de bonheur, provoqua moins de réactions que la veille. Presque en forme, il arpenta le couloir, où il vit un triste spectacle d'éclopés, en attendant son rendez-vous avec la psychologue. Ses ongles devenus cassants et striés semblaient eux aussi n'avoir pas apprécié le traitement. À l'extrémité du couloir, la baie vitrée lui permit d'observer la vie. La vraie, celle matérialisée par le chantier d'extension de l'hôpital. Il distinguait clairement la pancarte indiquant la fin des travaux pour décembre 2003.

– Où serais-je à cette date ? murmura-t-il, la gorge serrée.

L'entretien avec Madame Bouton porta d'abord sur la nécessité d'accepter ce qui ne pouvait pas être changé, pour protéger son équilibre mental. Tu parla beaucoup. Ils examinèrent ensuite comment modifier ce qui pouvait être changé. Il prit ainsi conscience que lui, et lui seul, pouvait par des changements d'attitude en initier d'autres. En un mot, il découvrait que lui, et lui seul, avait la capacité et le pouvoir de se rendre heureux. Il allait donc chercher la sérénité par ses questions, ses lectures, ses recherches, ses activités, soit par la connaissance, véritable antidote de la peur. En attendant le retour de « son » oncologue, il tenterait d'intéresser le Pr Leblanc à son ressenti de la maladie et son refus du fatalisme. Il avait toujours préféré agir plutôt que subir. Ce n'était pas le moment de changer. Il ressortit de la séance avec un moral proche du zénith.

Le lendemain, pour la troisième injection, son séjour à l'hôpital dépassa à peine trois petites heures, équitablement partagées entre la chimio et la psychologie. La remplaçante de Madame Bouton lui fit pratiquer des exercices de yoga mental. Il allait pouvoir en effectuer à volonté, seul ou accompagné. La pratique de ces exercices l'enthousiasma. Au fil des séances, il se sentit de plus en plus habité par un calme intérieur impressionnant. Ses ennuis semblaient alors s'évanouir. Florence ne se fit pas prier pour s'y adonner elle aussi. Tout naturellement, ils décidèrent de le pratiquer ensemble, et à heures fixes, comme une sorte de rendez-vous avec la sérénité. Tu avait aussi rendez-vous avec la table. Il devait manger. Il s'y contraignait. Un peu. Ses parents, invités le mercredi soir, dissimulèrent mal leurs émotions face à ce manque d'appétit et à l'ensemble des autres « joyeusetés » consécutives à la chimio telles que des démangeaisons nocturnes à la plante des pieds, dans les jambes, dans les cuisses, des douleurs dans le bas du dos, etc.

Le vendredi 8 novembre, le Pr Leblanc et ses élèves effectuèrent un bilan de la tolérance à la toxicité. Rapide technique. Armé d'images, de schémas, de maquettes, le scientifique entreprit d'expliquer au malade l'origine des ennuis rencontrés ou à venir : épuisement, vomissements, manque d'appétit, sommeil léger, etc. Il répondit aux questions concernant les risques pris, le travail déjà effectué, la nature et l'objectif des médicaments qu'il devait ingurgiter. Il rappela la nature du cancer « à grains d'avoine » et de nombreuses informations importantes.

– L'essentiel est que, chez vous, la tumeur soit très sensible au traitement. Je suis très satisfait des résultats. Comment voyez-vous la situation ? Si la chimio demeure aussi efficace, vous avez des chances de vous en tirer.

– Des chances ?

– À ce jour, et très honnêtement, je n'en sais rien. Il y a beaucoup trop de « si » pour vous répondre correctement. Mais rassurez-vous, dès la fin du second cycle de chimio, nous aurons une vue beaucoup plus précise.

À l'issue de la consultation, Tu se « réfugia » en sueurs chez la psychologue.

Au cours du week-end, il s'affaiblit dramatiquement à un point tel que sa détermination à vivre paraissait aux siens comme ébranlée. Fatigue intense, nausées, vomissements, absence d'appétit, langue noire, troubles digestifs, cardiaques, digestifs et nerveux, migraines et libido à l'état de souvenir l'affligeaient. Entouré par Florence et ses parents, tous trois attentionnés, affectueux, prévenants, Tu essayait de composer. Il luttait durement, physiquement et psychologiquement. Des « efforts » comme prendre une douche ou même parler devenaient pénibles. Ne rien faire l'était tout autant.

Le mardi 12, ses nausées devenant insupportables, il décida de retourner à l'hôpital, à jeun, sacrifice qui n'en était plus un. Il était en colère contre la Terre entière et contre lui-même. En l'absence de rendez-vous, le Dr Lacroix, fraîchement rentré de son congrès américain, ne le vit que quelques minutes, le temps d'ordonner une prise de sang immédiate, une surveillance de sa température, et de fixer un entretien pour le début de l'après-midi.

– Avant de vous parler de votre sang, je tiens à vous dire combien je suis heureux de vous retrouver ici. Lors du congrès, j'ai parlé de votre cas à mes confrères ébahis. Vous êtes célèbre dans le petit monde de l'oncologie. Voici les résultats de votre prise de sang : 12 000 plaquettes/mm^3 au lieu d'un minimum de 150 000, 3 500 globules blancs/mm^3 alors que j'en espérais de 4 000 à 10 000 et 10 g d'hémoglobine, soit de 2 à 8 g manquants. Je dois vous dire que c'est un souci.

Considérant que le niveau d'angoisse de son patient devenait préoccupant, et pour prévenir des troubles psychologiques, Madame Bouton fut appelée à la rescousse. Elle allait traiter ses émotions par une écoute attentive et des séances de relaxation profonde. Un « luxe » auquel bien peu de malades pouvaient hélas prétendre. Entre-temps, le docteur le fit parler sur son besoin d'espoir, sa volonté de vivre, sa confiance en l'équipe soignante, son souci d'une certaine qualité de la vie, son rejet du fatalisme.

– Je suis angoissé. Je broie du noir jour et nuit, finit par avouer le malade. Est-ce que des anxiolytiques pourraient m'aider ?

– J'ai beaucoup mieux : mon carnet de rendez-vous, trois numéros de téléphone pour être en contact vraiment permanent et la psychologue tout à l'heure. Votre médecin traitant peut aussi vous aider. Je ne veux pas vous donner d'anxiolytiques, car ils ne feraient que reporter le problème. Mais attention : vous vous faites conduire à l'hôpital si vous crachez ou mouchez du sang, y compris pendant un week-end. Cela signifierait une forte diminution du nombre des plaquettes et un risque d'hémorragie grave, voire mortelle. Il ne s'agit que d'une hypothèse.

Le lendemain, Tu retrouvait l'hôpital en urgence, car il urinait du sang. La prise de sang révéla 4000 plaquettes, un niveau très inquiétant. Un concentré plaquettaire fut immédiatement réalisé et transfusé. Le malade put raccompagner sa femme. Le seul vrai bonheur du jour fut la mine réjouie d'Aurore ouvrant la porte à son père.

Le vendredi 15 novembre, Tu revint à l'hôpital pour une simple numération sanguine. Le triplement du nombre des plaquettes permit au médecin de diffuser un message d'optimisme reçu 6/5. Au cours du week-end, Tu s'offrit un nouveau look : en se réveillant le matin, il constata que presque tous ses cheveux avaient préféré rester au lit. Cils, sourcils et barbe, quant à eux, se raréfiaient outrageusement. Autre bizarrerie, sa peau devenait sèche, à la limite de l'acceptable. Il découvrit alors les produits hydratants. Après une alerte, le premier cycle de chimiothérapie s'achevait quasi normalement.

La première injection du deuxième cycle fut précédée par l'habituelle prise de sang. Celle-ci réserva une bonne surprise : les plaquettes sans retrouver leur niveau normal atteignaient tout de même 90 000. Elle réserva aussi une moins bonne nouvelle : le taux de globules blancs était descendu à 2500. Le Dr Lacroix et ses collègues modifièrent la composition du cocktail toxique injecté. Une semaine après les trois séances de chimio, la numération sanguine avouait fièrement 640 000 plaquettes et 10 500 globules blancs. Des maxima ! Quoique toujours fatigué, Tu se sentait pousser des ailes.

Le 9 décembre, l'analyse démontrant un effondrement des globules blancs à 600, l'oncologue prescrivit la prise d'antibiotiques oraux à titre préventif.

– Prenez, bien entendu, toutes les précautions pour éviter tout risque infectieux. Si vous développez une fièvre supérieure à 38,3° C, si vous avez des frissons, vous serez immédiatement hospitalisé pour des perfusions de fortes doses d'antibiotiques, prévint le médecin.

Celui-ci lui parla des bienfaits de l'arrêt du tabac. Il montra une courbe qui indiquait très clairement l'incidence de l'arrêt du tabac sur l'évolution des risques. Il le félicita à nouveau pour avoir cessé avant leur premier contact.

En forme, certes pas olympique, mais un peu plus encourageante, Tu commençait à échafauder des projets. Il allait consacrer une semaine de sa convalescence à sa famille, à ses amis, à lire, à regarder la télévision et surfer sur Internet. Il était certain que tous ses amis, naturellement discrets jusque-là, allaient très spontanément se manifester. Il comptait également en « convoquer » quelques-uns. Ensuite, sa santé continuant à s'améliorer, il reprendrait contact avec Chim'R pour envisager une reprise de ses activités. Même à temps partiel.

Il se mit à rechercher frénétiquement des informations sur sa maladie via Internet. Il en recueillit une quantité. Certaines lui parurent contradictoires. Pour la plupart, il ne parvenait pas à extraire de la gangue technique la ou les informations le concernant personnellement. Il crut néanmoins comprendre que sa survie n'excéderait pas huit petits mois. Face à cette information, qu'il essayait instinctivement de contester, il sentit monter en lui de multiples colères : colère envers l'industrie du tabac qui avait su le séduire et l'accrocher, colère envers les médecins qui n'avaient pas vraiment tout dit, colère envers ses parents et même Florence qui auraient dû être présents à cet instant, colère envers l'auteur des lettres anonymes, colère enfin vis-à-vis de lui-même.

Il était pâle, son pouls s'était accéléré. Il ressentait de peu sympathiques palpitations. Proche du malaise, il se calma avec des exercices de yoga mental. Apaisé et totalement confiant en l'hôpital, il préféra cesser ses recherches pour ne pas risquer de semer le doute dans son esprit. Face à la mort envisagée de temps à autre, face à lui-même, il apprit, grâce aux enseignements de la psychologue, à savourer l'air, la liberté de ses mouvements, de ses pensées, de ses émotions. Il devenait sensible aux beautés environnantes : beauté des choses, des gestes, des cœurs, de l'instant qu'il côtoyait précédemment sans les voir et sans les apprécier à leur juste mesure. Il voulait croire qu'il pourrait encore compléter les nombreuses pages blanches de son album de photos.

Avant d'envisager un retour dans son entreprise, il décida de se consacrer au bénévolat. Faire le bien, pour lui qui allait mal, lui paraissait soudainement une absolue nécessité. Était-ce une résurgence tardive de son éducation ? En établissant son bilan de vie, il se rappela qu'une des motivations à fumer fut le plaisir plutôt malsain de voir sa mère se morfondre à l'idée d'avoir engendré un fumeur. Fumer, c'était se venger. Il y réfléchit longuement. Seul. Cette expérience, ô combien nuisible pour lui, devait devenir maintenant utile pour les autres. La nature du bénévolat auquel il songeait se précisait : il deviendrait un militant antitabac acharné.

La nouvelle vie du malade et du couple s'organisait. Aurore, les visites à l'hôpital, les lectures, les promenades et les visites de parents et amis remplissaient son agenda. Depuis qu'il était à nouveau présentable, quelques amis étaient venus spontanément. Certains ne savaient manifestement ni trop quoi dire, ni trop comment se comporter. D'autres, au contraire, avaient été « préparés » par Florence ou les parents. Tu voyait en eux une source remarquable de réconfort. L'apôtre antitabac fit promettre à chaque ami ou amie encore sous les griffes du tabac de rompre définitivement avec la cancerette. Il fixa avec eux un calendrier et donna toutes les informations dont il disposait pour les aider à s'en libérer. Jamais il ne parlait de la maladie, celle-ci parlait pour lui. Son message portait essentiellement sur les manipulations psychiques et physiques dont tous les fumeurs sont victimes. Il consacrait maintenant son temps à les découvrir chaque jour un peu mieux au travers des archives de l'industrie du tabac, accessibles par Internet. Le film *Révélations,* diffusé à la télévision, lui dévoila la seule industrie au monde capable de tuer prématurément et légalement un client sur deux. Tu voulait simplement que les fumeurs connaissent un peu mieux les mœurs de leurs fournisseurs et assassins. Lui qui avait naïvement cru que fumer était synonyme de liberté, s'était inconsciemment retrouvé en prison et, aujourd'hui peut-être, dans un tunnel qui le menait à la chambre d'exécution… À cette époque, la mort, qu'il entrevoyait parfois, lui apparaissait comme ressemblant à de longues vacances.

Son deuxième cycle de chimio s'acheva à la satisfaction de ses soignants. Le troisième cycle démarrerait les 6, 7 et 8 janvier 2003. Il lui revenait de temps à autre en mémoire quelques propos sombres des Drs Lacroix et Labannière. Il revoyait quelques visages déconfits de soignants ou d'amis jouant une triste comédie. Il chassait immédiatement ces vilaines réminiscences car, une fois pour toutes, il avait décidé que le pire n'était jamais certain. Même 10 % de chances de survie étaient bonnes à prendre… à condition d'y être inclus. Par ailleurs, qui pouvait affirmer être sûr du lendemain ? Pas plus lui que les autres. Lorsqu'il parlait ainsi, Florence, ses parents, son frère, sa sœur applaudissaient des deux mains, eux qui n'étaient pourtant que des spectateurs impuissants.

XXVI

La réunion stratégique que présidait Ad Patres avait pour thème l'image de Pro-Mortem, image que l'on ne pouvait pas décrire comme exagérément enviable ! Présenter une image positive, prendre en compte les responsabilités sociales ou faire semblant devrait, selon l'assistance, permettre de détourner l'attention sur les effets négatifs du tabac. L'étude venant de démontrer le caractère irresponsable de l'industrie ne pouvait que nuire encore un peu plus à ses relations avec les États, le public et ses clients. Après des décennies de mensonges, l'industrie acceptait donc de discuter sur les effets du tabac sur la santé. Elle ne ferait plus d'obstruction systématique et reconnaîtrait, lorsqu'elle y serait obligée, la relation de causalité tabac-maladies. C'était indispensable pour calmer les États dont les opinions publiques évoluaient mal et prévenir des procès en cascades. Il fallait se préparer au lancement de produits à risques réduits : une notice impensable quelques mois plus tôt apparaîtrait dans les paquets, des affichettes antitabac fleuriraient chez les détaillants et dans les pharmacies ! Tous les nouveaux bernés ne manqueraient pas, après quelques mois de matraquage aux accents de sincérité, de considérer la nouvelle cigarette « sans danger » comme une délivrance ! La prévention chez les jeunes allait subir un sérieux coup d'accélérateur. Bien entendu, elle conserverait son caractère contre-productif. Toujours à la recherche d'un capital minimum de sympathie, il fut décidé de distribuer des repas aux démunis, souvent de bons clients Pro-Mortem, d'apporter un soutien psychologique aux victimes de violences, etc.

Ad Patres se mit brutalement en colère. C'était un spectacle à éviter, quoique très haut en couleur… Le responsable du lobbying européen venait de l'informer qu'un jeune imbécile de 23 ans venait de se voir confirmer un diagnostic de cancer du poumon à très mauvais pronostic. Cette information recoupait celle recueillie précédemment dans un congrès d'oncologie, où ce crétin faisait déjà presque figure de héros. Il raccrocha violemment et se mit à tourner en rond dans son immense bureau. Le sort de cette andouille de Tu lui importait peu. Ce qui l'énervait se résumait en trois points. Ce sot n'avait que 23 ans. Son sort allait susciter des vocations chez les antitabac. Il imaginait déjà ses magnifiques programmes de prévention tournés en dérision ici, refusés là. Bien que familier des qualificatifs d'assassin, meurtrier, bandit, bourreau, criminel, massacreur, truand, tortionnaire… il commençait à redouter de devoir personnellement commenter l'événement. Comment manipuler l'opinion face à pareille horreur ? Le fait que le minus cancéreux était un ex-fournisseur en additifs de l'une de ses usines était la seconde cause de l'ire patresienne. En tant que tel, cet abruti connaissait sans doute quelques-uns des petits secrets de Pro-Mortem. Une enquête pour mesurer les risques de « fuites » dans l'usine était déjà diligentée. La troisième raison de son emportement concernait ses profits. Déjà, quelques idiots mouraient dans la trentaine. Jusqu'à maintenant, cela s'était fait dans la discrétion. Mais maintenant, ce fumeur de 23 ans n'avait sans doute même pas fumé pendant dix ans. Un tel manque de savoir-vivre hypothéquait ses conditions d'exploitation et ses profits à court, moyen et long terme.

D'accord pour encourager les jeunes à fumer de plus en plus tôt, Ad Patres ne supportait pas les « lâcheurs ».

Après avoir consulté Gurkha, il conclut que Tu ne devait pas mourir de son cancer, mais d'autre chose. Quelque chose de discret, non détectable, non opposable à l'industrie. Il y avait le choix que diable ! Sous aucun prétexte, Tu ne devait rallonger les statistiques. Gurkha savait quoi faire…

XXVII

L'activité de militant antitabac n'exonérait pas le malade des visites de contrôle à l'hôpital et de ses rencontres avec la psychologue. Il considérait ces visites comme d'agréables et indispensables ponctuations. Le 20 décembre, par exemple, son entretien avec Madame Bouton fut consacré à « la biologie de l'espoir, facteur de guérison », articulé autour d'un texte de Mère Térésa :

La vie est une chance, saisis-la.
La vie est beauté, admire-la.
La vie est béatitude, savoure-la.
La vie est un rêve, fais-en une réalité.
La vie est un défi, fais-lui face.
La vie est un devoir, accomplis-le.
La vie est un jeu, joue-le.
La vie est précieuse, prends-en soin.
La vie est richesse, conserve-la.
La vie est amour, jouis-en.
La vie est mystère, perce-le.
La vie est promesse, remplis-la.
La vie est tristesse, surmonte-la.

La vie est un hymne, chante-le.
La vie est un combat, accepte-le.
La vie est une tragédie, prends-la à bras le corps.
La vie est une aventure, ose-la.
La vie est bonheur, mérite-le.
La vie est la vie, défends-la.

En une heure, ils avaient philosophé sur la valeur réelle de la vie. Il avait grandi. Il se promit de continuer ce merveilleux voyage avec Florence, si elle le voulait. Il regretta de ne pas avoir découvert ces richesses plus tôt. La connaissance de soi lui apparaissait maintenant plus fondamentalement utile que celle de l'usage de l'acide alphaglycérophosphorique dans l'industrie du tabac.

La veille, il avait rejoint Espoirs, une association de jeunes de 15-29 ans atteints d'un cancer. Il apprit ainsi que sur des milliers de jeunes de cette tranche d'âge qui en étaient atteints, lui seul l'était à cause du tabac. Pour l'instant. Toute cette population éprouvée échangeait informations, sentiments, peurs, espoirs, critiques et humour sur un forum Internet. Des discussions s'animaient autour de la fréquence des vomissements, de la perte de poids, des sensations d'étouffement, de la fatigue, des coups de soleil liés à la radiothérapie, des brûlures de l'œsophage, des pneumonies aiguës, des ratés chirurgicaux, etc. On y trouvait aussi détaillés les projets de voyage des uns et des autres ! Enfin, une rubrique était consacrée aux blagues et à l'humour noir. Tu rit jaune en découvrant une citation d'Alphonse Allais : *« L'avantage des médecins, c'est que lorsqu'ils commettent une erreur, ils l'enterrent tout de suite. »* Il sourit plus franchement en découvrant une phrase de Woody Allen : *« Ce n'est pas que j'ai peur de mourir. Je veux juste ne pas être là quand cela arrivera. »* Quelques « anciens » en rémission animaient le forum. Rapidement, Tu prit conscience que leur aide complétait admirablement celle des soignants. Ces anciens étaient la preuve vivante qu'on ne mourrait pas obligatoirement d'un cancer.

Le 23 décembre, très affaibli, il se traîna jusqu'à sa banque pour y effectuer quelques opérations. Le guichetier, guindé plus que nécessaire, consulta ses comptes et l'interrogea sur son état de santé. Tu expliqua calmement qu'il était atteint d'un cancer du poumon provoqué par ses cigarettes, cancer excellemment soigné depuis le 25 octobre. Le regard de l'employé trahit ses pensées : il était condamné, car ce cancer ne pardonnait pas. Donc, honte à ce pestiféré qui, après tout, l'avait bien cherché. Cet individu en sursis représentait un risque inacceptable pour la banque. Tu fut glacé d'effroi par l'expression du visage adverse, une expression perçue seulement pendant quelques fractions de secondes. Son moral encaissa. Il ne fut même pas surpris de recevoir un courrier signé par deux illustres inconnus l'informant de la suppression immédiate de son découvert avec menace d'astreinte. Florence fut informée de l'incident et horrifiée par un tel manque d'humanité. Tu prit sa plus belle plume, expliqua la nature administrative du découvert, la date de couverture et remercia par la même occasion la banque pour la délicatesse de l'employé modèle qui l'enterrait un peu prématurément. Il lui parut superflu de présenter ses bons vœux pour 2003.

Le 24 décembre, en guise de premier cadeau, il reçut une lettre, mi-attendue, mi-redoutée.

Toujours la même enveloppe, toujours la même écriture déguisée. Le message complet, toujours écrit avec des lettres découpées dans les journaux était :

TU A ÉTÉ CONDAMNÉ À MORT PAR LA CIGARETTE.

Fin.

Enfin, Tu avait l'intégralité du message. Pourquoi son « correspondant » avait-il étalé ses envois sur plus de six ans ? Qui était-il ou qui était-elle ? Quel était le rapport entre ces envois et sa maladie, entre le message et la réalité ? Avait-on voulu ou voulait-on le tuer délibérément ? Ou au contraire, avait-on voulu le préserver d'un danger ? Dans ce cas, pourquoi ne pas lui avoir envoyé l'intégralité du texte en une seule fois ? Encore dans ses questions, il grimaça intérieurement en pensant que le 25 mai 1996, date du premier envoi, il n'en aurait de toute façon pas tenu compte. Florence le surprit dans ses réflexions. Ils reprirent à deux l'analyse du mystère. Tous les suspects possibles furent couchés sur une liste puis examinés un par un pour tenter d'identifier un mobile. Toutes leurs connaissances y passèrent, parents, frère et sœur, cousins… pour un résultat d'une nullité affligeante.

– Bref, il s'agit d'un sadique ou d'un malade, conclut Florence qui poursuivit : ton moral aide tes soignants. Tu vas lui montrer l'inutilité de son sadisme, puisque tu vas vivre, n'est-ce pas ?

Pour être certain de ne pas lui mentir, Tu, en guise de réponse, la serra brutalement et longuement dans ses bras.

La soirée de Noël réunit les deux familles. Moyennement en forme, Tu prenait plaisir à décoder les paroles prononcées, les non-dits et les attitudes des convives. Même ce dernier mot l'amusait ! Voyaient-ils aujourd'hui sa pâleur, son teint peu engageant ? Entendaient-ils sa voix altérée ou, au contraire, étaient-ils subjugués par sa beauté intérieure en pleine évolution ? Globalement, les siens lui paraissaient sincères et authentiques. Au cours des mois écoulés, ils avaient montré leur disponibilité, leur compassion, leur détermination à l'aider. Ils avaient appris à domestiquer ce qui en d'autres temps aurait été pris pour des sautes d'humeur intolérables, du vague à l'âme inadmissible. Lui dont le tempérament était aussi volontaire que constant connaissait des périodes en forme de sinusoïdes propres à dérouter les personnes les mieux intentionnées. Les jours d'espoir suivaient ou précédaient des jours de doute. Leurs paroles, leurs actions avaient, avec celles des soignants, contribué à apprivoiser le diagnostic puis à accepter les traitements et l'évolution erratique. Ce jour de Noël, il se savait atteint. Pas condamné. Grâce à la biologie de la guérison enseignée par Madame Bouton, il tenait aujourd'hui fermement la barre. Restaient à éviter les écueils que ses soignants ne parviendraient pas à lui épargner. Son envie d'être, de demeurer avec les siens le conduisit à accepter la proposition paternelle d'une partie de Monopoly, une fois les cadeaux échangés. Tous participèrent. Chacun défendit âprement ses acquisitions. Tu apprécia hautement l'absence de compassion visant à lui permettre de gagner. Il avait envie de se battre et de gagner la partie.

Le 28 décembre, presque en forme, Tu reçut la visite de son père. Une visite sans but particulier. Ce jour-là, le malade semblait ne plus mériter le qualificatif.

– Papa, après un peu plus de deux mois de vacances forcées et comme globalement je me sens bien, je pense retourner au travail. Je vais m'inviter à la réception du 6 janvier. J'aurai plaisir à retrouver mes collègues. Ma forme les surprendra. Sais-tu s'ils ont décidé de me confier une activité à temps partiel ? Depuis le 25 octobre, le travail n'a certes plus pour moi la valeur qu'il avait précédemment, mais il demeure important. Si j'avais un mi-temps, ce serait bien pour Chim'R, pour mon moral et pour mes actions antitabac.

Le père avoua n'avoir reçu aucune information particulière au sujet de sa reprise. Il indiqua seulement que sa voiture de fonction devait être restituée pour le 6 janvier.

Après une brève visite de routine à l'hôpital, au zénith de sa forme, Tu se félicita des soins reçus qui, finalement, lui convenaient. Il ne fut pas avare de compliments pour toute l'équipe médicale. C'est avec un réel plaisir qu'il reçut six amis, tous heureux de sa renaissance. Aucun n'éprouva le besoin de lui conseiller de profiter de la vie, de sortir, etc. Ils parlèrent famille, travail, souvenirs. De façon étrange, aucun couple ne vint avec son enfant. Le cancer n'était pourtant pas contagieux! Les longues heures passées en famille et les visites amicales furent pour lui autant de toniques.

Le 30 décembre vit la seconde édition du bilan conjugal. Chacun vint avec sa liste de griefs, des broutilles parfaitement ridicules. Leurs deux listes s'étaient arrêtées le 25 octobre. Leurs vœux pour 2003 étaient simples: s'aimer toujours plus et vaincre l'injustice qui les frappait. Florence ajouta au bilan un projet de vacances à la neige pour février. Il l'accueillit avec joie et accepta immédiatement. Un instant plus tard, il suggérait néanmoins qu'une assurance annulation soit prévue… Ils approuvèrent le bilan 2002 :

– Bon pour une année de bonheur à trois et, bientôt, à quatre! conclut Florence.

– Et beaucoup d'autres années, peut-être, murmura Tu.

En prononçant ces paroles, il revit la pancarte de l'hôpital, fin du chantier: décembre 2003.

La Saint Sylvestre se déroula calmement. Florence, tellement heureuse de voir son mari en si bonne forme, l'entraîna avec Aurore dans un restaurant tout proche pour s'offrir un Réveillon à 20 heures. Tu trouvait sa femme bien prudente, lui qui, aujourd'hui, se sentait capable de déplacer des montagnes, plus exactement de petites collines. Mais ce que femme veut, Dieu le veut! À 23 heures, aussi heureux que fatigué, Tu peinait pour attendre minuit et embrasser ses femmes. Cette année-là, à cette heure-là, le téléphone se fit oublier.

Le lendemain, 1er janvier 2003, les parents apportèrent le déjeuner. Il était composé de toutes les bonnes choses qu'appréciait le malade.

– Tu es un fils gâté pourri! s'esclaffa Florence.

– Pas encore, osa rétorquer l'intéressé.

Cette réponse ne fut officiellement pas entendue.

Maman avait ouvertement mal vécu l'annonce de la maladie. Elle avait encore moins bien supporté les traductions visuelles des premiers effets secondaires. Dans un premier temps, elle s'était culpabilisée, puis isolée. Rapidement, elle s'était bruyamment révoltée contre l'industrie du tabac, au point d'en devenir agressive. Elle était devenue la terreur des fumeurs de son école, collègues compris. Les vendeurs de tabac locaux la redoutaient car ils savaient qu'elle pourrait dénoncer les ventes à la pièce. Les automobilistes qui se délestaient du contenu de leur cendrier ou d'un simple mégot sur la voie publique avaient depuis peu l'opportunité d'enrichir leur vocabulaire d'insultes ! Elle avait écrit à divers médias pour signaler que le tabac ne tue pas que des vieux. N'ayant rencontré aucun écho, elle pestait contre « ces vendus à l'industrie du tabac ». Sa lutte l'avait d'abord épuisée puis, au fil des semaines, elle y avait trouvé une nouvelle source d'énergie. Quelle que soit l'issue du combat, et puisqu'elle n'avait pas su éviter l'emprise de la cigarette sur son fils, elle devait se battre. Elle se battait, elle se battrait.

Tu s'était progressivement rapproché de sa mère. Il la trouvait depuis peu formidable. Il devinait ses tourments. Même son dynamisme, qu'il aurait autrefois qualifié d'excessif lui apparaissait aujourd'hui salutaire. Dire qu'il avait commencé à fumer pour lui être désagréable ! Florence, elle et son père étaient les trois piliers indéfectibles sur lesquels il pouvait toujours s'appuyer. Avec ce trio, il pouvait tout partager, tout gagner. Avant que le soleil ne décide de disparaître, père et fils décidèrent d'effectuer une brève promenade à pied. Ils poursuivirent leur conversation. L'ancien vendeur revint sur son souhait de retravailler. Le père croyait que l'annonce de la restitution de sa voiture avait sonné le glas de cette revendication. Il dut pérorer sur le classement de sa « longue maladie » administrativement synonyme d'impossibilité momentanée de travailler.

– Cancer = longue maladie = mort. Est-ce la seule bonne équation ? Chim'R m'a donc déjà condamné !

– Mais non, c'est une vue administrative des choses. Par ailleurs, tu sais bien que ta condition fluctue en fonction des traitements, ce qui t'interdit de reprendre ton activité d'antan.

– Certes, mais un mi-temps sédentaire ?

– Dans une PME sans doute. Dans une multinationale hyperstructurée, certainement pas.

– Je suis donc déjà remplacé ?

– Je te dois la vérité : c'est oui. Il a fallu recruter à l'extérieur chez un concurrent. Ton successeur, je veux dire ton remplaçant, arrive le 6 janvier. D'ailleurs, sur un plan pratique et puisque tu veux assister à la cérémonie du nouvel an, je te propose de partir ensemble à deux voitures. Tu pourras ainsi laisser la tienne là-bas.

– Si je dois restituer la voiture, c'est que Chim'R ne croit plus en mes chances de guérison.

– Pardonne-moi, mais je crois que tu t'égares. Tu avais un poste commercial avec voiture. Ton remplaçant va utiliser cette voiture pendant ton incapacité. Lorsque tu seras guéri, tu seras réintégré à ton poste ou un autre, avec ou sans voiture selon l'affectation.

– Il n'empêche, cela sent l'enterrement prématuré !

– Je comprends ton point de vue, mais franchement, tu dérapes. Ton salaire est garanti, tous les frais d'hospitalisation sont couverts par l'assurance du groupe, tu as reçu des témoignages de sympathie de la direction et de tes collègues.

– Exact. Par écrit. Pas un seul ne s'est déplacé.

– Oui, mais tu sais que dans notre organisation, seul le résultat trimestriel compte. Les sentiments sont considérés comme peu générateurs de cash-flow et, par conséquent, accessoires. Je dois tout de même te dire que tes patrons espèrent te revoir actif au plus vite. Tes résultats passés y sont pour quelque chose. De plus, ton usine ex-bien-aimée va être délocalisée en Hollande et celle annoncée sera finalement implantée en Allemagne. Il paraît que ces deux pays sont bien disposés à l'égard de l'industrie du tabac.

– Pourquoi ne pas me permettre de participer à la formation de mon remplaçant ?

– Tu as 23 ans, tu ne crois pas que c'est un peu tôt ? Je vais toutefois en parler, promit le père.

– Puisque je ne suis plus attendu dans l'entreprise, je renonce à la réception. Je te propose de conduire la voiture la veille. Ce sera moins triste. D'ailleurs, j'ai une chimio le 6.

– Que complotiez-vous ? interrogea Florence après qu'Aurore eut ouvert la porte.

– Nous parlions avenir, boulot, grandeur et servitude des multinationales… répondit le père.

XXVIII

En compagnie de son état-major élargi, Ad Patres s'apprêtait à subir l'une de ces pénibles réunions où chaque protagoniste tentait de justifier son salaire plantureux et son budget grassouillet. Son esprit était ailleurs.

– Nous avons convaincu le ministre de l'Éducation d'Absurdie, avec un tiers seulement du budget prévu, de prendre en charge la prévention du tabagisme de son pays. Nous allons endoctriner 15 600 écoles secondaires, lança le premier intervenant.

– Nos lobbyistes ont obtenu de vingt-deux États le principe de l'autorégulation des publicités et la levée de leur interdiction officielle, poursuivit le second, prêt à développer.

– Nous parrainons tous les concerts de la tournée du groupe pop XYZ. Ces vedettes sont très populaires. Leur image sulfureuse, leur refus des traditions, leur côté rebelle séduisent les jeunes. Notre partenariat est souligné et apprécié par la presse locale. Sans nous, tout le monde sait que la tournée n'aurait pas eu lieu. TV, radio et journaux sont muselés. Nos couleurs sont partout.

– Voici les nouvelles maquettes d'enseignes et de présentoirs. Nous avons mesuré leur impact. Le coût contact est ridiculement bas. Nous les diffusons à grande vitesse. Plus nous en aurons implanté, plus il sera difficile de nous les supprimer. Nous contrevenons aux interdictions de publicité mais, avant que les pouvoirs publics ne réagissent, nous aurons bien conforté quelques dizaines de milliers de fumeurs dans leur sage décision de continuer à nous enrichir. Bien plus encore auront été incités à goûter au fruit défendu.

– Nous proposons d'augmenter la marge des détaillants pour pouvoir asphyxier une marque locale qui résiste encore au Tabakistan.

– Nous avons payé des journalistes pour descendre en flammes les objectifs du traité antitabac de l'OMS. Ils qualifieront dorénavant l'OMS d'organisation fanatique et utiliseront les arguments suivants :

- Toutes les mesures envisagées n'ont fait l'objet d'aucune concertation avec l'industrie.
- L'organisation vise à interdire purement et simplement l'usage du tabac au mépris de la liberté individuelle. L'OMS prétend agir au nom de la prévention alors qu'elle ne fait qu'ajouter un échelon de bureaucratie et de réglementation aux gouvernements en place.
- Nous refusons le caractère mondial de son action et voulons lui conserver son seul caractère consultatif.

Cette communication fut unanimement applaudie.

– Nous effectuons partout toutes les actions nécessaires pour relancer le paquet de 10 en réponse à l'augmentation des taxes, ou au moins, obtenir la possibilité de vendre des paquets de moins de 20.

– Nous organisons sur les parkings des stations autoroutières du Luxembourg des pseudo-concours. Les gogos gagnent un briquet de pacotille et le droit d'acheter des caisses selon la fiscalité luxembourgeoise. Il n'y a plus de gabelous et la fiscalité européenne sur le tabac ne sera pas harmonisée avant des lustres. Nous y veillons. Nous poursuivons la distribution d'échantillons aux minorités, des cibles encore pleines d'espoir pour nos dividendes.

– Nous offrons des tickets d'entrée au cinéma pour que des jeunes aillent voir un film dans lequel un acteur a été payé pour fumer.

– En offrant 30 tonnes de riz au Président du Faministan, nous avons obtenu une couverture médiatique estimée à 800 tonnes ! Et on nous prend pour des bienfaiteurs !

– Nous entreprenons une nouvelle action judiciaire contre Singapour qui vient d'interdire de fumer dans la rue.

– Nous avons obtenu du dessinateur de BD Marron qu'il fume sur tous les plateaux de TV où il ira présenter son dernier album. Chaque cigarette consommée dans ces conditions nous rapporte plus de 1000 nouveaux clients et en conforte bien plus. Nous n'avons rien pu faire pour ses passages en radio…

Ad Patres avait écouté ses collaborateurs, tous surprenants d'ingéniosité. L'esprit ailleurs, il attendait la synthèse de la réunion sans passion.

La conseillère en affaires géopolitiques, une certaine Margaret Thatcher fit son entrée :

– Grâce à l'intervention des diplomates, à la mobilisation de tous, à l'esprit commercial de nos ambassades, à nos politiques, à nos services secrets et avec quelques menaces de représailles commerciales, nous avons finalement réussi à pénétrer dans le marché chinois. Nous le considérons tous comme un véritable Eldorado. Eu égard à sa croissance, la plus rapide au monde, la Chine va dépasser en volume de tabac le Japon dans les cinq à dix ans. Déjà, elle compte 300 millions de fumeurs ! Plus du quart de l'humanité fumeuse ! 60 % des hommes fument, mais seulement 10 % des femmes. Notre savoir-faire va très vite permettre d'instaurer la parité… Cerise sur le gâteau : 30 % seulement des Chinois savent que le tabac est nocif. Plus fort, 10 à 20 % sont persuadés qu'il est bon pour la santé. Voilà une information difficile à généraliser ailleurs actuellement, et c'est dommage. Le marché chinois s'entrouvre : 10 millions de cigarettes pour l'importation officielle, et beaucoup plus avec la contrebande, selon nos us et coutumes bien rodés. Pour nous, légalement ou illégalement, nos marges sont identiques. Les tests réalisés montrent que la publicité va permettre d'augmenter la consommation globale d'au moins 10 % au cours de l'année. En Chine, comme ailleurs, la fable selon laquelle la cigarette étrangère représente l'accès à un statut social est parfaitement assimilée. Le Conseil a décidé d'investir massivement dans les œuvres de charité pour contrecarrer quelques initiatives locales de mauvais augure : dans certaines universités, les étudiants fumeurs sont expulsés ; il est interdit de fumer dans les nouveaux trains. Pour ce qui concerne les cancers pulmonaires, nous avons trouvé une faille pour biaiser toutes les études avec un facteur confondant : le charbon employé comme combustible. Nos études encore à réaliser vont démontrer que les cancers du poumon ne sont pas liés au tabac, mais au charbon. Nous avons trouvé des scientifiques chinois influençables. Ces travaux nous permettront d'entretenir la controverse le temps nécessaire pour pénétrer en profondeur dans ce nouveau marché…

Maggy continua encore pendant 22 minutes à expliquer pourquoi Pro-Mortem avait bien fait de la louer pour 1 million de dollars ! Au terme de son exposé, tous les participants se levèrent et l'applaudirent longuement.

– Cette Maggy, quel homme ! pensa Ad patres.

Pendant toute la durée de la réunion, Tu obséda Ad Patres. Le seul « sentiment » auquel il était sensible s'appelait « rendement trimestriel ». Tu était un véritable danger. Que faisait donc Gurkha ? Quelques minutes plus tard, son téléphone satellite sonna.

– L'imbécile s'appelle bien Tu, ce qui est une circonstance aggravante, car Tu, c'est vous, c'est moi, c'est nous ! N'importe quel fumeur pourra s'identifier à lui. *Tu* et *tue* sera un amalgame facile pour la presse ! Notre enquête montre qu'en dépit de sa bonne forme actuelle, il est condamné. Sans même payer, nous avons appris qu'il n'atteindra pas le mois de juin prochain. Son employeur se trouve être l'un de nos fournisseurs sensibles. Tu livrait à notre usine des additifs renforçateurs d'addiction, dont nous seuls connaissons la toxicité sous pyrolyse. Tu n'a aucun problème financier. Nous n'avons aucun levier de ce côté-là. Son père travaille dans la même entreprise. Ancien fumeur (mais il a donné correctement pendant vingt-six ans), il suscite des campagnes de sensibilisation à la libération tabagique chez Chim'R. Récemment, il a accompagné son fils qui lui aussi sème la mauvaise parole. Si nécessaire et via Chim'R, nous pouvons réduire au silence le père, sans effusion de sang. La mère représente un danger plus net, car elle a la fibre vengeresse. Via son mari, elle peut être neutralisée. Reste ce Tu de 23 ans. Seule son élimination physique permettra d'éviter tout risque au niveau des futurs dividendes. Avec nos amis siciliens, russes, chinois, japonais ou colombiens, nous disposons de relais aussi efficaces que discrets. Le contrat que nous allons leur confier relève pour eux de la routine. Nous devons toutefois nous assurer que le mode opératoire nous garantira une parfaite étanchéité par rapport à Pro-Mortem, et que la mort de Tu sera, sans aucune contestation possible, naturelle, c'est-à-dire en aucun cas lié à son cancer. Les médecins éviteront ainsi de se répandre sur ce nouveau cas « dramatique ». Les journalistes également.

– Appelez-moi dès que vous avez la solution. Pas des solutions, mais la solution, conclut Ad Patres.

XXIX

Le 6 janvier 2003, Tu était attendu à l'hôpital. Son arrivée avait en effet été précédée d'une avalanche de bons vœux personnalisés, adressés à chaque membre du personnel soignant. Les Drs Lacroix et Labannière avaient reçu en plus une bouteille de Cognac XO et Madame Bouton une superbe composition florale que rehaussait encore un poème composé par le malade. Pour chacun, le malade-vedette montrait un vif et sincère intérêt.

Depuis quelques jours, la fatigue qu'il ressentait précédemment s'était transformée en véritable épuisement. Nausées et vomissements avaient repris, entraînant une nouvelle perte de poids. Involontairement, il ressentait cet état comme un échec du traitement, signifiant vraisemblablement une reprise de la progression tumorale. Le Dr Lacroix lui expliqua que ce symptôme de fatigue était hélas très courant après la chimio. Il tint à le mettre en garde contre les risques de dépression possibles. Il lui fallait s'adapter. Pour lutter contre sa fatigue physique, il devait s'accorder un supplément de sommeil et de repos. Afin d'en éviter les répercussions psychologiques et cognitives, en particulier le risque de voir diminuer sa combativité, Tu dut s'engager à de profonds changements. D'abord, se fixer de nouveaux objectifs réalistes. Ensuite, lister pour chaque jour les tâches obligatoires et celles qui pouvaient être reportées ou déléguées, tenir un journal dans lequel degré de fatigue et niveau d'énergie disponible seraient consignés, se reposer fréquemment, éviter de conduire, ne parler que s'il en avait envie, s'occuper l'esprit et manger souvent. Le médecin tenta de lui expliquer les causes de cette fatigue par son état de malnutrition, l'accumulation de métabolites toxiques de la chimio, des septicémies, les médicaments, etc.

Pour décider de la conduite à tenir, l'oncologue l'invita à subir un nouvel examen au scanner dès le lendemain et à le retrouver pour le bilan. Tu exprima un ras-le-bol qui surprit le médecin, habitué à un comportement très accommodant : ras-le bol des médicaments, ras-le-bol des effets secondaires, ras-le-bol de sa dépendance aux blouses blanches... Florence ne put exprimer le sien à propos des vacances d'hiver, car elle dut en faire son deuil.

Le mercredi 8 janvier, Tu attendait son « sauveur » dans le couloir. Ce n'était jamais arrivé. Il surprit des bribes d'une véritable altercation entre le Dr Lacroix et ses collègues. Intrigué autant que déçu, il essaya de comprendre la nature de cet échange viril. Ces messieurs s'affrontaient à propos de technique pour un malade. Les avis divergeaient quant aux approches possibles. Peu de termes utilisés lui étaient familiers, à l'exception du platine. Il ignorait tout des autres produits que chaque protagoniste semblait défendre comme un vulgaire bonimenteur. Il semblait y avoir deux clans, deux écoles. Les sceptiques affrontaient les optimistes, les conservateurs tançaient les jeunots à propos de l'inconséquence des innovations envisagées. Une voix familière s'écria : « Je suis médecin, pas croque-mort ! » Tu trouva cette cacophonie indécente et plaignit mentalement le malade concerné. Écœuré, il cessa d'espionner ce quasi-pugilat.

C'est un Dr Lacroix fatigué et moralement torturé qui sortit le premier de la « réunion » et entraîna le malade dans son bureau :

– J'ai des choses importantes à vous dire. Vos deux premiers cycles de chimio m'ont donné l'impression de présenter de bons résultats. Le scanner ne confirme cependant pas d'amélioration. Il y a, au contraire, une progression de la tumeur et, maintenant, des métastases au niveau du foie. Après en avoir longuement parlé avec toute l'équipe soignante, deux solutions encore porteuses d'espoir sont apparues. Dans votre prochain cycle, nous pouvons utiliser un produit tout à fait nouveau, qui n'est pas encore commercialisé en Europe et dont le mode d'action innovant est susceptible d'affecter le développement du mal. La seconde solution est de vous transférer dans un centre d'excellence pour un traitement expérimental.

Tu devint pâle. Il ressentait à nouveau une accélération de son pouls et des palpitations. Il tremblait. Il s'agitait. Il sentait arriver le malaise. L'empathie dont lui fit preuve le Dr Lacroix lui permit de renouer le dialogue.

– À vrai dire, le choix que vous me proposez n'a rien de cornélien : je dois choisir entre devenir un cobaye ici ou accepter de l'être ailleurs. C'est bien cela ?

– Pas exactement ! Le nouveau produit que nous pouvons vous administrer a fait l'objet d'études cliniques remarquables et d'une communication très appréciée lors du dernier congrès d'oncologie. C'est d'ailleurs grâce à la complicité d'un de mes collègues et à votre notoriété internationale que je suis en mesure de vous le proposer. Évidemment, tout patient considère que la recherche est toujours trop lente. Dans votre cas, elle va un peu plus vite que pour les autres ! Nous devons maintenant ensemble prendre une décision. Je ne vous cache pas que je suis extrêmement préoccupé. Désirez-vous décider de suite, en parler avec les vôtres ou à un autre médecin ?

– J'ai une confiance absolue en vous et vous remercie une fois encore pour votre acharnement à vouloir me sauver. Il est donc bien naturel que je confie, un peu prématurément à mon goût, mon corps à la science. J'opte pour le nouveau protocole ici. J'ai néanmoins une question : la bataille de chiffonniers de tout à l'heure me concernait-elle ?

– En partie, oui. Il s'agissait de confronter nos points de vue techniques à propos des cas difficiles, dont le vôtre… Je vais de suite commander les ingrédients pour le nouveau cocktail. Sauf problème logistique ou douanier, rendez-vous lundi prochain à 8 heures pour le début du nouveau traitement, et j'en suis convaincu, pour un nouveau départ. Il y aura bien évidemment des effets secondaires. Je dois vous avouer que cette partie est encore mal maîtrisée.

Le lundi 13 janvier, c'est un assistant du Dr Lacroix qui prit en charge le malade. Les nouveaux poisons auxquels il allait être confronté étaient emballés dans des capsules orange fluo. Comme contribution à la sérénité de l'intéressé, les étiquettes indiquaient que ces produits expérimentaux étaient réservés aux seuls cancers en phase terminale. Interrogé sur le côté expérimental de ce troisième cycle, l'assistant avoua sa perplexité. Il se compara à un apprenti sorcier. Il lut attentivement la composition et lança un « Ça a l'air terrible ! » peu approprié. Très rapidement, Tu retrouva nausées et vomissements. Des aphtes apparurent comme complément esthétique à sa langue noire. Une nouveauté se manifesta aussi rapidement qu'intempestivement : la diarrhée. Avant la fin de la première séance, le Dr Lacroix, arrivé en catastrophe, fit une rapide consultation.

– Je vous avais dit que nous maîtrisions mal les effets secondaires. Nous savons seulement qu'ils ne concernent que 30 % des cas traités. Rien ne nous permettait de prévoir si vous étiez parmi ceux-là. Compte tenu de vos réactions, il est indispensable de rester avec nous pendant une dizaine de jours. Les réactions désagréables que vous subissez n'hypothèquent en rien les chances de réussite thérapeutique. J'espère que cela ne s'aggravera pas. Gardons espoir. Voulez-vous que j'appelle votre femme ?

Épuisé, se sentant mourir, Tu grommela un « oui » à peine audible. Pour la première fois, il devenait pensionnaire de l'hôpital, jusqu'alors fréquenté uniquement de jour. Il put observer à loisir le chantier d'extension du bâtiment. De sa chambre, il apercevait la pancarte, mais ne pouvait pas la lire. Il se souvenait néanmoins de la date de fin de chantier : 31.12.03, une date qui avait déjà provoqué en lui nombre d'interrogations.

Les premiers jours, il ne se réjouit que des visites de Florence, de ses parents et beaux-parents. En chambre particulière, il se vit progressivement confronté à la solitude, une nouvelle venue dans sa jeune existence. Il prit rapidement conscience que ne rien faire, ne rien pouvoir faire ou être seul était insupportable, destructeur. Madame Bouton lui démontra combien la solitude pouvait aussi constituer un germe de ressourcement. Lorsqu'il était seul, il devait néanmoins se sentir entouré. Au fur et à mesure où il retrouvait quelque énergie, la psychologue veillait à ce qu'il s'occupe. Ce fut d'abord avec de la musique. Il lui revint ensuite en mémoire les délices olfactifs que lui procuraient les huiles essentielles. Florence lui offrit un coffret de seize huiles. Au travers du manuel d'accompagnement, il prit conscience que certaines de ces odeurs lui révélaient des émotions même anciennes, des passions, des pulsions. Il se prit à rêver qu'au moins l'une d'entre elles allait pouvoir l'aider à encore s'aimer. Une fraction de seconde, il se souvint avoir vendu certaines de ces huiles à son client cigarettier. Dans quel but ? Toujours au chapitre olfactif, il entreprit de s'intéresser aux freesias apportés par ses parents. Il poursuivit l'examen des fleurs en détaillant successivement toutes les parties, en les comparant les unes avec les autres, en observant formes et couleurs. L'examen terminé, il fermait les yeux, imaginait la fleur s'ouvrir, lentement d'abord, en accéléré ensuite. Enfin, il inspira longuement le calice de la fleur.

De temps à autre, il pensait à Chim'R. Son éviction professionnelle confirmait la gravité du diagnostic. Les paroles lénifiantes de son père ne l'avaient pas convaincu. Il était maintenant l'otage de son cancer, après l'avoir été de l'industrie du tabac. La seule dépendance, qu'il aurait volontiers accueillie maintenant, était la dépendance à la vie, à l'amour. En trois mois, il avait mûri, considérablement. Hier encore, il rêvait chiffre d'affaires, promotion, reconnaissance, vitesse, dépassement de soi dans un but essentiellement mercantile, vaniteux, pour ne pas dire hallucinogène. Aujourd'hui, à cause ou plutôt grâce à la maladie, son échelle de valeurs avait radicalement changé. Il essayait chaque jour de se connaître un peu mieux. Dès à présent, et plus encore dès qu'il serait sorti, il dégusterait chaque moment sans aucune modération, il apprécierait le répit que ne manquerait pas de lui offrir la maladie, il chérirait sa famille, ne rechercherait que le beau, que l'authentique des êtres et des choses. Le présent représentait maintenant pour lui l'Éternité.

Pendant son hospitalisation, il ne parvint pas à s'intéresser à l'actualité. Seuls les magasines avec photos avaient ses faveurs. Madame Bouton l'incita à considérer plus activement l'Homme. Pour l'aider dans son combat, elle lui remit une liste d'ouvrages disponibles à la bibliothèque de l'hôpital : récits de malades ayant triomphé de la maladie, romans empreints de messages positifs susceptibles de l'aider à relativiser la situation, à l'éveiller et l'élever spirituellement. Madame Bouton lui garantissait que ces lectures chasseraient les pensées négatives promptes à lui gâcher sa journée, qu'il reprendrait confiance, qu'il tendrait vers la sérénité.

Le Dr Lacroix lui fixa rendez-vous après deux semaines de récupération. Le terme était bien choisi. Une nouvelle fois, c'est Aurore qui ouvrit la porte à ses parents de retour de l'hôpital. Tu fut également accueilli par ses parents et beaux-parents. Tous étaient parfaitement au courant de la situation. Il fut donc interrogé sur les aménagements nécessaires pour sa convalescence, car bien que son état se soit sérieusement amélioré, il demeurait encore très fatigué. Toute l'organisation de la maison fut repensée pour qu'il puisse se reposer 60 % du temps, pour surveiller les signes d'anxiété ou les prémices d'une dépression, pour mesurer la qualité de son sommeil, pour guetter frustrations, tristesse et irritabilité, pour lutter contre tout abandon du combat, pour étudier l'évolution de ses pensées, de sa motivation, de son état physique, pour qu'il puisse s'occuper l'esprit en permanence…

Tu fut surpris par le luxe de détails pratiques visant à l'épargner. Pour lui, nombre d'entre eux ne concernaient que les moribonds : il ne devait plus se laver la tête dans un lavabo, mais sous la douche, s'asseoir pour utiliser un lavabo et, au besoin, y poser ses coudes, préférer les vestes aux pulls… En une dizaine de jours, la vie allait être aménagée : les toilettes surélevées, de nouveaux vêtements adaptés à sa nouvelle morphologie et à sa fatigue. Le miroir de l'entrée avait d'ores et déjà disparu. Tu accepta tout, sauf la descente du lit conjugale dans le living. D'autres « condamnés » lui avaient expliqué la « fermeture des portes », c'est-à-dire l'abandon progressif des pièces pour terminer par une seule.

L'hyperprotection des siens le heurtait dans toute sa sensibilité. Sa maison devenait un lieu médicalisé. Tu était rentré avec une impressionnante pharmacie : pilules, comprimés, solutions injectables et autres pommades pour lutter contre la malnutrition consécutive aux vomissements, aux diarrhées, contre l'accumulation des métabolites toxiques issus de la chimio, contre les septicémies, contre son overdose de sédatifs, contre les insomnies, contre les conséquences de son immobilisation, contre des insuffisances organiques, contre, contre, contre… Mais tout cela dans un seul but : pour vivre une vie acceptable à défaut d'être confortable.

La présence fréquente et intrigante d'une camionnette aux environs de la maison ne fut pas évoquée.

XXX

Gurkha retrouva sans aucune difficulté un mafioso de ses connaissances bienheureux de l'aider dans sa mission, un certain Assassino. Le montant proposé pour l'opération « -1 » était d'ailleurs de nature à stimuler les vocations.

Pour définir un projet vraiment efficace et qui ne laisserait aucune trace, il fallait connaître les us et coutumes de la victime et suivre l'état de santé du « client » au jour le jour. Assassino, au fait du dernier traitement médical, avait proposé d'intercepter l'envoi et de l' « améliorer ». Ce meurtre, commis à l'hôpital aurait pu être parfaitement discret! Mais Gurkha refusa, car « -1 » aurait ainsi rejoint les statistiques sur les morts du cancer du poumon, avec le titre de la plus jeune victime mondiale. Stupide! Déshonorant pour Pro-Mortem! Et surtout économiquement préoccupant!

Assassino travailla donc à l'ancienne, en surveillant les proches, en attendant le retour à domicile de sa proie. Il repéra les allées et venues autour de la maison, photographia, fit des croquis, tout en se disant qu'une fois son « client » revenu, tout cela allait changer. Il se devait d'imaginer plusieurs scénarios, du plus simple au plus tordu, de la simple balle de revolver à un subterfuge plus sophistiqué. Seuls le résultat obtenu et la non implication des commanditaires comptaient. Assassino savait que cette mission réussie lui en apporterait d'autres…

Sa cible, bien que très fatiguée, voudrait certainement conduire, ne serait-ce que pour aller faire quelques courses. Un plan était prêt. Il avait proposé à Gurkha toute une panoplie du parfait petit bio-meurtrier. Certains produits avaient été popularisés après le 11 septembre 2001. Il en était ainsi du charbon, le désormais célèbre anthrax. Le refus avait été net, car la détection du bacille était facile et la période d'incubation pouvait atteindre 60 jours, soit peut-être plus que l'espérance de vie du malade et certainement plus que la patience d'Ad Patres. Lorsqu'il proposa la toxine botulinique, on lui rétorqua d'aller vendre son stock chez les médecins gommant simultanément rides et portefeuilles ! Gurkha n'en voulait pas, car Assassino avait prévu de la distribuer dans l'eau. Or le chlore additionné avait toutes les chances de dénaturer la toxine. Quant à la variole, Tu était certainement vacciné… Un instant, il crut convaincre avec la peste pulmonaire, dont les nausées et vomissements ne pouvaient attirer l'attention chez pareil client. Il insistait, indiquant qu'il possédait une souche multirésistante aux antibiotiques. Là encore, le refus fut sans appel, la reconnaissance de *Yersinia pestis* étant chose probable. Exit aussi le choléra, dont il vantait pourtant la facilité de contamination. Exit enfin *Coxiella burnetti,* responsable de la fièvre Q. Assassino fut choqué de se voir traiter de cinglé lorsqu'il envisagea de diffuser un peu de virus Ébola dans le quartier.

Le patron des opérations spéciales lui avait conseillé d'envisager *Legionella pneumophila,* l'agent de la légionellose, que l'on commençait à craindre, même en l'absence de bio-terroriste. Enfin, on ne pouvait pas exclure l'excellente ricine qui avait, en son temps, rendu célèbres les services secrets bulgares et leurs parapluies dans le « traitement » des opposants au régime. Là encore, les vomissements, les nausées, les diarrhées et les difficultés respiratoires seraient autant de symptômes semblables à ceux de sa maladie. Avec un avantage supplémentaire : Tu serait le seul atteint.

En attendant la décision quant à ses propositions biologiques, Assassino poursuivit la surveillance à partir d'une camionnette. Il connaissait déjà les habitudes de consommation de Florence : ses magasins, les produits, le temps consacré aux courses, les temps morts dont il pouvait faire le meilleur usage… Il espérait bien la sortie prochaine de l'ex-client de Pro-Mortem. Il poussa presque un cri de joie en constatant le samedi matin que « -1 » sortait effectivement seul, sans aide. Il marchait certes lentement, mais ne conduisait pas. Une possibilité d'action en moins !

Au fil des jours, il y eut quelques intéressantes possibilités de « contact ». Tu sortait quotidiennement pour effectuer une marche autour de la maison et, les jours héroïques, il allait jusqu'au bout de la rue. Bonheur suprême, le mardi, il se rendit seul au supermarché. Gurkha autorisa une première tentative qui se devait d'être aussi la dernière. Tu était un amateur de produits laitiers. Le gangster connaissait sa marque préférée et la fréquence de ses approvisionnements. Il acheta un paquet de ces yaourts et introduisit à la seringue dans chacun des pots une solution de *Brucella melitensis, l'agent de la brucellose,* sans aucune perforation. Le moment venu, il lui suffirait d'échanger les pots dans le caddie. Un jeu d'enfant. C'est ce qui arriva le 31 janvier avec la sortie « triomphale » du malade allant faire ses courses. Il acheta les yaourts. Il y eut bien substitution. Mais affaibli, il les laissa tomber sur le parking et revint en acheter d'autres. Assassino fulminait de rage. Comment pouvait-on gaspiller de si bons produits ?

Tout en marmonnant des *testa di cazzo, babbeo* et autres *testa di cavolo,* il entreprit, pour se calmer et pour ménager l'avenir, de réaliser nuitamment quelques insipides graffitis sur plusieurs maisons.

Gurkha était furieux de l'échec. L'opération « -1 » était en réalité « 0 ». Si Tu « résistait », il risquait par sa conduite inconvenante d'entacher bientôt la rentabilité de Pro-Mortem et l'« honneur » d'Ad Patres.

XXXI

Le Dr Lacroix accueillit un être faible mais heureux de le revoir. En dépit de son état délabré, le bilan lui parut positif. Pour envisager la meilleure suite possible, le malade dut à nouveau subir les sempiternelles analyses. S'y rajoutèrent également un contrôle au scanner des poumons et du foie. En fin de journée, l'oncologue et le cancéreux se retrouvèrent. La comparaison entre les images initiales et celles du jour était impressionnante. Il voyait nettement que la maladie semblait bloquée. Si les deux premières chimio n'avaient apporté qu'un ralentissement, la troisième offrait au contraire un espoir de vie.

– J'espère une régression, ajouta le médecin qui poursuivit en demandant s'il se sentait de taille à recommencer un traitement du même style.

– Évidemment, même si cela est vraiment à la limite du dégradant, mais si c'est le prix de ma survie… répondit Tu.

– Je n'en espérais pas moins de votre part ! Je commande immédiatement le produit et vous invite à rester avec nous du 17 au 20 février.

Tu voulut entendre de nouveau les explications du Dr Lacroix sur les images des scanners, comme s'il n'avait pas bien compris.

Il l'interrogea également sur les effets secondaires, sur les possibilités de les atténuer. Inconsciemment sans doute, des peurs nouvelles surgissaient. Le médecin en prit conscience. Face à cette détresse, Madame Bouton fut d'un grand secours pour qu'il puisse exprimer ses émotions du moment et accroître encore son indispensable besoin de conserver l'espoir.

Tu retrouva l'équipe médicale, les sachets fluo, les étiquettes et tout un environnement qui commençait à lui être familier. Même motif, même punition. Ce quatrième cycle fut aussi pénible que le précédent, à l'exception du moral. La vue des résultats lui avait donné de nouveaux espoirs, savamment entretenus par sa famille et la psychologue. Au cours de cette semaine, il reçut au moins une visite par jour, de personnes sélectionnées pour leur sincérité et leur apport positif. Florence et son mari rentrèrent à la maison le vendredi 21 février. Il était épuisé. Cela conduisit sa famille à compléter la liste des recommandations destinées à économiser son peu d'énergie : après la douche, il ne devait plus se sécher, mais utiliser un peignoir ; il avait de nouvelles chaussures sans lacets ; les courses devaient être transportées dans un sac à roulettes, etc. C'est la vue d'une chaise roulante qui lui donna un choc. Celui-ci fut à peine amorti par les paroles apaisantes de ses parents à propos de sa mobilité réduite « passagère ».

Le samedi matin, une entreprise spécialisée dans l'enlèvement des graffitis prospecta toute la rue pour proposer ses services… avec une garantie de résultats. Florence accepta l'offre, au demeurant très correcte. Son sixième sens l'incita à questionner ses voisins. Tous avaient aussi accepté, se demandant seulement si les nettoyeurs n'étaient pas aussi les tagueurs ! L'entreprise promit d'effectuer les travaux au cours de la semaine. Totalement autonome, elle n'exigeait pas la présence des propriétaires.

Le 26 février, deux spécialistes en scaphandre commençaient le travail. Le chef sonna pour inciter le malade à venir admirer leurs prouesses, ce dont Tu se garda bien de faire eu égard à sa fatigue. C'est ainsi que « -1 » resta en vie, car l'eau chaude pulvérisée avait été contaminée par des légionelles... Chose étrange, l'entreprise ne vint jamais présenter sa facture!

Pendant vingt longs jours, Tu ne sortit plus. Assassino dépérissait. Son « honneur » était en jeu! Sa « carrière » aussi. Mais il savait que la prochaine tentative serait la bonne: un pit-bull particulièrement bien dressé à l'attaque allait renverser « -1 » et le saigner comme un vulgaire porc. Le tueur recevrait la juste récompense pour ses efforts et son imagination. Il n'osait pas espérer une lettre personnelle d'Ad Patres... Un bon gros tas de cash suffirait à son bonheur. Tu devait seulement sortir.

Les 18, 19 et 20 mars, une ambulance conduit le cancéreux à l'hôpital pour une série de contrôles. Le cinquième cycle de chimio lui fut administré au cours d'une semaine d'hospitalisation. Le dimanche 13 avril, il fut victime d'une crise d'épilepsie non programmée. Pour la première fois de sa vie, Tu était de couleur mauve. Il criait, cessait de respirer pendant dix longues secondes, était pris de secousses, respirait bruyamment.

Tu était trop conscient de la dégradation de son état physique. Des peurs multiples l'envahissaient. Cet affligeant spectacle imposé aux siens justifia son transfert urgent à l'hôpital en ambulance. Le scanner cérébral immédiatement pratiqué révéla de multiples métastases, d'où un traitement anti-épileptique. Le lendemain, face à son impuissance, le Dr Lacroix eut quelque peine à cacher son désarroi. Il avoua:

– Nous sommes désarmés au niveau chimio, mais nous allons vous appliquer une radiothérapie cérébrale visant à limiter et peut-être bloquer la progression de ces métastases. En dehors de cela, je dois vous dire que nous n'avons plus d'arme efficace pour lutter.

– Et le pronostic? parvint à articuler l'intéressé.

– Le temps qui vous reste vous appartient.

– C'est-à-dire?

– Il est impossible de répondre avec certitude. En termes statistiques, le pronostic est mauvais. Malheureusement, la maladie progresse. Nous entrons dans un processus de déchéance physique et psychique. Je dois vous dire, comme convenu entre nous, que vous ne guérirez pas. Par contre, nous disposons d'un arsenal thérapeutique pour vous éviter de souffrir. Avez-vous des questions ?

Totalement hébété, désespéré, Tu ne répondait plus. Il pensait à sa femme, à sa fille, au bébé qui allait arriver, à ses parents, aux fleurs, aux odeurs, à son combat antitabac, à sa quête de vérité par rapport à l'industrie du tabac, au dévouement des soignants... Jusqu'à présent, il avait trouvé plus de raisons de se battre que de raisons d'abandonner. Mais maintenant... Il sentit poindre un nouvel accès de colère.

Le médecin interrompit ses interrogations mentales et reprit :

– Comment vous sentez-vous ? Avez-vous des questions ? Ai-je été clair ?

– Oui, j'ai parfaitement compris que j'étais condamné. Ma seule question concerne la date.

– Au risque d'être brutal, disons un à trois mois, mais nous connaissons heureusement nombre de cas qui démentent les statistiques. Votre volonté, la prochaine arrivée de votre fils, votre combativité, votre âge...

– Je ne vous crois plus, docteur. À quoi bon cette radiothérapie ?

– Essentiellement pour vous permettre le plus longtemps possible de rester intellectuellement disponible. Rassurez-vous, les séances ne durent que deux à trois minutes. Nous les renouvelons cinq jours par semaine pendant quatre à six semaines en principe, et nous adapterons si nécessaire. Ceci se fait en hôpital de jour. À partir de maintenant, il vous est strictement interdit de conduire. Vous l'acceptez ?

– Oui !

– Bien ! Tous vos déplacements seront effectués en ambulance, pour épargner votre femme et vos parents.

– Et les effets secondaires ?

– La fatigue, liée aux déplacements et au traitement, mais hélas, vous connaissez déjà bien le sujet. Vous aurez également quelques coups de soleil, peut-être des brûlures de l'œsophage et des difficultés pour déglutir, peut-être aussi une pneumonie accompagnée d'insuffisance respiratoire. Globalement, je crois que vous tolérerez très bien ce traitement. En matière alimentaire, vous fractionnerez vos repas ordinaires en cinq à six repas. N'hésitez pas à manger davantage si vous avez faim. Essayez d'augmenter votre ration d'aliments riches en protéines pour vous aider à maintenir votre poids. Si crème, beurre, mayonnaise, yaourt, crème glacée, fromage, confiture ou huîtres vous attirent… mangez-en ! Si vous êtes attiré uniquement par les aliments froids, choisissez-les. Nous nous revoyons le 23 avril pour un bilan et, bien entendu, avant si nécessaire. Je veux vous dire combien cette situation me révolte et que toute l'équipe continuera de faire l'impossible pour vous assister. Depuis votre première visite à l'hôpital, votre généraliste a été tenu au courant très régulièrement de nos efforts. Il est tout à fait à même de vous aider par ses visites à domicile. Ce peut être plus facile. Enfin, j'effectue dès aujourd'hui le transfert de votre dossier à l'unité des soins continus, qui vous accompagnera encore mieux que notre service d'oncologie. Vous allez découvrir toute une équipe vraiment formidable !

Quelques paroles de réconfort supplémentaires ponctuèrent l'entretien. Oncologue et patient se serrèrent longuement la main en silence, comme si cela devait être la dernière fois. Madame Bouton vint opportunément chercher le condamné. Leur conversation commença par un silence total d'une dizaine de minutes. Elle avait simplement posé la main sur son bras. Les yeux embués, Tu cherchait de temps à autre son regard. Il n'avait qu'une seule idée en tête : la mort et ses conséquences immédiates comme à long terme : adieux aux siens, inutilité de son combat, colère d'être une victime, la plus jeune victime connue du tabac, colère de ne plus pouvoir lutter contre l'industrie du tabac… S'y ajoutait, comme réminiscence de son éducation religieuse, la peur d'un châtiment dans l'au-delà. Quoi qu'il en soit, le pronostic était clair : la camarde allait bientôt passer. Il devait faire face. Au fur et à mesure de ses réflexions solitaires, il lui semblait que ses capacités intellectuelles s'effondraient. Il parvint à demander :

– Que savons-nous, que savez-vous de la mort ?

– Comme tout le monde, rien. Il existe des approches scientifiques, philosophiques, théologiques, subjectives. Chacun a sans doute une représentation correspondant à un mélange de ces diverses pensées. Face à l'inconnu et à l'insécurité, notre imagination fertile finit par engendrer des peurs. Vous savez combien celles-ci sont destructrices pour vous et votre famille. Nous devons en parler pour éviter qu'elles ne s'installent, perturbent votre sommeil, soient à l'origine de cauchemars, d'irritabilité ou de mauvaise humeur. Nous pensons tous, nous espérons tous que les choses s'arrangent à terme. Vous connaissez votre situation et son caractère inéluctable. Il est normal d'avoir peur, d'être en colère, d'avoir du chagrin, d'être jaloux et de rechercher amour et tendresse, de se sentir aux bords de la dépression. Puisque vous reviendrez ici pendant au moins quatre semaines, nous en reparlerons régulièrement. N'hésitez pas à vous exprimer même au travers de cris, à pleurer, à partager avec celles et ceux qui le voudront, qui le pourront. Au fur et à mesure de ces échanges, si vous le désirez, vous tendrez vers la sérénité. Alors, j'espère que vous parlerez de votre cheminement, de votre état, sans fards, avec une totale sincérité et un naturel désarmant. À ce stade, vous retrouverez votre sourire : vous aurez accepté ce qui vous paraît sans doute encore aujourd'hui inacceptable. Vous êtes victime de l'industrie du tabac. La honte et la culpabilité qui pourraient encore vous assaillir ne sont pas de mise. C'est ainsi que cela doit se passer. C'est ainsi que cela se passera.

Ils poursuivirent leur entretien pendant près d'une demi-heure. Madame Bouton utilisait magnifiquement la technique du « reflet » qu'il employait naguère en clientèle : en lui faisant reformuler ses interrogations, ses pensées, ses peurs, il lui semblait trouver lui-même les réponses.

Avant d'aller subir sa première radiothérapie, Tu fut présenté au service des « soins continus d'accompagnement ». Les nouveaux intervenants seraient multiples : médecins, infirmiers, psychologues, diététiciens, kinésithérapeute, esthéticienne, musicothérapeute, assistante sociale, secrétaire, ergothérapeute, aides soignantes, coiffeuse, aumônier et bénévoles. Une unité assurait également une prise en charge à domicile. Tu étant un cas célèbre à l'hôpital, le chef de service en personne tint à l'accueillir. Il lui apprit ce que regroupaient ces fameux soins continus ou palliatifs : « Ce qu'il reste à faire quand il n'y a plus rien à faire. » Alors que la médecine soignait une maladie et luttait pour conserver la vie, les soins continus d'accompagnement se « contentaient » de soigner les personnes, d'améliorer leur qualité de vie, et tentaient d'apprivoiser la mort au travers de ses différentes facettes. Ici, on privilégiait l'écoute, l'instant présent, sans pour autant occulter l'inéluctable. Ici, on découvrait ou redécouvrait des richesses de sentiments et d'âme que l'on croyait perdues. On prenait en compte la famille. On mettait tout en œuvre pour soulager plaintes et douleurs, par un geste, une parole, une présence, un toucher ou des traitements. Ici, s'il le désirait, le malade dictait ses volontés aux médecins. Rien n'était imposé. On respectait ce corps déjà mal en point, les idées, la solitude. Visiblement ému par tant de compétences et d'humanité, Tu ne put retenir ses larmes.

La première séance de radiothérapie fut aussi brève qu'anxiogène. L'importance des équipements (un accélérateur de particules couplé à de puissants ordinateurs) et sa solitude pendant l'irradiation l'angoissaient, tout comme le regard des candidats au même traitement, agglutinés dans la salle d'attente. Dès sa seconde radiothérapie, Tu fut accompagné par sa famille. Il bénéficia aussi d'un complément d'information par le technicien sur les marques, les rayons, la protection. Il posa quelques questions.

À Florence et aux parents réunis, il annonça son désir de terminer sa vie avec eux, pour autant qu'ils l'acceptent et que cela soit techniquement et humainement possible. Papa prit le commandement de cette opération très spéciale. Outre l'unité hospitalière, le médecin traitant, une infirmière et une femme de ménage furent requis. Tous confirmèrent leur accessibilité. Florence obtint une mise en disponibilité ainsi que Maman. Le calendrier des relèves établi, le « commandant » entraîna son fils dans le jardin pour noter les travaux d'entretien à effectuer et quelques aménagements, dont une balançoire, des plantations d'arbustes et l'installation d'un petit étang. Papa veilla ensuite à ce qu'une chimie relationnelle entre les nouveaux soignants s'instaure. Tous allaient être soumis à un stress affectif particulièrement élevé, lié aux médications, aux incertitudes quant à la durée. Comment devaient-ils se comporter ? Comment devaient-ils se protéger ?

Alors que le malade prenait jour après jour davantage conscience de la dégradation de son état physique, les nouveaux soignants ne pouvaient qu'imaginer ses souffrances. Alors qu'il mesurait le bonheur d'avoir été en bonne santé, les siens considéraient leur bonne forme comme normale. Alors que ses journées étaient de plus en plus dénuées d'intérêt, qu'il était absorbé par ses peurs, par de nouvelles infirmités, par de nouveaux symptômes, ses soignants se payaient encore le luxe d'avoir des problèmes professionnels. Alors qu'il devenait dépendant de sa famille pour les gestes les plus usuels, celle-ci avait bien naturellement tendance à lui conférer le statut d'assisté.

Tous étaient prêts à le voir renouveler des émotions fluctuantes et contradictoires, totalement opposées à son caractère d'ancien bien-portant. Tous acceptaient de l'entendre parler de ses peurs, de son anxiété, de ses nuits blanches interminables. Tous l'avaient prévenu qu'ils pouvaient, eux aussi, « craquer », être confrontés à des émotions et à des sentiments contradictoires.

Tous lui avaient dit qu'ils seraient vrais, qu'ils n'arboreraient jamais de masque. Tous l'aimaient. Tout simplement.

Malgré la compréhension, la confiance, la disponibilité dont ils faisaient tous preuve, progressivement, ils eurent besoin de l'aide de la psychologue… Se retrouver entre eux leur permettait d'échanger, de communiquer leur ressenti, d'éviter les tensions ou toute forme d'agressivité.

Spontanément, un réseau de sympathie se créa. Chaque jour, des témoignages arrivaient par la poste ou courrier électronique. Tu les lisait, y répondait quand il en avait la force et les classait. Il se rendait compte à quel point il avait de la « chance ». Nombre d'autres cancéreux, pour des raisons financières ou familiales, auraient tout simplement été parqués dans un service de pneumologie. Lui bénéficiait de la proximité des siens et de soins appropriés, chez lui. Toutefois, il savait que, bientôt, certains soins difficiles ne pourraient plus être prodigués par ses proches. Il s'interrogeait aussi sur la capacité de résistance de ses nouveaux soignants. Rapidement, il exprima le souhait de ne plus recevoir de visite : en niant la réalité, les soi-disant optimistes l'assommaient. Et les pessimistes semblaient vouloir lui indiquer une bonne adresse de pompes funèbres.

Il fit une exception pour son cousin Cédric, devenu médecin. Celui-ci, penaud, lui avoua être l'auteur des lettres anonymes, conçues comme une plaisanterie de carabin. Cédric avait cessé de fumer peu après la communion d'Aimé, dès qu'il avait pris conscience des manipulations de l'industrie du tabac et de leurs conséquences. À l'âge où il avait rompu avec cette industrie meurtrière, son cousin allait en succomber.

Le 23 avril, Le Dr Lacroix le vit rapidement. Pour la dernière fois. Il se déclara satisfait des résultats de la radiothérapie pratiquée dans l'unité des soins continus, même si les progrès d'un jour s'avéraient souvent sans lendemain.

Tu continua à connaître des cycles de « pleine forme », des moments de sérénité, des moments d'abattement et même des accès de fièvre libidinale difficiles à gérer pour le couple.

Le 28 avril, le lit conjugal prit place dans le salon, l'escalier représentant une trop grande difficulté pratique. Les époux continuèrent cependant à dormir ensemble.

Tu connut les douleurs physiques généralement bien maîtrisées et les souffrances psychiques plus difficiles à juguler. Chaque douleur lui rappelait son cancer et sa mort prochaine, certaine souvent, probable de temps en temps ou encore impossible quelquefois. Il avait peur. Un soignant lui cita Baudelaire: *« Tais-toi, ô ma douleur, et tiens-toi plus tranquille. »* Ces accès douloureux intervenaient souvent dès qu'il devait faire un « effort » comme faire sa toilette ou subir un examen. Quelques mois auparavant, soulever Florence et la transporter était pour lui un plaisir. Aujourd'hui, se laver les dents représentait un effort bien supérieur...

Selon sa perception, Tu était agressif, sombrait dans le mutisme, exigeait une présence ou un contact physique avec les bien-portants, refusait l'évidence, se posait de nouvelles questions ou rêvait d'une trouvaille médicale de dernière minute qui le sauverait. Pour l'aider à calmer ses peurs, pour objectiver sa douleur, il apprit à figurer cette dernière sur une échelle graduée de 1 à 10. Aujourd'hui, il l'estimait à 8, proche de ce qu'il pensait être le maximum.

Très amaigri, il supportait mal sa nouvelle apparence corporelle. Il se sentait humilié, vulnérable et encore une fois dépendant. Comment les siens pouvaient-ils encore l'aimer ainsi?

Lorsqu'il pouvait encore accompagner l'un de ses anges gardiens pour faire les courses, il portait un bermuda et une pancarte autour du cou indiquant: *« Fumeuses, fumeurs, voyez ce que fumer vous rapporte: je suis condamné à mort par la cigarette. À 23 ans »*. Suivait son numéro de téléphone.

Au fil des jours, un sentiment d'anxiété et de parfaite inutilité l'envahissait. Quel sens avait cette maladie ? Quel sens avait la vie ? À quoi servait-il encore ? Était-il vraiment ce naufragé poussé à la dérive par des courants imprévisibles ? Y penser le conduisait par moment à l'isolement, ce qui angoissait encore un peu plus sa famille. Face à ses difficultés croissantes de déplacement, il redoutait sa probable et prochaine situation de grabataire. Déjà, des escarres se manifestaient aux points d'appui.

Un nouveau mot enrichit le vocabulaire du malade et de son entourage : la dyspnée. Chaque jour un peu plus, Tu semblait perdre le souffle, manquer d'air, respirer plus difficilement. Cet état à la fois physique et émotionnel angoissait tout le monde. Le living dans une semi-pénombre, la fenêtre ouverte, la position demi-assise et le soutien des siens traitèrent les premiers signes. Puis, après une longue écoute des soignants, vinrent les corticoïdes, les bronchodilatateurs dont la théophylline que l'on trouvait aussi dans les cigarettes et qui provenait d'un additif qu'il avait lui-même vendu : le cacao. Les corticoïdes entraînèrent rapidement une fatigue musculaire supplémentaire. Son visage se gonfla outrageusement.

Le 20 mai, il découvrit la morphine administrée d'abord sous forme de comprimés, puis au travers de timbres. Il somnola 24 heures durant. Émotionnellement, l'arrivée de cette drogue lui fut pénible, car il ne pouvait pas s'empêcher d'associer morphine à fin de vie. Physiquement, ce furent constipation, nausées, hallucinations, sécheresse buccale, mouvements involontaires, etc. Dès lors, de peu sympathiques odeurs auréolèrent le malade.

L'arrivée de l'oxygène donna lieu à un choix esthétique : Tu opta pour les lunettes car, avec le masque, il lui semblait ressentir des accès de panique liés à son impossibilité de communiquer, de manger et de boire. Il craignait même de suffoquer, d'étouffer. Ce traitement fut accompagné, la météo aidant, de savants dispositifs visant à créer des courants d'air frais. Il profita de la fenêtre ouverte pour humer les senteurs du printemps.

Le kinésithérapeute de l'unité mobile dut intervenir lorsque le malade se sentit très encombré. Drainage bronchique et massages produisirent un net soulagement, tout comme, ultérieurement, les séances de relaxation.

L'inversion du rythme du sommeil du cancéreux sonna le glas du repos à deux. La toux et les fuites urinaires avaient d'ailleurs depuis quelque temps enlevé tout charme au contact charnel.

Le 24 mai, un nouveau fléau s'invita : une constipation opiniâtre. La prise de laxatifs et les lavements améliorèrent la situation du malade, mais pas celle de la famille. Pour la première fois, celle-ci envisageait le transfert du malade à l'hôpital, sans pour autant cesser de l'accompagner.

Au fil des entretiens avec la psychologue, sentant la vie s'enfuir et en accord avec Florence, Tu évoqua très ouvertement sa fin. Il y avait des phases de refus, des sautes d'humeur, de franches colères, de sordides marchandages avec l'indicible, de la tristesse, de l'agressivité et des moments de résignation, d'abandon, de démission et d'acceptation de la mort. Il avait seulement encore peur de souffrir, d'être abandonné par les siens incapables de supporter le spectacle qu'il leur infligeait, de devenir fou, d'étouffer… Pendant qu'il en était encore temps, il décida de sa fin : il s'endormirait. Il demanda qu'à ce stade, on ne le réveille que pour le strict maintien de sa lucidité, s'il en avait encore. Cet épisode sembla décupler son énergie pour régler les détails pratiques de la vie de Florence après et, également, pour préparer la cérémonie funèbre. Ses forces retrouvées lui permirent ainsi de réunir Florence, ses parents, sa sœur, son frère, ses beaux-parents… et Aurore.

– « Le véritable tombeau des morts, c'est le cœur des vivants », disait Cocteau. C'est en méditant cela que j'ai opté pour la crémation.

Il leur parla d'un sablier dont les derniers grains allaient bientôt s'écouler. De la mort comme d'une courtisane qu'il avait réussi à séduire. À tous, il dit son amour, ses remerciements, ses excuses pour avoir fumé et les avoir abandonnés si tôt. Il leur demandait pardon, comme il pardonnait tout ce qu'il pouvait avoir à leur reprocher. Son sourire vrai, le sentiment de calme, de plénitude qu'il dégageait aidèrent la famille à accepter elle aussi. Leur travail de deuil pouvait s'envisager. Réunis, il leur demanda à tous de retenir que sa vie avait été un cadeau. Il voulait qu'ils s'en souviennent. La dernière image qu'il voulait voir mémoriser était celle de ce moment, c'est pourquoi il autorisa des photos. Ensuite, il demanda à chacun un entretien particulier au cours duquel il fit ses adieux.

Florence fut la première. Il lui remit quelques documents administratifs préparés à des fins de succession : état des emprunts, assurances, impôts et son testament. Vint ensuite une brève évocation de son tabagisme et des vains efforts de Florence pour l'en sortir. Il voulait qu'elle sache que, sur ce point aussi, il n'avait rien à lui reprocher. En peu de mots, il résuma ce qu'avait été leur amour et le sens profond de la vie, de leur vie. Il remit une lettre destinée à Aurore et à son futur frère, dans laquelle il leur exprimait à quel point ils étaient le fruit de l'amour de leurs parents, à quel point ils étaient désirés et à quel point ses vœux les accompagnaient pour l'avenir. Enfin, il sortit une feuille qu'il présenta comme l'ébauche de son faire-part de décès :

Aimé Tu

Victime de l'industrie du tabac et de l'État hypocrite

Né le 31 mai 1979

Vous annonce son décès survenu le .... 2003.

Comme je trouvais la cigarette agréable, je ne voulais pas imaginer qu'elle pût être à la fois bonne et mauvaise. Vous, par contre, vous ne pouvez plus en douter. À 14 ans, je voulais ressembler à un cousin de 24. À 24 ans, je ne suis plus.

« Sous prétexte qu'ils ont l'avenir devant eux, les Hommes vivent au jour le jour », disait Tristan Bernard. Voici le résultat.

À toutes celles et à tous ceux qui pensent que la cigarette est source de plaisir, de maîtrise de soi, de gestion réussie du stress, qu'elle évite de prendre du poids, permet de mieux gérer le temps et les émotions, autorise une vie sociale ou permet d'imiter les autres, je dédie ce faire-part.

L'industrie du tabac ne tue pas seulement les corps. Elle anesthésie les esprits. Elle vous vampirise dans le seul but de vous sucer quelques euros chaque jour, avec la complicité de l'État. Avec la cigarette, tout est manipulation, mensonge, dissimulation, bêtise, hypocrisie, appauvrissement et violence.

Maintenant que tout est clair, et comme je vous ai aimés, je n'ai qu'une prière :

Toi, mon amie la fumeuse ou toi, mon ami le fumeur, je te demande comme témoignage de notre trop brève amitié de décider immédiatement d'arrêter. Pour que ta promesse ne soit pas fumeuse, je te remercie de signer ton engagement sur le registre placé sur mon costume de bois. Ma famille te guidera vers la liberté de ne plus fumer pour t'éviter les conséquences que je représente aujourd'hui : la victime d'un piège fatal, d'un meurtre absolument parfait et qui demeurera vraisemblablement pénalement impuni. Toi, par contre, tu as le pouvoir de punir mes assassins : cesse de fumer. Ce faisant, tu te sauveras. Fais-le pour toi, pour celles et ceux que tu aimes et pour ne plus être complice d'un produit meurtrier et avilissant : le tabac.

Suivait la liste des personnes qu'il souhaitait voir invitées à la cérémonie (dont les dirigeants de l'usine de cigarettes) et l'ordonnancement de la cérémonie religieuse et de la crémation.

Il voulait que l'usine de Pro-Mortem offrît un carton de cigarettes pour sa cérémonie. Celles-ci seraient évidemment détruites et leurs paquets, ainsi vidés, disposés tels les cailloux du Petit Poucet sur le trajet du convoi funèbre.

Florence eut le courage de lui faire préciser quelques détails et se tut, la main recouvrant celle de son mari. Ils restèrent ainsi soudés une dizaine de minutes.

À son père, il demanda de tourner des images vidéo de son corps décharné, destinées à la lutte contre le tabagisme. Celui-ci s'y résigna mais ne parvint pas à filmer lui-même. Il voulait qu'à ces images soit jointe une photo le montrant en train de fumer… six mois auparavant. Papa ne put s'empêcher d'exprimer ses regrets, sa culpabilité pour le mauvais exemple donné, pour ne pas avoir arrêté plus tôt, pour ne pas lui avoir suffisamment montré à quel point sa libération tabagique était une expérience positive, épanouissante et extrêmement enrichissante. Son père allait jusqu'à se reprocher de ne pas l'avoir assez aimé. Tu paraissait las. Il acquiesça, mais n'émit pas de commentaires.

La dernière visiteuse fut sa mère. En piteux état. Elle avait pris conscience après le déclenchement de la maladie de ses erreurs comportementales. En exacerbant son conflit avec le jeune fumeur, elle avait empêché malgré elle son possible arrêt du tabac. À aucun moment, elle n'avait pensé que la cigarette pouvait être une conséquence d'un conflit d'identité. Elle aurait dû lui donner l'impression que cesser de fumer était la décision qu'il aurait prise après s'être correctement informé, comme tout individu conscient l'aurait fait naturellement. Cesser de fumer se serait alors inscrit dans le cadre d'un processus évident d'évolution. Là encore, il se contenta de sourire et conserva la main de sa mère au-dessous de la sienne.

En fin de journée, il se fit expliquer et réexpliquer ce que pouvait être une détresse respiratoire terminale, les douleurs dont on ne pouvait soulager que les pointes les plus acérées, les effets secondaires des divers traitements à venir, les risques d'hémorragie massive. Une fois encore, Tu exprima sa peur d'étouffer. Florence écoutait aussi. Même informée, elle trouvait la situation de plus en plus angoissante. Savoir qu'une seringue serait toujours prête ne pouvait constituer un réel réconfort.

Le 27 mai, Tu présentait en soirée des troubles neuropsychiques inquiétants : agité, anxieux, il perdait le sens de l'orientation, manifestait des troubles alarmants du comportement. Sa pensée était désespérément lente, sa perception visuelle pitoyablement troublée. Des phases d'agitation précédaient des phases de léthargie. Son humeur était troublée au point d'atteindre un état franchement agressif. Le lendemain, en journée, il eut quelques épisodes fugaces de lucidité. Ses pieds et ses mains devenaient froids, cyanosés, ses cuisses étaient marbrées. Sa respiration devenait rapide, trop superficielle. Il souffrait d'encombrement bronchique grave. Le peu qu'il consentait parfois à avaler se trompait de route. Les incontinences urinaires et rectales étaient aussi des rendez-vous quotidiens. Entré pour la première fois à l'hôpital, déjà amaigri, il ne pesait plus que 52 kg pour 1,83 m. Il n'arrivait plus à se lever. Il ne mangeait pratiquement plus. Florence, soutenue par l'unité mobile de soins continus, considéra que le moment était venu de l'hospitaliser, son maintien à la maison n'ayant plus aucun sens et la charge représentée impossible à soutenir plus longtemps. Tu sembla accepter cette décision.

Il fut installé dans une chambre à deux lits : un pour lui et l'autre pour le membre de sa famille toujours présent. La pièce était calme, bien éclairée. Le musicothérapeute confia des cassettes à Florence. Mozart était appelé à la rescousse pour le relaxer, pour contribuer à diminuer son angoisse. La future mère n'hésita pas à en profiter elle aussi. Un soignant mit à profit une période de lucidité pour tenter d'expliquer la situation et les soins qui allaient lui être proposés. Au cours de la journée, Tu parvint à exprimer son inconfort face aux serrements de gorge, à la suffocation. La radiothérapie ne semblait plus efficace. Chaque jour, famille et soignants luttaient contre les problèmes muqueux rencontrés au niveau de sa bouche et contre la déshydratation : ils y pulvérisaient alternativement de l'eau ou de la salive artificielle.

Florence devant accoucher dans les premiers jours de juin fut prise en charge par la maternité de l'hôpital. Les parents la remplaçaient auprès du malade. Une psychologue l'accompagnait à chacune de ses brèves visites.

Le 29 mai, Tu présenta un encombrement bronchique issu d'un œdème pulmonaire. Il pouvait maintenant difficilement avaler et tousser. Des sécrétions salivaires s'accumulaient. Il respirait bruyamment et s'abstenait de respirer pendant de longues pauses, créant une angoisse difficilement contenue par la famille. Il râlait. Des injections sous-cutanées permirent d'assécher les sécrétions et de l'endormir. Rapidement, il fallut en arriver à des aspirations. Celles-ci demeurèrent sans effet tout en apportant une dose de traumatisme supplémentaire aux siens.

Le 31 mai, Tu eut 24 ans. Personne ne lui parla du slogan annuel de la campagne antitabac. Son bouquet de fleurs était composé de seringues remplies de drogues censées l'aider à passer le gué. Chauve, décharné, le teint gris-jaune, les mains émaciées, il conservait maintenant les yeux entrouverts sans pouvoir répondre.

Toute la nuit du 2 au 3 juin, en pré-coma, sa faible et pénible respiration se traduisit par des gargouillis qu'aucun membre de sa famille ne put supporter seul. Tu se recroquevilla dans une position quasi fœtale… à l'image de son fils qui allait bientôt la quitter.

Le 3 juin à 8 h 11, son système artériel bronchique détérioré lui fit vomir près d'un litre de sang. Conformément à ses vœux et à ceux de sa famille, l'équipe ne le réanima pas, mais procéda à une injection apaisante. Ce fut la dernière. Ses narines se pincèrent étrangement.

À 8 h 19, Tu n'était plus. Il était la 2 067 397e victime tabagique de l'année 2003.

Trois heures plus tard, naissait Damien, un petit orphelin. Déjà l'horrible Ad Patres et l'industrie du tabac se réjouissaient d'un espoir de gains.

Tests

La dépendance nicotinique : le test de Fagerström

Cerclez la « note » qui vous correspond et additionnez.

1. Combien de cigarettes fumez-vous par jour ?

<10	0
11-20	1
21-30	2
31 et +	3

2. Fumez-vous davantage en début de journée ?

Oui	1
Non	0

3. Combien de temps après votre réveil fumez-vous ?

5 min	3
6-30 min	2
31-60 min	1
+une heure	0

4. Quelle cigarette trouvez-vous la plus indispensable ?

La première	1
N'importe	0

5. Avez-vous des difficultés à rester sans fumer dans des endroits interdits ?

Oui	1
Non	0

6. Fumez-vous si votre état de santé vous cloue au lit ?

Oui	1
Non	0

Interprétation :

De 0 à 3	peu ou pas de dépendance à la nicotine
De 4 à 7	moyennement à fortement dépendant à la nicotine
De 8 à 10	très fortement dépendant

En cas de faible dépendance et si aucune autre raison ne s'y oppose, vous pouvez tenter de vous arrêter par vous-même. Dans les autres cas, il est préférable de rechercher une aide qualifiée.

Source : DGS d'après Heatherton T., Fageström K.O. : « The Fagerström test for nicotine dependance ; a revision of the of the Fageström Tolerance Questionnaire », *Brit. J. Addiction,* 1991, n° 86, p. 1119-1127.

La dépendance nicotinique pour les jeunes

1. *Éprouves-tu le besoin de fumer de plus en plus, au fil du temps ?*
2. *Le goût des cigarettes te semble-t-il aller en s'affaiblissant ?*
3. *Après ne pas avoir fumé pendant un certain temps, ressens-tu, sans pouvoir l'expliquer autrement, au moins deux des symptômes suivants : irritabilité, besoin important de fumer, anxiété, tristesse, fatigue, difficultés à dormir, augmentation de l'appétit, toux, ulcérations de la bouche, difficultés à te concentrer ?*
4. *Est-ce qu'il t'est déjà arrivé de fumer pour éliminer ces symptômes ?*
5. *Penses-tu fumer davantage que ce que tu souhaitais au départ ?*
6. *As-tu déjà essayé d'arrêter de fumer ou le souhaiterais-tu ?*
7. *Passes-tu beaucoup de ton temps libre à rechercher des cigarettes ou à fumer ?*
8. *As-tu réduit tes activités sportives parce que tu fumais ?*
9. *Fumes-tu tout en sachant que c'est mauvais pour ta santé ?*

La dépendance à la nicotine est avérée à partir de trois réponses positives.

Sources : Jimenez Clemente M.L. et coll., *Bronconeumol,* 2004, n° 39, p. 303-309 ; *Tabac actualités,* n° 46, février 2004, adapté par C. De Kock, e-santé.be

L'échelle de motivation

Si je devais cesser de fumer actuellement, je situerais ma motivation à…

0 = motivation nulle 10 = motivation maximale

0 1 2 3 4 5 6 7 8 9 10

Si vous avez un chiffre de 7 ou en dessous, vous pouvez utilement vous interroger sur vos motivations, établir une liste de motivations et utiliser la balance décisionnelle ci-après. Souvenez-vous que 60 à 80 % des fumeurs souhaitent arrêter. Vous aussi, sans doute.

La balance décisionnelle

En suivant la flèche, précisez successivement :

- \+ ce qui est bien actuellement dans le fait de fumer
- \- ce qui est moins bien actuellement dans le fait de fumer
- \- ce qui serait négatif si vous arrêtiez
- \+ ce qui serait positif si vous arrêtiez

FUMER	ARRÊTER
+	+
–	–

La partie supérieure vous permet d'identifier les éléments favorisant la poursuite. La partie inférieure précise les éléments à l'origine d'un désir de changement. À vous de peser !

Source : Janis and Mann (1977)

L'échelle de confiance

Si je devais cesser de fumer actuellement, je situerais ma capacité à réussir à...

0 = je n'en suis pas capable 10 = cela ne me posera aucun problème

0 1 2 3 4 5 6 7 8 9 10

Si vous avez un chiffre de 7 ou en dessous, vous pouvez utilement vous interroger et demander de l'aide à un tabacologue.

La disposition au changement

Je sais que l'arrêt du tabac représente un changement important dans ma vie. Je m'estime :

Pas prêt(e) incertain(e) prêt(e)

Cette échelle vous permet de clarifier votre disposition d'esprit par rapport à l'arrêt : est-ce pour moi une priorité ? Suis-je disposé(e) ? En suis-je capable ?

Source : adaptation de Rollnick, Masson & Butler (1999)

Quelles sont mes chances de réussite ?

1. J'ai acheté *Le piège fatal :*	
Spontanément, par décision personnelle	2
Sur avis médical	1
Sur avis de ma famille	1
2. J'ai déjà arrêté pendant plus d'une semaine	1
3. Actuellement, je n'ai pas de problèmes professionnels	1
4. Actuellement, je n'ai pas de problèmes familiaux	1
5. Je veux me libérer de cet esclavage	2
6. Je fais du sport ou j'ai l'intention d'en faire	1
7. Je veux être en meilleure forme physique	1
8. Je veux préserver mon aspect physique	1
9. Je suis enceinte ou ma femme attend un enfant	1
10. J'ai des enfants en bas âge	2
11. J'ai un bon moral actuellement	2
12. J'ai l'habitude de réussir ce que j'entreprends	1
13. Je suis plutôt d'un tempérament calme, détendu	1
14. Mon poids est habituellement stable	1
15. Je veux accéder à une meilleure qualité de vie	2

Avec plus de 12 points, vous pouvez effectuer une tentative de libération tabagique par vous-même. Cependant, ne surestimez pas vos forces et n'hésitez pas à vous faire aider au moins par votre entourage familial et/ou professionnel.
En dessous, il est plus prudent de rechercher une aide qualifiée.

Source : adaptation selon DGS, d'après Demaria C., Grimaldi B., Lagrue G., « Valeur prédictive des tests psychologiques dans le sevrage tabagique », *Sem. Hôp. Paris,* 1989, n° 40, p. 2455-2456.

Ai-je bien lu ?

Vous pouvez cocher la ou les lettres qui correspondent aux bonnes réponses. Les résultats se trouvent en fin de test.

1. Dans la fumée du tabac, on trouve :
- a 10 composants
- b 100 composants
- c 1000 composants
- d 4000 composants

2. Le monoxyde de carbone (CO) contenu dans la fumée :
- a parfume les cigarettes
- b augmente l'appétit
- c endommage l'endothélium vasculaire

3. Quelle maladie n'est pas la conséquence du CO ?
- a l'artérite
- b la grippe
- c la thrombose
- d la gangrène (qui nécessitera une amputation)
- e les maladies coronariennes dont les infarctus

4. Les divers oxydes d'azote contenus dans la fumée :
- a corrodent les muqueuses respiratoires
- b corrodent les muqueuses oculaires
- c vous rendent « sexy »
- d jaunissent peau et dents

5. L'ammoniaque rajoutée dans les cigarettes :
- a concourre à l'apparition de l'emphysème
- b concourre à la distribution rapide de nicotine
- c serait mieux employée pour décaper des meubles

6. Dans la fumée du tabac, les radicaux libres :
- a vous donnent une sensation de liberté
- b contribuent à l'obstruction des bronches

7. Les divers irritants contenus dans la fumée provoquent :
- a des céphalées
- b de la nervosité
- c de l'insomnie
- d des vertiges
- e des nausées
- f des rires

g des vomissements
h une irritation du nez, de la gorge, des poumons
i un cancer des voies urinaires
j des cystites
k un embellissement du teint
l de la fatigue
m une altération du goût
n des lésions du poumon profond
o une détente

8. La fumée du tabac contient, entre autres :

a un décapant pour peinture
b des substances rajeunissantes
c un antimite
d un propulseur de fumée
e des métaux lourds
f un solvant
g des produits radioactifs
h des pesticides

9. Chaque bouffée de cigarette a un volume d'environ :

a 4 à 9 ml
b 40 à 400 ml
c 400 à 900 ml

10. Chaque cigarette émet :

a 4 à 9 millions de particules
b 4 à 9 milliards de particules
c 4 000 à 9 000 milliards de particules

11. Les illusions activées et entretenues par l'industrie du tabac sont principalement :

a une vie saine
b une vie heureuse
c une vie socialement épanouie
d fumer apporte de la joie
e fumer détend
f fumer protège des cancers
g fumer est un symbole de puissance
h fumer est un symbole de virilité
i fumer permet de devenir adulte
j fumer rend créatif
k fumer, c'est romantique
l fumer, c'est appartenir à une élite

12. La nicotine :

a augmente la tension artérielle
b est l'amie des pucerons
c resserre les vaisseaux capillaires
d est à l'origine d'une thrombose
e accélère la respiration
f est à l'origine de morts subites

13. L'industrie du tabac sait que ses produits ne sont pas un risque, mais une cause du cancer du poumon depuis :

a 1933
b 1953
c 1993

14. L'ammoniaque rajoutée dans les cigarettes a pour vocation :

a de faire parler d'elle
b d'augmenter le goût
c de fausser la lecture des machines à fumer et de délivrer plus de nicotine

15. Le tabagisme passif :

a a un parfum délicat
b irrite les yeux
c irrite la gorge, le nez
d provoque des étourdissements
e provoque des allergies
f provoque vertiges et nausées
g provoque des troubles de l'oreille interne, des otites
h induit asthme, toux, crachats, sifflements
i donne une haleine fraîche
j a un effet défavorable sur le développement des poumons
k est un risque aggravé de mort subite du nourrisson
l est un risque aggravé d'infections respiratoires aiguës
m n'est pas plus dangereux que de boire un verre de lait
n augmente de 25 % le risque de cancer du poumon et le risque cardiaque
o double les risques d'accident vasculaire cérébral
p induit des maladies respiratoires chroniques : asthme, bronchite, emphysème.
q est moins dangereux que de côtoyer des perruches

16. Dans un local enfumé, les particules :

a sont présentes pendant 16 heures dans un local fermé
b ont la courtoisie de partir totalement avec le fumeur
c sont présentes pendant 8 heures dans un local ouvert

17. Tabac et grossesse. Le tabac accroît :

a la fertilité
b les risques de grossesse extra-utérine
c les risques de fausse couche et d'avortement spontané
d les risques de prématurité
e les risques d'un poids inférieur de 400 g
f les risques de sifflement respiratoire
g les risques d'arriération mentale
h les risques de déficit d'attention
i les risques de mort subite du nourrisson

18. L'industrie du tabac et les jeunes :

a l'industrie a procédé à des études sur des enfants de 3 ans
b l'industrie ne s'intéresse ni aux jeunes, ni aux enfants
c les amateurs de F1 sont deux fois plus nombreux à fumer
d l'industrie sponsorise des concerts

19. La publicité directe et indirecte des cigarettiers utilise, entre autres, ces valeurs :

a l'esthétisme
b le bien-être
c l'aventure
d le risque
e l'amitié
f la nature
g le sport
h la santé
i la culture
j l'héroïsme, le prestige
k le courage
l l'indépendance, l'autonomie
m la minceur
n la vieillesse
o la vie active
p la rébellion

20. L'industrie du tabac paie pour inclure des scènes tabagiques :

a dans les bandes dessinées
b lors des offices religieux
c dans les films
d à la télévision

21. L'industrie du tabac :

a est une bienfaitrice de l'humanité
b a manipulé les médias
c a manipulé la recherche scientifique
d a manipulé des organisations internationales
e a manipulé des mouvements créés par elle et bien d'autres
f a été manipulée par les gouvernements
g a manipulé le secteur de la restauration avec « Fumer ou pas, restons courtois »
h a manipulé les sondages
i a détourné les interdits publicitaires
j a manipulé les mesures de lutte antitabac pour les retarder et les vider de leur substance
k a organisé la contrebande
l a détourné les législations via Internet
m a désinformé via Internet
n a utilisé 1400 additifs
o a démantelé à son profit les monopoles nationaux de tabac
p a utilisé les ressources européennes via les tabaculteurs et la contrebande
q a menti pendant plus de quarante ans sur la causalité tabac-maladie
r a réalisé des manipulations génétiques
s mériterait un prix Nobel de la Paix
t a appauvri les pauvres et pillé le Tiers-Monde
u a contribué à la déforestation
v a corrompu à tous niveaux
w a lutté contre les avertissements sanitaires
x a refusé la publication de tous les additifs qu'elle emploie
y a réalisé des campagnes contre-productives de prévention
z a corrompu des partis politiques
z^1 tue dans le monde une personne toutes les 6 secondes et demie
z^2 tue dans le monde 4,9 millions de personnes par an
z^3 tuera au cours de ce siècle un milliard de ses clients

22. En cessant de fumer, je peux :

a normaliser mon rythme cardiaque
b avoir des bronches moins irritées
c voir disparaître ou presque disparaître ma toux

d améliorer mon souffle
e avoir envie de tricoter
f bénéficier d'un sommeil plus profond et d'un réveil moins fatigué
g mieux digérer
h voir mes maux de tête supprimés
i éliminer progressivement des risques de maladies graves (23 groupes de pathologies)
j avoir une haleine fraîche
k jouir d'un odorat et d'un système gustatif réaffirmés
l espérer voir la suppression des PV pour excès de vitesse
m avoir un teint plus avenant et une meilleure élasticité de la peau
n ne plus avoir la bouche pâteuse
o avoir plus de temps disponible
p pouvoir reprendre une activité physique ou du sport
q supprimer la couleur jaunâtre des dents et des doigts
r prendre un ticket pour un voyage dans l'espace
s gagner la considération de mon entourage
t être moins stressé(e)
u améliorer ma productivité
v diminuer mes risques d'accident et d'incendie
w réorienter positivement ma vie
x avoir une meilleure image de moi
y vaincre le bourrage de crâne de l'industrie du tabac
z ne plus gaspiller chaque année 1500 € dont 1100 € d'impôts (pour un paquet/jour)

Et bien d'autres à découvrir par vous-même très prochainement, en arrêtant de fumer!

Les bonnes réponses sont:
1: d / **2** : c / **3** : b / **4** : a, b, d / **5** : a, b, c / **6** : b / **7** : tous sauf f, k et o / **8** : a, c, d, e, f, g, h / **9** : c / **10** : c / **11** : tous sauf f / **12** : a, c, d, e, f / **13** : b / **14** : c / **15** : tous sauf a, i, m et q / **16** : a, c / **17** : tous sauf a / **18** : a, c, d / **19** : tous sauf n / **20** : a, c, d / **21** : tous sauf a, f et s / **22** : tous sauf e, l et r

Mes scores: /22 questions

Adresses et contacts

Les organismes qui vont vous aider à dénicher un complément d'information et le bon accompagnement vers votre libération tabagique.

France

Une ligne téléphonique : **Tabac info service 0 825 309 310**
8 h-20 h du lundi au samedi (0,15 € la minute).
Des tabacologues sont à votre écoute pour vous conseiller et vous aider à arrêter de fumer.

Un site Internet : **www.tabac-info-service.fr**
Il propose des informations et des outils d'aide à l'arrêt du tabac (« coaching » par e-mail, tests, news…).

L'Office français de prévention du tabagisme (OFT) sur http://oft.spim.jussieu.fr a mis en ligne un annuaire des consultations de tabacologie française.

La Ligue nationale contre le cancer est une ONG indépendante, entièrement financée par la générosité du public. Elle est proche de vous au travers de ses 103 comités départementaux. Elle a trois missions sociales : la recherche, l'aide aux malades et la prévention.
Son site : www.ligue-cancer.net

Le Comité national contre le tabagisme (CNCT) poursuit les missions suivantes :
- l'application de la loi Evin aux fabricants de tabac, dans les lieux publics (établissements scolaires, restaurants, transports, etc.) ;
- la protection des personnes exposées au tabagisme passif ;
- la prévention du tabagisme auprès des jeunes, des femmes enceintes et des jeunes parents, des populations défavorisées, dans les entreprises, etc.
- l'aide à l'arrêt du tabac pour les fumeurs qui souhaitent cesser de fumer (accueil téléphonique, orientation vers des centres d'aide au sevrage tabagique).

Le site : www.cnct.fr fournit des informations sur l'actualité du tabac, la prévention, la réglementation en vigueur, etc.
CNCT : 31, avenue du Général Michel Bizot – F-75012 Paris
Tél. : +33 (0)1 55 78 85 11 – E-mail : cnct@cnct.fr

La Ligue Vie et Santé anime des thérapies de groupes pour cesser de fumer avec le « Plan de 5 jours » et « Libre sans tabac ». Grâce à une évaluation scientifique récente, le « Plan de 5 jours » a montré son efficacité dans le sevrage tabagique. La nouvelle formule « Libre sans tabac » intègre les acquis du premier Plan aux récentes données des méthodes cognitivo-comportementales en ce domaine.
Tél. : +33 (0)1 64 52 87 08 – E-mail : lvsnet@chez.com

Luxembourg

La Fondation luxembourgeoise contre le cancer met à votre disposition :
– sa ligne téléphonique d'écoute et de conseil : +352 / 45 30 331
– son site Internet pour l'information : www.cancer.lu
– une adresse e-mail : flcc@pt.lu

Belgique

Service Prévention Tabac – Fonds des affections respiratoires (FARES) – 56, rue de la Concorde – B-1050 Bruxelles
Tél. : +32 (0)2/512 29 36 – Fax : +32 (0)2/512 32 73
Site : www.fares.be – E-mail : prevention.tabac@fares.be
Le **Service Prévention Tabac** du Fonds des affections respiratoires se situe à la fois dans le cadre de la Promotion de la santé et de la coordination du sevrage tabagique. Il accompagne sous diverses formes les professionnels de la santé, la communauté éducative, les étudiants, le grand public... Divers supports documentaires, formations, newsletter et adresses utiles pour une aide à la gestion du tabagisme sont accessibles en ligne ou sur place en bibliothèque.

Ligne d'aide téléphonique **Tabac Stop** de la **Fondation contre le cancer**
Pour toute question relative au tabac et à l'arrêt tabagique :
0800 111 00 (tous les jours ouvrables de 8 h à 19 h).
Tabac Stop veut informer et conseiller aussi bien les fumeurs que les non-fumeurs : sur les effets néfastes du tabac, sur ce que dit la loi à propos du tabagisme et sur les droits des non-fumeurs et comment les faire respecter. De nombreux fumeurs recherchent aussi des conseils ou une aide pour se libérer du tabac.

La **Ligue Vie et Santé** et son « Plan des 5 jours » pour une libération tabagique sans apport médicamenteux.
11, rue Ernest Allard – B-1000 Bruxelles
Tél. : +32 (0)2/511 36 80

Suisse

Carrefour Prévention – Centre de prévention contre le tabagisme (CIPRET)
5, rue Henri Christiné – CP 567 – CH-1211 Genève 4
Tél. : +41 (0)22 321 00 11 – E-mail : carprev@iprolink.ch
Sites : www.cipret.ch ou www.prevention.ch
Ces sites fournissent toute l'information nécessaire sur le tabagisme et bien au-delà.

Le site **www.stop-tabac.ch** est destiné à motiver et aider les fumeurs à cesser de fumer.
Module interactif d'aide à l'arrêt, forums de discussion, témoignages poignants de fumeurs et d'ex-fumeurs, information sur les traitements, tests interactifs (dépendance, symptômes de sevrage), blogs, brochures et autocollants gratuits.

Association suisse pour la prévention du tabagisme
40, Effingerstrasse – CH-3001 Berne
Tél. : +41 (0)31 389 92 46 – Site : www.at-suisse.ch
La ligne nationale stop-tabac (0848 000 181) propose une méthode de sevrage tabagique appropriée au fumeur et donne des conseils détaillés.

La Ligue Vie et Santé suisse propose :
– le « Plan des 5 jours » pour la libération tabagique sans apport médicamenteux,
– des cours et ateliers connexes : alimentation alternative pour retrouver sa ligne, contrôle du stress, guérison de la souffrance morale.
19, chemin des Pépinières – CP 453 – CH-1020 Renens
Tél. : +41 (0)21 632 50 20 – Site : www.vie-et-sante.ch

Québec

Coalition québécoise pour le contrôle du tabac
Fondée en 1996, la Coalition québécoise pour le contrôle du tabac représente aujourd'hui plus de 700 organisations québécoises sur la question des mesures de contrôle du tabac. Ces membres incluent des municipalités, des hôpitaux, des centres communautaires, des commissions scolaires, des écoles, des CLSC, des centres pour jeunes et des associations médicales.
4126, rue Saint-Denis – Bureau 200 – Montréal (Québec) – H2W 2M5
Tél. : (514) 598 5533 / Fax : (514) 598 5283
Site : www.cqct.qc.ca – E-mail : coalition@cqct.qc.ca

www.info-tabac.ca
Présentation des services d'arrêt tabagique, que ce soit par Internet, par téléphone ou par courrier. Versions PDF et html des bulletins Info-tabac, édités six fois par an depuis 1996. Moteur de recherche couvrant l'ensemble du site et des bulletins. (Plus de 200 000 visiteurs par an sur « Votre portail pour un Québec sans tabac »).

Les « **Ressources professionnelles** » : services gratuits d'aide individuelle et de groupe, suivi, conseils concernant les médicaments pour arrêter de fumer, documentation et rencontres d'information.
Ces ressources sont distribuées dans toutes les régions du Québec et regroupées dans des Centres d'abandon du tabac (CAT) – il y en a 150 au Québec.
Pour connaître les coordonnées du CAT de sa région :
- appeler la ligne d'information et de soutien 1 866 527 7383 (numéro vert, ligne sans frais),
- consulter www.info-tabac.ca rubrique « Les centres d'abandon du tabac »,
- rechercher l'une des 18 agences de développement de réseaux locaux de services de santé et de services sociaux (ADRSSS) dont les numéros figurent dans l'annuaire.

Afrique francophone

Observatoire du tabac en Afrique francophone (OTAF)
Site : http://otaf.globalink.org – E-mail : otaf_sp@yahoo.fr

SOS Tabagisme-Niger
BP 10763 – Niamey – Niger
Tél. : 00 227 739591 – E-mail : inoussa_saouna@yahoo.fr

www.globalink.org : pour retrouver les professionnels de santé et la Communauté mondiale de la prévention du tabagisme

Jean-Pierre Cicchelero

Pour tout contact direct avec l'auteur :
- à propos du livre : lepiegefatal@yahoo.fr
- à propos du tabac : cicchelero@globalink.org

Remerciements

La véritable aventure que représente l'accouchement de cet ouvrage n'a été possible qu'avec l'aide et le soutien de spécialistes et d'amis. Ceci pendant près de trois ans.

Pour la partie médicale, je dois particulièrement exprimer ma gratitude :

– au Dr Didier Vander Steichel, directeur scientifique de la Fédération belge contre le cancer et à Mme Nicole Deudon, la documentaliste. Ils m'ont fourni l'essentiel des informations pour construire Benzo ;

– au Pr Pierre Bartsch, président du Fares, professeur émérite de pneumologie à l'Université de Liège, qui m'a donné quelques cours de cancérologie, mis en contact avec des médecins ouverts à mon projet et offert une préface ;

– au Dr Lionel Bosquée, pneumologue, oncologue, responsable de l'unité d'oncologie thoracique et coordinateur de l'oncologie à l'Hôpital de la Citadelle de Liège. Il m'a permis d'écrire les chapitres sur la maladie et les a vérifiés. Le Dr Bosquée est un humaniste, un épicurien et un professionnel remarquable qu'il vaut cependant mieux ne pas fréquenter en tant que patient !

– au Dr Colette Requier, pneumologue et oncologue, responsable de l'équipe mobile de soins palliatifs de l'Hôpital Notre-Dame-des-Bruyères à Liège, et chef de clinique associée en pneumologie au CHU de Liège. Elle m'a guidé et corrigé dans la dernière partie de l'ouvrage pour une meilleure adéquation à la réalité ;

– à Olivia Nairiaux, infirmière en soins palliatifs pour son information, le partage de son vécu et les corrections apportées au texte ;

– à Llewellyn Losfeld, bibliothécaire aux ressources infinies. Il exerce au Fares ;

– au Pr Gérard Dubois, professeur de santé publique et président de l'Alliance française contre le tabac. Au travers de ses cours, de son livre *Le rideau de fumée,* et de son remarquable combat pour la vérité à propos du tabac, il est à l'origine de cet ouvrage. Malgré un emploi du temps démentiel, il m'a lu et encouragé. Convaincu de l'intérêt thérapeutique de l'ouvrage, il m'a offert la première préface ;

– au Pr Marcel Frydman, professeur honoraire de la faculté de psychologie de Mons. Il a vérifié qu'aucune erreur de psychologie ne s'était glissée dans le texte ;

– au Dr Jean-Charles Rielle, médecin suisse glouton. Il est notamment fondateur et animateur de l'organisme de prévention CIPRET, auteur de livres, de publications et d'une des quatre préfaces du *Piège fatal.* Il est aussi l'un des pourfendeurs des « scientifrics ». À ce titre, l'industrie du tabac et la justice suisse lui ont offert de belles nuits blanches…

– à Louis Gauvin, président de la Coalition québécoise pour le contrôle du tabac. En dépit de sa charge de travail, il m'a offert une préface et ses précieux commentaires. Apôtre de la « dénormalisation », il a trouvé dans *Le piège fatal* un nouvel outil de lutte contre le tabac au Québec. Et de plus, il s'est bien amusé !

Pour la partie littéraire, mes gentils tortionnaires sont notamment :

– Marie-Jeanne Leclercq, un puits de culture qui a disséqué la première épreuve et m'a soumis à la question page par page, quand ce n'était pas ligne par ligne, voire mot par mot !

– Anne de Timari, autre littéraire bon teint, a exercé une critique aussi acerbe que constructive.

– Marc Janssens a vérifié la lisibilité, l'intérêt de l'intrigue, la cadence de l'action, les redites… Il est d'autant plus méritant, qu'il a appris, en cours de lecture, l'existence de son cancer.

Une vingtaine d'autres lectrices et lecteurs ont affronté le manuscrit et m'ont apporté leurs précieux commentaires. Je remercie plus particulièrement Arthur Croene, Marie Patry, Élisabeth van Turhout, Ugo Alessi (qui connaît bien les injures italiennes), Anne Marreyt et le Pr Laurence Galanti.

L'enfant étant devenu présentable, restait à vérifier son impact sur le comportement tabagique : absence d'impact négatif et mesure de l'impact positif. Martial Bodo, psychologue comportemental et cognitif, spécialisé dans le sevrage tabagique, m'a présenté Pascale van der Stappen, infirmière dans une banque. Grâce à elle, nous avons constaté que 17 % des prélecteurs ont cessé de fumer en cours ou en fin de lecture et que 57 % supplémentaires ont décidé d'en faire autant dans le mois suivant. Aucun des 38 prélecteurs n'a exprimé d'opinion franchement négative, même si des critiques n'ont pas manqué d'être formulées.

Mes remerciements vont aussi à Mariane Neeffs qui a, entre autres, enrichi le vocabulaire tabagique de Tu par ses observations, ses répliques d'ex-fumeuse.

Je veux aussi adresser un remerciement tout particulier à Jacques Maire, le directeur des Éditions Jouvence. Il a décidé de publier mon livre. Il s'est « mouillé » pour une cause qu'il sait juste et a mis en œuvre tous les moyens nécessaires au succès de cette aventure. Chapeau bas à lui et à toute son équipe : Michel et Christophe pour leurs trouvailles rédactionnelles, Jean-Philippe et Feyrouz, Catherine et Nelly pour le graphisme, et plus que des remerciements, une reconnaissance à Estelle qui, convalescente, a procédé à la relecture finale. Son professionnalisme, sa contribution à l'amélioration du texte et nos joutes verbales ont été un ravissement.

Merci à toutes et à tous. Merci à tous les fumeurs que j'ai accompagnés. Ils m'ont tant, pour ne pas dire tout, appris.

Celles et ceux qui, grâce à la lecture de cet ouvrage ont progressé dans leur connaissance du tabagisme, ont « mûri », ont pris la décision d'abandonner le tabac, ont décidé d'une date d'arrêt ou ont cessé de fumer représentent la meilleure forme de remerciement que mes « collaborateurs » puissent recevoir. Il en est de même pour les conjoints, parents ou autres qui, grâce à cet ouvrage, comprendront sans doute mieux « leurs » fumeurs ou fumeuses.

❐

Achevé d'imprimer sur rotative par l'Imprimerie Darantiere à Dijon-Quetigny
en mars 2006 - Dépôt légal : mars 2006 - N° d'impression : 26-0577

Imprimé en France